설용수 교수의 신북한 기행

통일시대 변화變化의 현장에서 본 북한

설용수 교수의 신북한 기행

통일시대 변화變化의 현장에서 본 북한

지은 이 · 설용수
펴낸 이 · 임형오
펴낸 곳 · 미래문화사

개정 1쇄 인쇄 · 2014년 8월 20일
개정 1쇄 발행 · 2014년 8월 25일

등록 번호 · 제3-44호
등록 일자 · 1976년 10월 19일
주소 · 경기도 고양시 덕양구 삼송동 78-28 1F
전화 · 715-4507 / 713-6647
팩스 · 713-4805

E-mail · mirae715@hanmail.net

ⓒ2014, 설용수

ISBN 978-89-7299-428-2 03810

설용수 교수의 신북한 기행

통일시대 변화變化의 현장에서 본 북한

설용수 지음

미래문화사

통일은 기다리는 것이 아니라 만들어가야 한다

2015년은 분단 70년이 되는 해이며, 이스라엘민족이 선민으로 세움 받기 위해 애급 고역 400년을 겪고 바빌로니아 포로 70년을 더 견딘 후에야 종지부를 찍었던 섭리 민족 고난의 시기처럼 우리 한민족도 일제 40년의 압제와 분단 70년 고난의 시기가 석방해방의 기쁨으로 다가올 것을 확신한다.

필자는 10년 전 북한 전역을 돌아보고 변화의 싹이 트고 있는 북한의 현실을 보고《전변의 현장에서 본 북한》이란 책을 내놓은 바 있다. '전변'이란 우리말로 바꾸면 변화란 뜻이다.

물론 북한에서는 2011년 김정일이 급서하고 김정은 정권이 들어섰다. 그리고 벌써 3년째가 되는 해이다.

김정은 정권은 핵실험에 성공하고 미사일 발사를 거듭하면서 한반도의 신 냉전의 분위기를 조성하고 있을 뿐 아니라 유엔의 강력한 제재와 중국의 상응하는 제제가 가해지자 점차 강퍅한 리더십으로 군사적 모험주의를 선택해가고 있다.

작년부터 핵과 경제의 병진정책을 제시하면서 외화벌이를 위한 관광산업을 확대해 가고 있는 것으로 보여 진다. 강원도 원산에 인근한 마식령스키장의 급조와 칠보산, 백두산, 삼지연 등 북한지역의 관광명소를 개발하고 있는 정황이 포착되고 있다.

특히 중국의 관광객이 점차 늘어나는 점을 고려해 민박 시설과 오토캠핑장까지 늘려가며 관광객 유치에 열을 올리며 북한의 다양한 면모를 내보이는 데 주저하지 않는다.

그러나 필자가 본 압록강 변 위화도 황금평은 중국에 70년 조차되고 중국 기업진출을 기다리며 그 대가로 북한과 중국 간 압록강 신교를 놓아주었음에도 불구하고 정작 위화도 황금평은 삽자루 하나 뜨지 않는 풀밭으로 삭막함이 그지없었다.

단동에서 만난 기업인에게 중국은 기공식까지 끝낸 이 지역 개발을 서두르지 않느냐고 물으니 머리에 핵폭탄이 있는데 누가 공장을 세우겠느냐고 반문했다.

통일시대 변화의
현장에서 본 북한

2014년 여름 북한은 점차 고립되고 권력과 인민이 분리되고 군부의 핵심들이 숨 가쁘게 교체되면서 동북아에 조성되는 신 냉전 조류를 넘나들며 새로운 파트너를 찾고 있는 것으로 평가된다. 중국이 북한을 버릴 수 있다는 정황이 굳어지면서 러시아와 무역 규모를 늘리는 등 군사 외교적으로 접근하고 일본정부와 손을 잡으며 일본인 납치문제를 해결해주고 대일청구권을 통해 경제문제를 해결하는 새로운 외교적 포석도 마다치 않는 것으로 보인다.

그동안 한반도 분단구조를 통해 북방삼각관계 (북한·러시아·중국) 남삼방각관계(한국·일본·미국) 등의 힘의 균형에 의한 분단국 관리형 평화구조의 틀이 점차 무너지면서 새로운 통일구조의 평화관리가 필요하게 된 오늘의 시점에서 남북관계와 통일문제도 새로운 시대를 맞이하고 있는 것이다.

독일통일은 엄격히 말하면 흡수통일이다. 그것은 소련 고르바쵸프가 공산주의를 포기하면서 브레즈네프독트린 포기와 러시아로 회귀

하는 소비에트 해체 과정에서 동유럽의 자유화가 가능해 졌고 동독에 주둔한 소련군의 철수로 동독의 베를린 장벽 붕괴와 체제관리가 불가능해졌으며 이에 맞서 서독의 과감한 동독주민 끌어 안기전략이 맞아떨어지면서 1990년 10월 3일 동서 · 독 통일이 가능해진 것이다.

다시 말해 소련이 동독을 버린 것이다. 이와 같이 중국도 자국의 이익을 위해 통일된 한국이 필요하다고 판단되어 북한을 버릴 때 한반도 통일의 기회가 온다고 보아야 할 것이다.

중국은 실용주의를 채택하면서 중국 위기의 진원지인 소수민족 분리 독립 국가들의 테러리스트들 손에 북한의 핵배낭이 유입되는 것을 제일 두려워 한 나머지 북한의 비핵화를 강력히 추진하기에 이른 것이다. 미국 오바마의 핵없는 세상과 시진핑의 비핵화가 일치하면서 북한의 고립화는 불가피하게 된 것이다.

이러한 섭리적 시기와 지리적 조건이 맞아떨어지는 시대적 상황이 한반도 통일의 적기라 보아도 무리는 아닐 것이다.

통일시대 변화의
현장에서 본 북한

필자는 작년부터 통일준비를 서둘러야 한다고 강조하고 남북통일 국민연합 회원중심으로 통일준비 국민위원을 위촉하고 있다. 우선 우리 국민의 마음이 열려야 하고 북한인민을 받아들일 준비가 필요하기 때문이다. 대통령 직속의 통일준비가 시작된 것도 바람직하다.

왜냐하면 통일은 산사태처럼 올 수 있으며 그러한 위기를 기회로 포착하여 통일을 만들어 가면 지성이면 감천이듯이 하늘도 우리에게 통일된 나라를 줄 것이기 때문이다.

이제 더 이상 통일은 머릿속에만 두어서는 안 되며 가슴으로 옮겨오고 뜨거운 열정으로 맞이해야 한다. 열정이 있으면 신념은 저절로 생겨날 수 있다. 박근혜 대통령의 통일대박이나 드레스덴선언에서도 밝힌 바 있듯이 이제는 통일이 국가의 미래와 성장의 동력이요 대한민국의 완성이라고 국민이 받아들여야 한다. 미국의 투자전문가 짐 로저스는 앞으로 최고의 투자처는 북한이라고 지적한 바 있고 골드만삭스 보고서도 2050년 통일 한국은 미국과 동일한 국가군에 속한다

고 밝힌 바 있다. 21세기가 통일한국의 시대가 될 것이 분명하고 통일
한국을 통해 세계 평화의 길이 열리게 될 것이며 온 인류가 한가족이
되어 만민형제주의가 실현되리라 믿는다.

　단군성조가 내세운 건국이념인 홍익인간弘益人間 제세이화在世理化의
평화의 세계가 한반도 중심으로 세워질 것이며 그 첫길이 통일의 길
이요 통일의 길을 열기 위해 북한을 바르게 알아야 할 것이다. 북한
을 바르게 아는 데서부터 통일의 길이 열리리라 확신하면서 개정판
을 내놓는다.

2014년 08월

남북통일운동 국민연합사무실에서

차례

평화통일시대를 열기 위하여

평양의 가로수 살구나무

2005년 6월, 북한에서 개최한 '6·15선언 5주년 기념 통일대축전' 때에는 대한민국 통일부장관이 정부대표 겸 대통령 특사 자격으로 방문해서 북한의 국방위원장과 제4차 6자핵회담과 장관급 회담 및 경협실무협의에 대해서 합의를 보았다. 그리고 2개월 후인 지난 8월, 남한에서 개최한 자주 평화통일을 위한 '8·15 민족대축전'에는 북

통일시대를 맞이하여 통일준비위원을 위촉하고 있다(2013. 12. 통일회관 위촉식 장면)

서울월드컵경기장에서 8 · 15 남북통일축구 경기를 마친 남북한 선수들이 한반도기를 들고 관중의 환호에 답례하고 있다

한대표단 김기남 일행이 서울을 방문해서 북한 선박의 제주해협 통과 허용문제를 포함하여 몇가지 현안을 합의했다. 특히 북측 방문단은 국립현충원과 서대문형무소 등을 참배했는데 이는 역사적으로 중요한 의미를 지닌다.

아마 북한 대표단은 김일성 친동생 김형권이 일제시대 서대문 교도소에서 치사 당한 현장에 묵념하고자 절차상 국립묘지를 먼저 방문하고 그 조건으로 서대문 교도소 방문의 뜻을 이룬것으로 해석해도 무리는 아닐 것으로 판단된다.

지난 북한의 김정일 정권은 그동안 핵문제에 관한한 북한 인민과 당, 군 등 핵심세력들에게 절대적 지지를 받아왔다. 그러나 이제는 인민들을 더 이상 굶주리게 해서는 그러한 지지의 기반이 붕괴될지 모른다는 위기감에 놓였던 것이다. 또 노무현 대통령과 부시 대통령의 단독회담에서 평화적 해결의 방법과 한계를 분명히 함으로써 핵문제에 관한한 더이상 양보가 없을 것임을 분명히 했었기 때문에 한국정부로부터 비료, 쌀 등을 받아가야할 북한은 한미정상회담의 영향을 받지 않을 수 없게 되었다.

북한은 2002년 7월 1일 경제관리개선 이후 소유의 개념이 바뀌고 있다. 일상생활과 삶의 질 등 생활의 변화는 물론이고, 북한인들의 사고思考도 많이 변화했다. 그들은 이제 경제의 중요성을 인식하여 당과 사상, 정치의식보다 경제의식이 높아지기 시작했다. 또 북한 지도부도 더 이상 고난을 웃음으로 넘어가자는 구호가 의미 없음을 알게 된 것 같다.

당시 김정일 정권은 북한의 현실타파에 대해 많은 고민을 한 것이 사실이다. 상하이를 방문하고 천지개벽이 되었다고 감탄했던 사실 하나만 봐도 입증된다. 나는 이 글을 쓰기 시작하면서 북한을 방문할 때마다 봄철이면 평양에서 보았던 살구꽃을 떠올린다.

북한에서는 평양을 흔히 유경柳京이라고 부른다. 대동강변에 버드나무가 많기 때문이다. 또 비록 미완성이기는 해도 유경호텔(105층)을 평양 중심가에 우뚝 세운 것은 자기들의 정치 경제적 수준을 과시하고자 함일 것이다. 그래서 주체탑을 미국 워싱턴의 포토맥 강 중심가에 있는 머뉴맨트 탑보다 더 높게 대동강변에 세우고, 유경호텔을 세계인이 우러러 보는 뉴욕 맨하탄 가의 엠파이어 스테이트 빌딩(103층)보다 2층이나 더 높게 세운 것이다.

이 호텔은 1980년 초, 조총련 자본과 프랑스 건축가의 설계로 착공되었다. 그러나 그 이후 불어닥친 불황과 조총련의 기금이 송금되지 않아 내부 인테리어를 하지 못하게 되어 당시 김정일 정권의 가장 수

평양시 전경. 중앙에 우뚝 선 조형물이 주체탑이다

치스러운 단면을 드러내게 되었던 것이다.

내가 평양에 갔던 4월 중순에도 을밀대 언덕길을 감싸도는 대동강 상류, 그리고 대동강에서 갈라져 돌아 흐르는 보통강변에도 수양버들은 휘늘어져 봄을 알리고 있었으나 북한 사회의 봄은 아직 오지 않고 있었다.

북한 방문은 평양 만수대 언덕의 김일성 주석 동상을 참배하는 것으로부터 시작된다. 나는 북한을 방문했을 때 북한 안내원의 안내를 받았다. 그때 차창 밖으로 보이는 살구나무 가로수에는 온통 꽃이 만발해 있었다. 좁은 한반도 안에서 남과 북의 봄의 향기가 크게 다를 바야 없겠지만 살구꽃에 얼킨 사연은 분명히 있었다.

1945년 해방, 그리고 1950년 6 · 25 민족상잔은 남북한 모두에게 엄청난 상처를 남겼다. 수백 만의 인명피해와 함께 전국토가 초토화되었지만 그 중에서도 유독 평양은 미군의 폭격으로 남은 건물이 거의 없었다. 그 뒤 북한정권은 폐허의 평양에 사회주의 공화국의 심장이라고 자랑하는 수도를 건설했다.

그리고 그때 도시를 정비하면서 가로수로 선정한 것이 살구나무였다. 그전에 일부 남아 있던 벚나무는 일본의 국화라는 이유로 모조리 베어버렸다. 당시 김일성 주석이 일본 제국주의의 상징인 벚꽃 대신 실용적이고 민족정서에 맞는 살구나무를 가로수로 심도록 지시했다고 한다. 개나리, 진달래, 복숭아, 살구나무는 많은데 벚나무가 드문 것을 보게 되어 수긍이 갔다.

북한에는 영자와 순자가 없어

북한에는 영자, 순자, 춘자 등 한국 여자의 이름에 흔하게 쓰이는 '자' 자가 없다. 일제시대, 일본의 창씨개명 당시 한국인 여성에게도 일본에서 많이 사용하는 '아들 자(子)' 자를 쓰도록 강요했는데 해방이 되자 북한은 일제 잔재청산의 차원에서 '자' 자를 사용하지 못하게 했기 때문이다. 예를 들면 '춘자'는 일본말로 '하루꼬'라고 하는데, 그와 같은 일본식의 강요된 '자(子)' 자의 사용을 금지한 것이다.

이러한 사연을 아는지 모르는지 평양의 봄은 어김없이 찾아왔다. 그러나 인간이 휘둘러대는 권력은 변함이 없으니 그냥 이대로

만수대 언덕의 김일성 동상

세월의 흐름에 맡겨두어도 괜찮을까? 새와 물고기 등 미물들은 진즉 남북의 산하를 자유로이 오고가는데 우리는 이제야 만남을 시작하고 철도와 도로를 연결하고 있으니, 이러한 현실을 무엇으로 설명할 수 있을까.

왜 우리 한민족만이 분단을 극복하지 못하고 있는가? 그리고 왜 분단되었다 하더라도 과거 동서독과는 다르게 상호 신뢰와 자유로운 왕래가 불가능한가? 혈육을 만나고자 애타는 사람들의 소망을 풀어주지 못하여 안타까이 생을 마감한 분들의 수는 얼마나 될까?

지금처럼 일 년에 몇 차례 수백 명이 서로 얼싸안고 만남이 이루어진다 해도 그 이후 또 다른 이별이 가져다주는 더 큰 충격을 어떻게 다스릴 수 있을까? 생각만 해도 몸서리가 쳐진다.

우리 민족이 독일민족보다 무엇이 부족하고, 무엇이 문제가 되어 이러한 난국을 타개하지 못하는가 하는 의문을 북한에 머무는 동안 내내 머리에 무겁게 담고 다녀야 했다. 그리고 이제부터라도 북한을 바로 알고 그 실체를 정확히 분석함으로써 답을 얻어 내고, 그 답을 통해 문제를 풀어가야 겠다는 생각을 했다.

지난 2000년 6월 15일, 김대중 대통령과 김정일 위원장은 6·15선언을 했고, 그 이후 우리는 끈질기게 남북화해와 협력을 위해 노력하고 있다. 그동안 우리나라의 보수와 진보의 대립으로 인한 남남갈등, 서해교전과 북한의 핵문제 등 난관 속에서도 민족이 하나되기 위한 노력은 계속되었고 개성공단조성, 무역 등 교류를 지속적으로 이행하여 왔다. 참여 정부의 대북정책이 포용정책의 연계선상에서 평화번영정책으로 착실하게 진행되었고 이명박 정부도 북한과의 상생정책을 추구한 바있다. 그러므로 이제 우리 국민 모두는 합심하여 북한동

평양역 광장에 세워진 평화자동차 광고탑. 지나가는 인민들이 재미있다는 듯 쳐다보고 있다

포와 함께 번영과 평화의 통일시대를 열어가야 할 것이다.

　필자가 '전변의 현장에서 본 북한' 초판을 쓰던 시기는 김정일권력이 안착하면서 고난의 행군 시대도 넘기면서 선군정치와 강성대국이 본 궤도에 오르는 시대였다. 그러나 2011년 12월 김정일 위원장의 급사에 따른 김정은 권력의 출현은 세계인을 또 한 번 놀라게 했다.

　백두 혈통의 3대 세습이 자연스럽게 이루어졌기 때문이다. 김정은 권력 3년 핵과 경제의 병진 정책을 내세웠으나 어느 것 하나 북한의 가능성은 희박하다 보겠다. 그러나 주변의 정세는 통일의 가능성이 나타나고 있고 따라서 중국이 북한에 대한 재평가가 본격화되면서 오히려 한국이 주도하는 통일된 One Korea를 희망하기에 이른 것이다.

산천은 변함없는데 사람은 변해 있어

보통강 호텔의 만찬장

보통강 호텔은 북한의 입장에서는 특수한 호텔이다. 1970년대에 김일성 주석이 직접 건설 현장을 지도했고, 김정일 위원장도 수차 방문했기 때문이다. 객실은 160개 정도인 9층 건물의 고급호텔인데, 이름을 보통강 호텔이라고 붙인 것은 보통강가에 자리 잡고 있기 때문으로 보인다.

호텔의 경영은 일본인들이 하고 있는데 총지배인은 남포에 자리잡은 평화자동차의 박상권 사장이 맡고 있다. 그 까닭은 문선명 회장의 국제그룹이 평화자동차 공장에 5,000만 달러를 투자해서 북한과 합영회사를 만들었고, 북한 정권으로부터 보통강 호텔을 인수해 경영에 참여하고 있기 때문이다.

나의 평양 방문도 평화자동차의 승용차 휘파람 조립을 계기로 거행된 준공식에 참여하기 위해 평양에 들어온 것이다. 우리는 그 호텔에 여장을 풀었다. 다소 늦게 도착했는데도 보통강에서는 젊은이들이 짝을 이루어 유유히 보트를 타고 있었고, 강변을 끼고 안산관으로 이어지는 공터의 연못에선 노인 셋이 낚시를 하고 있었다. 처음부터 북

한 사람의 여유 있는 삶의 모습을
보는 것 같아 마음이 푸근해졌다.

그러나 얼마 안 있어 어둠이 짙게
깔리고 칠흑같은 밤인데 호텔 전등
이 깜빡거리는 것을 보고 전력이
모자라다는 것을 알았다. 보통강 호
텔의 분위기는 여느 한국 호텔의
모습과 크게 다르지 않았다. 평양
에 이보다 더 큰 규모의 호텔이 또

보통강에서 낚시하는 사람들

있다는 것을 알기 때문에 별다른 느낌은 없었다. 호텔의 넓은 룸에 자
리한 우리 일행과 지금은 고인이 되었지만 북한의 송호경(아태위원회 부
위원장)일행 등 100여 명의 남북대표가 자리를 함께 하니 분위기는 긴
장과 갈등에서 화합과 협력의 자리로 바뀌어 남북이 일시에 하나되
는 기분이었다. 양측 참석자의 소개에 이어 송호경 북측 대표의 인사
말이 있었다.

그는 6·15 남북공동선언의 의미를 간략히 소개하고, 공화국에 자
동차조립공장을 세워준 데 대해 감사를 표한 뒤 남측 대표인 박상권
사장의 노고를 높이 평가했다. 그리고 통일그룹 대표들이 공화국의
여러 시설을 돌아보게 해준 김정일 장군에게 감사한다며 기립박수를
치는 것이었다. 이런 갑작스런 행동에 우리 일행도 어쩔 수 없이 동참
하지 않을 수 없었다. 북한 지도층은 김일성 주석이나 김정일 지도자
에 대해 찬양할 때는 반드시 습관적으로 기립박수를 치는 것을 여러
번 보았다.

아마 독자들은 김대중 정부 시절, 북한측 대표로 서울에 왔던 김용

성 대표가 김대중 대통령을 방문한 자리에서 김 대통령이 김정일 위원장 안부를 묻자 그 자리에서 벌떡 일어나 차렷자세를 하면서, "장군님께서는 인민과 군을 사랑하여 매일 현지 시찰과 격려의 방문을 하고 계십니다." 하고 답변하는 장면을 보았을 것이다. 당시 김 대통령도 얼마나 황당했겠는가. 앉아서 이야기하다가 갑자기 벌떡 일어나 소리치는 모습을 상상해보라. 나는 이미 이해는 하고 있었지만 만찬장의 환영식 자리에서 갑자기 일어난 사태에 어리둥절할 수밖에 없었다.

박상권 평화자동차 사장은 송호경 북측 대표가 우리 일행을 열렬히 환영해준 데 대해 고마움을 표한 뒤, 사회주의 공화국의 주체사상과 강성대국, 선군정치 등에 대해 언급하고 있었다. 나는 북한 체제하에서 공장을 경영하는 박 사장의 입장을 이해할 것 같았다.

그런데 갑자기 일이 벌어지고야 말았다. 박 사장이 한국에서 간 인사들을 소개할 때였다. 박 사장이 통일그룹 브라질연수원 원장을 소개하면서 갑자기 그에게 통일 그룹의 브라질 프로젝트를 설명하라고 했다. 그러자 원장은 긴장된 모습으로 브라질의 판다나 농장 개발계획을 설명한 뒤 한국의 경상남도만한 면적의 대규모 농장을 건설하여 거기서 나오는 식량 대부분을 북한동포를

평양의 의류공장에서 일하는 여성들

돕는데 쓰겠다는 문선명 회장의 계획을 설명했다. 그 순간 바로 뒷줄에 앉아 있던 북한 간부 둘이서 약속이나 한 듯 소리쳤다.

"무엇을 돕는다는 거야? 쓸데없는 소리 하는구만. 우리 공화국이 무슨 거지야, 뭐야! 저 동무, 발언 취소하라요!"

순간 아찔했다. 사실을 사실대로 말하고 있을 뿐이었는데 북한이라는 용어와 자기들을 도와주겠다고 하는 데에 대한 신경질이었다. 나는 그 후에도 북한에 체류하는 동안 이와 비슷한 반응을 여러 번 보았다.

지금은 고인이 된 김용순 위원장도,

"남쪽에서 북에 무엇을 퍼준다고 하는데 동족끼리 어려울 때 나누어 먹는 것이지 무엇을 퍼준다고 하느냐?"

라고 항변하는 모습을 인민궁전 회의장에서 직접 들었다.

간신히 환영만찬이 끝나고 숙소 712호실로 돌아왔다. 방은 그런대로 정돈되어 있었고, 2인이 사용할 수 있도록 침대 두 개가 있었는데 1인1실씩 배정되었다.

방안에는 TV가 있었고, 일본의 NHK TV, 중국의 CC TV, 미국의 CNN 등과 북한 중앙TV채널도 있었다. 그러나 북한 중앙TV는 밤 9시경부터 12시까지만 방영되고, 아침에도 출근시간 이전에만 약간 보여주더니 낮에는 아예 방영되지 않았다. 프로그램은 주로 계몽 성격의 드라마 내지는 김정일 위원장의 행적을 보도하는 내용이었다. 간혹 대체식량을 해결하는 일선 노동자들의 모습을 담은 단막극이나 전력을 해결할 수 있는 소규모 발전소 건설의 현장에서 노동자들이 땀흘려 일하는 모습도 보여주었다. 오늘 날 북한이 처한 식량난과 전력난을 단적으로 보여주는 좋은 예였다.

호텔 방에서 창밖을 바라보니 보통강을 끼고 쭉 뻗은 도로에는 가로등이 하나도 없었고, 차량들은 그 수를 헤아릴 수 있을 정도였다. 창밖을 보면서 나는 문득 전에 들었던 이야기를 떠올렸다.

공화국을 모독한 일기장

지난 2000년 봄, 리틀엔젤스 단원들의 평양 공연이 있을 때였다. 한 단원이 어둠에 묻힌 평양을 보면서 아래와 같은 일기를 썼다.

"북녘의 친구들은 참으로 불쌍하다. 이렇게 칠흑같이 어두운 밤을 살아야 하다니 불쌍하기도 하지."

그 후 일기를 미처 챙기지 못한 채 여정에 따라 즐기고 있었다. 그런데 방을 청소하는 복무원(청소를 하는 아주머니)이 우연히 그 일기를 읽고 상급기관에 보고했다. 그 후 인솔자는 공화국을 모독했다는 호된 질책을 받고 각서까지 써가면서 용서를 구했다고 한다. 나도 아예 현장에서 일기나 소감문은 안 쓰는 게 상책이라고 생각되어 일절 기록을 남기지 않기로 했다.

또 손가락으로 방향을 가리킨다든지, 옆구리에 손을 얹는 행동, 박물관이나 기념공원을 관람할 때 껌을 씹는 일 등은 모두 허용되지 않았다. 평양은 혁명의 수도요, 공화국의 심장부이고, 도처에 수령님과 장군님의 동상, 흉상, 입상 등이 자리하고 있으니 만에 하나 손가락질을 하게 되면 큰 불경죄에 해당된다는 주의를 여러 차례 받았다.

우리 일행은 항상 긴장하고 정중한 자세로 안내자(일부 감시자)의 지침에 따라야 했다. 새벽 잠자리에서 일어나 습관적으로 산책이나 할까하고 호텔 정문에 나와보니 두 명의 안내원이 현관에 잠들어 있었고, 문도 잠겨 있었다. 711호에 세계일보 사장을 안내하겠다고 소개했던 두 민화협 간부들이 옆방에 들어 있다가 즉시 프런트로 내려왔다. 친절인지 감시인지 행동 하나하나가 불편했다.

나는 그날 이후 새벽 시간에 호텔 인근을 걷는 산책을 포기했다. 우리 일행이 버스를 타고 들어올 때 마음을 푸근하게 해주었던 낚시꾼과 보트를 탄 젊은이들의 정체도 뒤늦게 알게 되었다. 그들은 실제 낚시를 하거나 여유 있는 보트놀이를 한 게 아니었다. '공화국에도 이러한 레저가 있다'는 것을 알리기 위한 선전꾼이었다. 참으로 허탈하고 가슴이 아파왔다. 떠나기 전날 호수를 잠시 들여다보니 빗물이 고인 작은 연못은 고기가 살지 못할 것으로 보였다.

평양 보통강 유원지에서 뱃놀이를 하는 사람들

들은 이야기인데 1972년 7.4남북공동선언이 있던 무렵, 남측대표가 개성을 지나 평양으로 가는데 농촌 들녘에 스프링쿨러가 작동하고 있는 것을 목격했다 한다. 그런데 소낙비가 내리는데도 작동되는 걸 보고 선전물로 쓰려고 이런 일을 벌이고 있다고 생각하니 어처구니가 없더라고 했다. 지금도 그러한 선전이 유효하다고 믿는 북한의 현실이 암담하게만 느껴졌다.

그럼에도 불구하고 북한이 분명히 변화의 몸부림을 치고 있음을 알

통일시대 변화의
현장에서 본 북한

수 있었다. 최근 북한의 모습이 1년 전과는 상상할 수 없을 만큼 변화하고 있다고 느껴졌다. 그 증거의 하나가 자전거 행렬이었다. 내가 평양을 돌아볼 때만 해도 등에 봇다리를 메고 식량을 구하기 위해 움직이는 행렬은 더러 보았지만 지금처럼 대수를 헤아릴 수 없을 만큼 자전거가 많아지리라고는 생각하지 못했었다. 새 자전거, 낡은 자전거 할 것 없이 무엇인가

평양 대동강변에 서 있는 천리마 동상

를 뒷자석에 싣고 있는 것으로 보아 분명 물동량이 많아졌고, 운반을 신속히 해야함을 말하고 있었다. 북한은 지난 2003년 3월부터 농민시장과 장마당을 양성화하고 현대식 종합시장을 도입하는 등 시장기능을 인정했다. 이는 노동력의 이동과 상품유통이 늘어났다는 증거다. 여기저기서 더 벌어 더 쓰자는 주민들의 노력이 나타나고 있었다.

북한에서 혁명의 요람으로 자리한 김일성대학이나, 성지聖地로 불리는 김일성 주석 생가에서도 판매소(상점)가 문을 열고 손님을 부르고 있음은 예사스러운 일이 아니다. 북한의 변화, 그것이 상징적이든 실제적이든 간에 민족통일을 희구하는 우리들에게는 의미 있는 일로 다가올 수밖에 없다. 그로부터 10년 지금 평양은 자동차 행렬이 줄을 잇고 전국을 관광지화하여 외국 손님을 불러들이고 있다. 지금 북한 김정은권력은 체제관리가위험할 경지에 봉착해있다.

주체농법과 농업전선

농토는 농민에게 주어야 하는데

보통강 호텔에서 아침식사를 마친 뒤 일행은 세 대의 버스에 나눠 타고 선도차의 안내를 받으며 평북 정주로 향해 출발했다. 정주까지는 2시간 30분 정도의 거리여서 별로 멀지 않았다. 북한은 웬만한 방북자들에겐 농촌을 보여주지 않는 것을 원칙으로 삼고 있는 데도 불구하고, 우리 일행에게는 벌거벗은 북녘의 산하를 그대로 보여주었다.

나는 이번 기회에 북녘의 산하는 물론 농촌의 실제 모습을 볼 수 있다는 데 큰 의미를 두고 있었다.

우리 일행을 안내하는 부서는 네 곳이나 되었다. 아태평화위원회, 민화협, 여행총국, 의전국 등이었다. 나중에 안 사실이지만 어느 특정 단체에서만 안내를 하면 남한에서 온 사람들의 성향이나 성분이 객관적으로 검증되지도 않을 뿐 아니라 잘못된 정보가 들어갈 수도 있다는 판단 때문이라고 했다. 상호 견제와 감시가 어느 정도인가를 깨닫게 됐다.

하루는 소속이 전혀 밝혀지지 않은 사람이 가까이 와서,

"사장 선생, 뭐 불편한 것 있으면 이야기 하시라요."

하는 것이었다. 나의 기우인지는 몰라도 그들이 베푸는 친절 속에 철저한 이중 삼중의 감시가 이루어지고 있다는 느낌이었다. 언어는 물론 행동 하나까지도 정확히 분석하여 그날의 개개인의 동향을 상부에 보고하는 듯했다. 여러 채널의 보고를 종합하면 객관적 검증을 할 수 있다고 판단했을 것이다.

동명성왕 왕릉을 견학할 때였다. 일행 중 한 사람이 한눈을 파느라고 안내원의 설명을 잘 듣지 않으니 대뜸,

"저 동무는 돼먹지 않았구만, 처단의 대상이야"

하고 차마 면전에서는 하기 힘든 질타성 말을 서슴없이 던졌다. 또 다른 일행이 껌을 씹자,

"주둥이를 닥치라우!"

라고 하는 게 아닌가. 특유의 평양 말이어서 더 그랬겠지만 참으로 정나미가 떨어졌다.

얼마 전 북한을 다녀 온 친구가 북한에는 네 가지가 없더라고 했다.

항일운동의 유적지로 손꼽히는 백두산 아래 삼지연시 전경

즉, '산에 나무가 없고, 자동차가 없고, 젊은이가 없고, 처녀들의 가슴이 없더라.'는 지적이었다. 내가 보기에도 실제 맞는 것 같았다. 먹을 것이 없으니 젊은이가 일찍 늙어 보이고, 여자들도 가슴이 나올 리 없지 않은가. 더욱이 북한 여성들은 가슴안경(브레지어)을 하지 않을 테니……. 땔 연료가 없으니 옛날 6·25직후의 남녀와 크게 다를 게 없어 보였다. 차창밖으로 보이는 북쪽의 산하 그리고 멀리서 보이는 협동화된 촌락들. 촌락들 앞으로 전개되는 넓다란 들판은 너무나 쓸쓸하고 삭막하여 저 농토들이 농민에게 주어져야 기름진 옥토로 바뀔 터인데 하는 마음이 간절하였다.

최근에 북한 농촌에 자가 영농방식이 확대되고 있는데 좀 더 기다려 봐야 할 것이다. 대단위 농촌 협동체제를 가족단위로 나누어 인센티브제를 도입한 것이다.

산하는 벌거벗겨져 있고

나는 산의 나무 뿌리를 캐다가 구들장을 데웠던 세월을 떠올리면서 정주행 버스에 몸을 싣고 북한의 산하를 관광하였다. 그런데 정주까지 가는 도중 차를 불과 2~3대 밖에 보지 못했다.

산하는 벌겋게 벗겨져 있고, 농토는 모두 협동농장화되어 마을마다 농민들이 농기구를 어깨에 메고 단체로 농장으로 줄을 지어 나가는 광경을 볼 수 있었다. 마침 계절적으로 못자리를 하고 밭을 일구어 씨를 뿌리는 때였다. 집단화된 공동마을에서 단위별로 농사를 짓는데 이름하여 협동농장이라 했다.

북한은 김일성 정권시절, 토지개혁을 실시하고 주민들을 대거 모아 취락지구를 만들었다. 행정구역도 군 아래 단위인 면을 없애고 부락을 집단농장으로 대형화하였다. 사회주의식 집단농장의 전형을 그대로 모방한 것이다.

버스 차창으로 보이는 대단위 농가는 똑같은 형태의 흙벽돌로 지어져 있었는데 주변에 나무 한 그루 없는 삭막한 어느 사막의 마을을 연상케 하였다. 참으로 안타까웠다. 저렇게 허허로운 들판에서 고난의 시기(1995~2000년)를 어떻게 넘겼을까 하고 생각하니 마음이 한없이 아파 왔다.

청전강(옛 살수 · 薩水)을 건너 정주로 들어가는 길의 중간부터는 비포장 도로였다. 본래 2차선의 좁은 길이지만 포장을 했었던 모양인데 아스팔트가 망가져 도처에 인민들이 나와서 삽으로 패인 도로를 메꾸고 있었다. 태양절(김일성 91회 탄신일)을 앞두고 전 국토를 깨끗하게 단장하고 있는 중이라고 하였다.

사회주의 공화국은 과연 무엇을 했을까? 북한 인민에게는 돈이 필요 없다고 강조하던 안내원에게 묻자,

"김정일 장군님이 필요한 물품을 다 주는데 돈이 왜 필요합니까?"

라고 항변하던 모습이 떠올랐다.

농가를 돌아보고 오는 길에 조그마한 가게에서 물건을 팔고 있어 들어가 보니 정주의 돌과 흙, 그리고 그곳의 명물이라는 밤을 팔고 있었다. 가게를 개인이 운영하느냐고 물으니 정주시가 관리한다는 답변이었다.

7.1 관리개선 이후 농업협동 조직에도 큰 변화가 있다고 한다. 개인이 600평 이상도 조합과 임대계약으로 경작이 가능하고 몇 사람씩 단

집단화된 농촌의 주택. 깨끗하기는 하지만 개성이 없고 단조롭다

위로 소조직의 농경지 관리가 가능하다니 농촌에도 성과급이 확대되는 것 같아 변화가 예측된다.

　김정일 위원장은 2005년 신년사에서, "올해 농업 생산에서 전환을 이룩하자면 당조직들이 농업부문 일꾼들의 사업을 적극 밀어주어야 한다. 농업근로자들은 농사를 잘 짓는 것이 식량문제를 원만히 해결하고 인민생활 수준을 높이기 위한 중대한 정치적 사업이라는 것을 깊이 명심하고, 주체농법의 요구대로 모든 농사일을 주인답고 책임성 있게 하여 오곡백과 무르익는 풍요한 가을을 맞이해야 한다. 전당, 전군, 전민이 노력하여 물질적으로 힘있게 전진하는 농업전선을 형성하자"고 하였다.

주체농법의 한계와 개인농업 확대

농민시장의 양성화

7.1 관리개선 조치 이후 배급제도가 없어지고 농민시장이라고 하는 암시장도 양성화되어 생활필수품이 자유롭게 거래되는 모습을 볼 수 있었다. 근로자들의 임금이 20여 배나 올라 다소의 여유는 생겼으나 1kg에 8전 하던 쌀을 현실화하여 40원으로 올리고 암시장을 양성화하여 거래를 정상화하였으나 그나마 쌀이 모자라자 또 다른 암거래가 형성되어 1kg에 400원이 넘어간다고 했다.(지금은 2,000원에 육박하고 있다 한다.)

이름하여 청산리 농법으로 불리워지던 천리마운동 등 주체농법도 한계에 부딪쳤다. 거기에다 중앙에서 내려온 당 간부와 말단 협동농장 간부들끼리의 비리는 더 이상 북한 농업을 지탱할 수 없게 만들었다. 농민들의 집단적 생산방식도 한계에 도달했고, 겹겹이 몰아치는 천재지변은 북한의 식량난을 불러왔다. 또 중국과 러시아로부터의 무상원조도 중단되어 북한은 현재 최악의 식량난이 겹치고 있었다. 더욱이 구상무역이 경화 결제로 바뀌면서 같은 공산국가간의 무역도 중단되고, 모자라는 식량부터 모든 물품 전체를 달러로 사들여야 한다. 그것도 국제시장가격에 따라야 한다니, 그렇지 않아도 달러가 모자라는 북한경제가 견뎌낼 재간이 없을 것이다. 특히 구상무역 당시보다 10배가 넘는 현금을 지불해야 하기 때문에 더욱 그러할 것이다. 게다가 조총련 자금과 미국의 재산마저 동결되니 90년대부터 북한의 경제는 걷잡을 수 없게 좌초되기 시작했다.

1994년 7월, 김일성 주석이 사망하고 95년부터 그들이 말하는 '고난의 시기' 즉 절대 식량위기가 닥쳐왔다. 외신들은 이 기간 동안 북한에서 약 300만 명이 기아와 병마로 죽고, 산모가 조산능력을 잃었다고 사진을 곁들여 보도했다. 만약 한국, 미국, 일본, EU, NGO로부터 식량원조가 없었더라면 지금쯤 북한인민들은 절대빈곤으로 인해 대부분 죽었을 것이고, 이것이 권력의 붕괴로 이어졌을 것이라는 추측도 가능하다. 북한의 사회주의 협동농장제도인 주체농법마저도 한계에 도달했다.

신품종연구소에서 연구원들이 벼종자 개량에 대해 토의하고 있다

청천강변의 염소 두 마리

청천강변에서 안주시를 바라보며 잠시 휴식을 취하는데 마침 언덕에서 염소 두 마리에게 풀을 먹이는 젊은이를 만났다. 내가 가까이 가

서 염소를 집에서 개인적으로 기르느냐고 물으니 가축협동농장 소유이며 자기는 일꾼으로 오늘 그 임무를 맡았다고 하였다. 아무리 생각해도 염소 두 마리로는 생산적 노동이 되지 않을 것 같아서 그 두 마리만으로 경제적 이득이 있느냐고 물으니, 그 젊은이는 한참 있다가 이득이라는 말이 무슨 뜻이냐고 되물었다. 나는 쉬운 말로 경제적 타산이 맞느냐고 설명했더니 타산이라는 말이 무슨 뜻이냐고 또 되물었다.

나는 다시 경제적 채산성, 즉 하루 노동을 하여 노동의 대가가 있어야 노임을 받아도 노임을 주는 조직이 손해가 나지 않고, 그래야 협동농장이 발전할 것 아니냐고 물었더니 도대체 그것과 무슨 상관이 있느냐고 되물어 말문이 막혔다. 이렇게 인민들의 의식 속에 소유와 이윤의 개념이 없어서야 어떻게 경제가 발전할 수 있겠는가?

북한이 식량을 해결하려면 농토를 농민에게 주어서 개인이 소유하도록 하면 다 해결될 터인데 왜 그렇게 하지 않는지 안타깝기만 했다. 그것은 물어보나마나 체제 이완이 오기 때문이요, 절대 권력에 복종하는 일꾼들이 없어질 것이기 때문이리라.

그러나 최근의 북한 소식통들은 북한이 협동농장을 나누어 개인이 600여 평씩 임대형식으로 농사를 지을 수 있게 한다고 전한다. 또 협동농장으로부터 1kg의 쌀을 80전씩 사오던 것을 40원에 사게 하여 생산의욕을 증가시키는 시스템을 작동시킨다고 하니, 베트남이나 중국의 초기 농지관리방식을 도입하고 있는 것 같았다.

시장은 수요와 공급의 원리에 의해서 그 기능이 작동된다. 그동안 비공식적으로 거래되던 쌀이 배급가의 몇십 배가 넘는 돈으로 거래되었는데 수요자는 많고 공급은 되지 않으니 가격폭등과 화폐가 인플레되는 것은 너무나 당연하다.

월급을 현실화한다는 명목으로 임금(생활비)을 20배 가까이 올려주었으나 물가는 몇십 배 오르고 물품은 공급되지 않으니 이름하여 사회주의식 시장경제, 즉 북한식 시장경제의 앞날은 불안하기만 하다. 어쩌면 우리가 생각하는 것보다 북한체제가 빠르게 한계에 직면할 것이 아닌가 하는 의구심을 떨칠 수가 없었다.

"주체의 조국은 사상 이론적 예지와 령도력 덕성에 있어서 그 누구도 따를 수 없는 뛰어난 천품을 지니신 가장 탁월한 수령 김일성 주석과 김정일 지도자를 모신 것으로 하여 정치적 대국, 사상의 강국, 군사강국, 자립경제의 모범국으로 세계만방에 빛을 뿌리고 있다."

이것은 그동안 북한 정권이 전가보도傳家寶刀식으로 내세우던 주장이다. 그러나 피폐한 농민들의 초췌한 모습 앞에서도 그들의 신념과 의지가 버티어 질런지는 두고 볼 일이다.

우리를 안내하는 민화협의 강성일 안내원은 목청을 높여 강변했다.

"모든 것을 우리식대로 풀어나가는 정치방식은 민족 운명 개척의 주체적 원리에 기초하여 철저히 구현해 가고 있다. 오늘날 동구의 사회주의국가의 몰락이나 소련의 해체, 중국의 변화 등도 주체적 사상이 정립되어 있지 않았기 때문이라고 하였다. 우리 조선인민공화국식 사회주의를 일으켜 세우신 위대한 김일성 주석님의 통치력과 김정일 장군

북한 주민들의 주식의 하나인 감자연구단지 마을

대홍단 감자연구소에서 실험에 열중하고 있는 연구원들

님의 위민위천爲民爲天의 정치방식에 의해 사회주의 조선공화국은 영원하다."
그러나 그렇게 주장하는 그의 말 속에는 변해가는 환경에 두려움을 느끼는 기색이 역력했다.

2002년, 김정일 위원장은 상하이를 방문하고 나서 천지개벽을 외치며 북한을 개방하려 했으나 군부의 강한 반발로 목적을 달성하지 못한 것 같다. 특히 신의주 개방을 전제로 임명한 초대 행정장관 양빈을 중국정부가 전격 체포한 데 대한 문제들을 재검토한 것으로 알려지고 있다.

김정일 위원장은 중국을 최근에 두 차례나 방문하였는데, 그 방문의 최대 목표는 핵개발 포기 이후 북한 체제 보장과 군부 및 인민들을 어떤 방식으로 설득해서 국제사회에 능동적으로 대응해 갈 것인가를 검토하기 위한 것으로 보인다.

김정은 권력 3년째아직 중국 정부의 초청을 못받고 중국 시진핑 주석이 60년의 전통을 깨고 북한 방문을 포기하고 한국 방문을 결행하였다. 중국의 지원이 절대적이던 북한은 이제 드디어 외로운 또다른 정치적 고난이 시작된것이다.

'주체의 나라, 우리식 사회주의'

'조선민주주의인민공화국'

북한은 온통 '주체의 나라, 우리식 사회주의'를 실행하고 있다고 요란했다. 동구 사회주의가 몰락하던 1990년대 초에도 북한만은 '우리식 사회주의는 동구의 사회주의와는 차별된다.'고 하면서 주체사상으로 똘똘뭉쳐 조선인민공화국식 사회주의를 관철해 간다고 주장했다.

평양 인민궁전 앞에서 나부끼는 '조선민주주의인민공화국'의 깃발

나도 방북 기간 동안 '주체사상으로 철저히 무장하여 선군정치, 강성대국을 건설하자'는 구호를 여러 곳에서 보았다. 오늘은 북한이 그토록 자랑하는 대동강변의 주체탑에 오르는 날이다. 주체탑은 인민대학습당 건너편에 자리하고 있었다. 우리는 먼저 인민대학습당을 방문하였다.

안내원은,

"인민대학습당은 평양에서 가장 좋은 명당에 세워져 있습니다. 그런데 본래 이 자리에는 김일성 주석님이 집무하시는 주석궁전을 짓도록 유명한 풍수지리가가 점지해 주었는데 이 보고를 받은 주석님께서는 '그렇게 좋은 자리이면 인민들이 사용하는 대학습당을 지어야지 왜 나만의 집무실을 짓는단 말이요?' 라고 교시하시어 대학습당을 짓게 되었습다."

고 설명하면서 눈물을 글썽였다. 인민을 생각하는 '어버이 수령' 님의 큰 사랑에 감복했다는 표정이다.

주체사상탑은 평양에서 가장 높은 조형물이다. 1982년, 김일성의 70회 생일을 기념해 4면에 70계단을 쌓고, 70년까지의 생존일수를 모두 합친 숫자에 맞추어 2만 5,500개의 백색 화강암으로 축조했다고 한다.

봉화는 직경 20m의 받침대 위에 설치했고, 탑 정면에는 노동자, 농민, 인텔리를 조각한 높이 30m의 세계층을 상징화한 군상이 세워져 있었다.

탑의 좌우측에는 백색화강석의 군상과 1백50m 높이까지 물을 뿜어 올리는 대형 분수대가 설치되어 있었다. 좌측의 조각군상에는 '주체공업편', '철벽의 요새편', '무병장수편' 등의 이름이 새겨져 있고, 우측의 군상들에는 '만풍년편', '배움의 나라편', '주체의 예술편' 등의 이름이 각각 붙어 있었다.

탑 내부 전시실에는 세계 90개국에서 보내왔다는 600여 개의 대리석과 옥돌이 모자이크식으로 붙어 있고, 탑신에는 4각추형으로 모서리마다 처마를 형상화한 돌출부가 만들어져 있었다. 평양시 동대원구역 신리동 대동강변에 위치한 이 탑의 높이는 탑신이 1백50m, 봉화

대동강변에 서 있는 주체사상탑

높이 20m인데 이는 미국 워싱턴의 머뉴먼트탑보다 1m가 높다고 자랑하고 있었다. 주체탑의 대리석에는 남한에서 보내온 것으로 추정되는 당시 운동권 출신들의 김일성, 김정일 부자에 대한 찬양의 글귀도 있었다.

주체탑을 돌아보고 다음으로 평양 지하철을 타게 되었다. 평양시 종로의 보통강을 바라보며 영광역 입구에서 160m의 에스컬레이터를 타고 지하로 내려가니 총연장 34km의 17개 역을 통과하는 평양지하철이 있었다. 물론 평양 지하철은 단일노선이었다. 각 역은 영광역이나 부흥역처럼 김일성, 김정일의 초상화와 자연경관의 모자이크가 잘 조각되어 있었다. 지하철을 오르고 내리는 평양 시민들의 앞가슴에는 어김없이 김일성, 김정일 부자의 흉상 뱃지가 부착되어 있었다.

지하철 안내원은 평양지하철은 4계절 내내 영상 20도를 유지하기 때문에 냉난방이 필요없는, 세계에서 제일 훌륭한 지하철이라고 자랑했다. 그러나 나의 눈에는 평양지하철은 전쟁시 대피호로 사용할 목적으로 만들어졌고, 수송수단은 부차적인 것으로 보였다. 실제로 한번 운행되는 차량의 수가 두 량밖에 안되었으니 그 차에 몇 명이나 타겠는가?

'우리식으로 살아갑니다'

다음에는 개선문을 둘러보았다. 개선문 또한 김일성 주석의 70회 생일을 기념하기 위해 세운 높이 60m, 너비 52.5m의 화강석 대문이다. 70회 생일을 기념하는 70개의 진달래꽃과 김일성 주석을 찬양하는 노래가 새겨져 있었다. 프랑스의 개선문을 모델로 하여 김일성 주석의 1925년부터 1945년까지의 항일투쟁시기를 승리로 이끌었다는 뜻을 담고 있다고 했다. 김일성 주석이 1912년생이기 때문에 1925년이면 불과 13세 소년이었는데 그때 이미 항일운동의 선봉자가 되었다는 허무맹랑한 주장을 안내원은 늘어놓고 있었다.

개선문 정면에는 1925년~1945년이라는 커다란 글귀가 새겨져 있었다. 북한에는 김일성, 김정일 부자의 우상화 상징물이 그 수를 헤아릴 수 없이 많았다. 또한 잘 훈련된 '강사 선생(안내원)'들의 설명은 어느 곳이나 똑같이 저음으로 일관하고 있었는데 사람의 마음을 파고드는 호소조가 인상적이었다.

재일조선인총연합회 회원들의 독보회 장면

나는 돌아오는 길에 북한의 '우리식 사회주의' 출현에 대해 생각해 보았다. 북한에서는 1953년 한국전쟁에서 패전한 후 권력 투쟁이 시작되었다. 국내파 박헌영과 연안파 김두봉, 그리고 소련파 박금철, 허가위 등을 제거하고 갑산파와 항일 빨치산파가 득세하여 P.H사단 평양과 함경도의 김일성 중심의 인맥이 권력을 갖게 되었다.

국외에서는 소련의 후르시초프가 스탈린을 격하하는 권력투쟁이 일어나자 중국의 모택동은 후르시초프를 수정주의자라고 공격하고, 후르시초프는 모택동을 교조주의자라고 비판했다. 그 사이 소련의 철학과 중국의 문화를 종합하여 권력을 형성한 김일성은 드디어 독자적 사회주의를 만들었다. 즉, 사상의 주체, 국방의 자위, 정치의 자주, 경제의 자립 등을 주제로 하는 '우리식 사회주의'를 실현하기에 이르렀다.

영생을 꿈꾸는 금수산태양궁전

김일성 주석은 영생하는가?

북한의 김일성 주석은 아직도 '태양처럼 인민을 향해 빛을 발하며 인민의 가슴에 영원히 살아 있는 수령'으로 존재하고 있었다. 주체 91(2002년)년 4월 6일자 노동신문에는 '위대한 수령님의 유훈을 심장에 새기고 강성대국 건설을 다그치라.'고 강권하고 있었다. 그리고 김일성을 '사회주의 조선'의 시조始祖라고 칭하고, '김일성 민족'이라는 용어를 사용하고 있었다.

1998년에 개정한 북한 헌법은 '김일성 헌법'으로 명명되었으며, 사회주의 조선의 주석은 오직 김일성만이 유일하다고 했다. 김정일 위원장이 왜 주석에 추대되지 않는지 알 것 같았다. 김일성 주석은 영생하며, 주석은 영생하는 김일성만이 할 수 있다고 하니 김정일이 그 자리에 오를 수 없지 않겠는가.

나는 여성 안내원인 민화협 이순희에게 '어떻게 죽은 사람이 영생할 수 있느냐?'고 조용히 물었다. 그랬더니 그 안내원은, "육신은 죽었다해도 그 사상과 이념 그리고 주석님이 살아서 하고자 하는 사업이 김정일 위원장에 의해서 계승된다면 이는 영생하는 것."

이라고 잘라 말했다. 나는 그들의 경직된 신념에 대해 놀라움을 금할 수 없었다.

금수산 태양궁전에 안치되어 있는 김일성 주석을 참배하는 데는 많은 절차를 거쳐야 했다. 물론 정장차림을 해야 하고, 마음의 준비도 있어야 한다고 했다.

북한의 인민들은 금수산 태양궁전 참배를 하

금수산 김일성 주석 기념궁전. 주석 시신이 안치되어 있다

려면 3일 밤낮동안 정성을 들인다고 했다. 우리 일행은 특별히 절차를 간소화하여 궁전으로 들어가는 에스컬레이터를 탈 수 있었다. 물론 사전에 모든 검사를 받았다. 그 절차는 마치 공항에서의 검사와 비슷했다.

주석궁이라고도 불리는 금수산 의사당은 1977년, 김일성 65회 생일 때 준공되었는데, '부지 면적 350만㎡에 건축 면적 3만4천10㎡의 5층 건물'로 금수산 기슭에 자리하고 있었다. 지하 200m지점에서 평양 지하철과 연결되어 있으며, 30여 개의 감시초소가 있고, 에스컬레이터는 400m가 넘는다고 했다. 처음엔 인민들이 주석궁에 안치되어 있는 김일성 주석의 모습을 보려면 그냥 노천으로 다녀야 했으나 거리도 멀고 비가 오는 날 등을 걱정한 김정일 위원장이 이렇게 악천후에도 편리하게 들어갈 수 있도록 에스컬레이터를 설치하는 큰 은혜를 베풀었다고 안내원은 자랑했다.

에스컬레이터가 멈추는 소접견실, 대접견실에는 김일성이 생전에 각국에서 받은 훈장들이 진열돼 있고, 1994년 7월 8일, 집무 중에 갑자기 타계한 당시의 모습과 음성을 들려주고 있었다. 또 인민, 군인, 학생들이 열흘 밤낮을 울었다는 조형물이 벽면에 배치되어 있었고 밀랍으로 만들어진 김일성 주석의 생전의 모습을 그대로 보여주고 있었다.

다시 엘리베이터를 타고 3층으로 올라가니 검은 정장을 말끔히 차려 입은 김일성 주석의 시신이 유리관에 영구 보존되어 있었다. 안내원은, "태양의 수명이 없듯이 수령님께서도 우리 인민의 가슴에 영원히 살아 계신다." 면서 눈물을 글썽였다.

등소평이 남긴 교훈

레닌이나 모택동의 시신도 크레믈린 궁과 천안문 광장에 안치되어 있다. 그러나 인구가 10억이 넘는 중국을 이끌면서 한 시대 변화의 주역이 되어 오늘의 현대적 중국을 만들어낸 '작은 거인' 등소평은 어떤가?

그는 '고양이의 색깔이 중요한 게 아니고 쥐를 잡는 것이 중요하다'고 실사구시實事求是를 외치면서, "내가 죽은 뒤에 나를 위해 우는 자는 1만 명으로 제한하고, 홍콩의 반환을 보고자 하니 나의 시신은 화장하여 홍콩 앞바다에 뿌려달라." 고 유언을 남겼다.

10억 인구가 모두 조문에만 매달릴 경우 그 많은 시간과 비용, 노동력의 손실이 클 것임을 걱정한 등소평은 북한땅에 언제쯤 나타날까?

　　지난 2004년 4월 북한 평안북도 용천시에서는 질산 암모니아를 적재한 열차와 중유열차가 충돌하여 대규모의 재산과 인명 피해가 발생하였다. 같은 동족으로서 우리들은 TV에서 그 현장을 보았는데 그 장면은 마치 핵실험장을 방불케 했다. 역 청사는 물론 철도 레일이 엿가락처럼 휘어지고, 역사 주변의 인민초등학교 건물이 파괴되어 수업 중이던 어린 학생들을 포함하여 수백 명의 목숨이 사라져 갔다. 또 수천 명의 부상자들이 치료시설과 약이 없어 고통당하고 있다는 소식을 들으며 같은 동족으로서 가슴이 아팠다. 다행히도 북한 당국은 이를 은폐하지 않고 시의적절하게 전세계를 향해 구호를 요구했다. 때문에 한국의 정부는 물론 여야 할 것 없이 온 국민이 힘을 합쳐 구원활동을 전개했고, 후원금과 시설장비를 지원해줌으로써 지금은 그 상처가 아물어 새로 지은 학교 건물에서 학생들의 공부하는 모습을 볼 수 있어 얼마나 다행인지 모른다.

최고인민회의 대회의실에서 선군결의대회를 하는 장면

재불 청소년들의 방문을 받은 생존시의 김일성 주석

나는 전에 중국 단동을 방문했을 때 그곳에서 북한인과 대화를 나눈 적이 있다. 그들은 지금도 변함없이 '장군님의 지도가 있으니 문제될 것이 없다'고 큰소리치고 있었으나 그들의 얼굴에서 무엇인가 불안해하는 모습을 읽을 수 있었다. 그 사건을 계기로 국제사회에서 고립되어서는 살 수 없다는 사실을 점차 인식해 가고 있는 것 같았다. 북한식 사회주의, 다시 말해 자립 경제의 실상이 어떤 것인가를 점차 실감해 가고 있는 것 같았다. 곁들여서 금수산 태양궁전의 김일성 수령 또한 다시는 이 땅으로 돌아올 수 없다는 사실도 깨우치기를 간절히 바랄 뿐이다.

지난 세월호 침몰이 있었던 4월에 평양 평창구역 안산1동 아파트 붕괴가 있었다. 23층 가까운 건물이 일시에 무너져 고급 당간부들의 가족 400여 명이 날벼락을 만난 것이다. 급조된 아파트의 위험을 김정은 권력의 위험과 비교하면 어떨까 하는 생각이 든다.

절대권력과 상징물

절대 권력은 절대 망한다

북한을 돌아보는 동안 북한이 변하는 분야와 변하지 않는 분야에 대하여 깊은 관심을 갖게 되었다. 그러면서 주로 변화할 수 없는 북한의 시스템을 보고 그를 변화시킬 수 있는 방안이 없는지 저절로 고뇌하게 되었다.

'절대권력은 절대 망한다'는 진리 앞에 과연 북한 정권은 초연할 수 있을까? 궁금하기 그지 없다. 정주에서 안주를 거쳐 묘향산 관광호텔로 들어가는 길목에는 각종 구호가 걸려 있었다. '3대혁명(사상, 문화, 기술)완수', '위대한 수령 김일성 동지의 조국통일 유훈을 철저히 관철하자.' '김일성 수령은 인민과 함께 영원히 살아 계신다.' 등의 구호가 대부분이었다.

정주시 원봉리 마을회관 앞 벽에도 '전당, 전군, 전민이 위대한 김정일 동지의 선군혁명 령도를 높이 받들어 나가자!' 라고 씌어 있었다. 물론 어느 국가든 절대권력의 시절에는 선동하는 구호가 많고 그 성격 또한 매우 과격하게 마련이다.

몇 년 전 금강산에 오를 때는 산등성이의 웅장하고 아름다운 바위

통일시대 변화의
현장에서 본 북한

에다 각종 구호를 붉은 글씨로 써서 자연을 훼손한 것을 보고 '통일 이후 저런 큰 바위들을 훼손한 김일성 어록은 어떻게 원상태로 돌려 놓을까' 하고 걱정한 적이 있었다.

묘향산 역시 천하의 절경을 자랑하는 산이다. 금강산은 아름다우나 웅장하지 못하고, 구월산은 아름답지도 웅장하지도 못하지만, 묘향산 만은 아름답고 웅장하다는 서산대사의 말이 생각났다. 서산대사는 37 년간 묘향산 보현사에서 수도했고, 84세에 입적했다. 그 곳에 보현사 관음전이 자리하고 있었다.

만폭동에 오르는 계곡의 물이 얼마나 맑고 깨끗한지 일행은 몇 번 이고 손으로 퍼마시곤 했다. 아마도 어릴 적 내 고향, 전북 순창의 강 천산 계곡에서 마셔보고 50년 세월이 지나서야 유리처럼 맑게 비치 는 묘향산의 물을 마셔본 것 같다.

북한에서는 묘향산을 향산이라 한다. 그리고 평양에 들르는 외국 손님에게는 반드시 향산을 다녀오도록 권유한다고 한다. 그것은 두 가지 이유 때문이다. 하나는 국제친선전람관이라고 하는 김일성, 김 정일 정권의 위 용을 자랑하는 전시관이 있기 때문이고, 둘째 는 잘 보존되어 있는 보현사와 붉은 승복 차림 으로 염주를 손 에 들고 염불을

맑고 깨끗한 묘향산 계곡의 물

외우는 스님의 모습을 보여 주어 북한에서도 불교가 건재하고 있음을 과시하기 위해서다.

다이너스티 승용차에 얽힌 에피소드

일행이 묵은 숙소는 향산관광호텔로 15층 건물에 총 228개의 객실을 갖추고 있는 1급 호텔이었다. 호텔의 위치도 자연과 너무나 잘 조화를 이루고 있었다.

국제친선전람관은 연건평 23,000㎡로서 6층 건물에 50개의 대형전시실을 갖추고 있었다. 묘향산 동편의 산속을 파서 지었기 때문에 가히 미사일공격도 막을 수 있다는 강 선생(안내원)의 말이 실감났다. 이 전람관에는 김일성 주석이 생전에 160여 개국의 국가 원수와 방문자들로부터 받은 각종 선물(표현하기 힘든 대형선물 포함) 24만 6,000가지가 전시되어 있었다. 물론 선물은 대륙별, 나라별, 종류별로 구분되어 있었고, 각국의 국보급 또는 각종 희귀한 보물들도 있었다. 한국도 대우 김우중, 현대 정주영, 삼성 이건희 등의 재벌총수는 물론 운동권 출신들이 개별적으로 보낸 선물들이 전시되어 있었다. 그런데 신기하게도 우리 일행은 주로 한국에서 보낸 각종 선물에 관심을 보였다. 서편의 또다른 전람관에는 김정일 위원장이 받은 6만 가지의 선물이 전시되어 있었다.

나는 각종 전시물을 보다가 한 가지 에피소드가 떠올랐다. 지난 해 겨울, 한국의 여성단체 대표들이 전람관을 관람하는데 북한 안내원이 '남조선 현대의 정주영 회장이 우리 수령님께 남조선에서 가장 좋은 자동차를 선물로 봉헌하셨습니다. 바로 다이너스티라는 차입니다. 아마 남조선 여성동무들은 이런 차를 타보지 못했을 것입니다.'라고 안내하자 듣고 있던 여성대표 몇 사람이 '지금 남한에는 다이너스티 보다 더 좋은 에쿠스라는 차가 나왔고, 우리 남편도 타고 다니고 있다.' 하고 맞받았더란다. 그러자 북한의 안내원은 금새 얼굴이 붉어지면서 어쩔줄 몰라 하더라는 이야기를 들은 바 있기 때문에 이번에는 다이너스티에 대해서 어떻게 설명할까 궁금하였다.

그 순간 전기가 갑자기 나가버렸다. 북한이 그토록 외국인에게 자랑하고, 김일성 주석과 김정일 위원장은 외국의 국가원수와 저명한 인사들로부터 받은 국보급 선물 하나도 자신이 소유하지 않고 통일된 조국의 유산으로 남기셨다고 자랑하던 강사선생의 모습도, 그 웅장한 전람관도 전기불과 함께 사라져버렸다.

한동안을 전시관 기둥에 기대고 서 있었으나 전기는 들어오지 않았고, 자가발전기도 불을 밝혀주지는 못했다. 어둠이 짙게 깔리고 사람들의 숨소리만 들리고 공화국의 체면이 깡그리 사라져 버린 후 한참만에야 불이 다시 들어왔다. 그리고 나는 다시 다이너스티의 사연이 궁금하였다.

국제 친선 전람관

컴퓨터, 칼라TV 등 한국기업 대표들이 보내주었다는 각종 선물들도 예의 그 자동차와 함께 전시되어 있었다. 그런데 안내원은 자동차 앞에서는 설명을 중지해버렸다. 나는 순간 상부의 지시에 따라 작성된 원고

를 그대로 외워 설명하는
안내원의 모습에 충격을
받았다. 그러나 한편으로
는 '남북간의 왕래가 잦아
지면 이러한 일들도 북한
인의 굳어진 의식을 변화
시키는데 도움이 될 수도
있겠다.'는 희망을 가져보
았다.

전람관 관람은 숨돌릴
틈도 없이 빨리 진행되었

김일성이 해외 원수들에게서 받았다는 선물들을 전시해
놓은 국제친선전람관

다. 규모나 시설이 가히 짐작하기 어려울 만큼 크고, 잘 정돈되어 있
었다. 언뜻 보기에도 중국 자금성 고궁박물관이나 대만 타이페이 고
궁박물관보다 더 훌륭해 보였다. 그런데 관람하는 동안에도 몇 차례
정전이 되었다. 북한 정권의 자존심을 건 전시관인데도 수시로 정전
되는 것을 보면 전력을 해결할 수 있는 길이 멀기만 한 것 같다. 2004
년 북한의 총전력 생산은 최고 770만Kw인데 그나마 송전시설이 낡
아 전력이 손실되어 실제 사용할 수 있는 전력은 200만Kw가 못 된다
고 한다. 남한의 하루 전력 총생산량 6,000만Kw에 비교하면 가히 알
만하다. 북한의 현실이 이러할진대 과연 저런 전시물이나 상징물들
이 무엇에 필요할까하는 회의감이 들기도 하였다.

전람관 안내자가 자랑스럽다는 투로 설명했다.

"빌리 그레함도, 문익환 목사도 선물을 보내왔고, 남조선의 애국청
년들도 많이 보내왔습니다."

곳곳에는 생전에 김일성 주석이 향산을 방문하여 격찬했다는 싯구와 어록, 그리고 김정일 장군이 친히 현지 지도를 했다는 찬양의 글귀도 눈에 잘 띄는 곳마다 적혀 있었다.

김일성 주석은 인류와 인민을 위해 일평생을 살았으며 지금도 영생하시어 인민을 위해 태양처럼 빛나고 있다고 중요시설마다 기록되어 있었다. 방북 기간 동안 많은 곳을 방문했는데 가는 곳마다 '장백산 줄기줄기 피어린 자욱……'으로 시작되는 김일성 시대의 혁명가이며

김일성 서거 10주년을 맞아 열광하는 북한의 당간부들

북한의 국가가 흘러나오고 있었다. 안내원들의 설명도 '우리 주석님, 영원히 살아계시고 장군님 대를 이어 인민을 보살피시니 우리 인민은 부러운 것도 없고 행복하다.'고 천편일률적으로 말했다.

북한 당국자나 북한 사람들은 무엇을 생각하고 살아가는 것일까? 사람 하나하나는 우리와 다를 것이 없었다. 그리고 그들의 순수함이나 도덕성은 모두 참신해 보였다. 그런데 정치문제나 사상논쟁에 들어가면 돌변하는 것을 여러 번 볼 수 있었다.

묘향산 보현사를 관람하는 길에 시주를 하고 스님과 사진도 찍고 야외음식을 먹는 등 기분 좋은 시간을 보내고 평양으로 돌아오는 길이었다. 그러나 주변의 너무도 삭막한 산하를 보면서 마음 한쪽은 무거웠다. 물론 묘향산 길은 그런대로 포장이 된 고속도로 모양새를 갖추고 있었고, 도로 옆 산에는 푸른 숲도 있었다. 그리고 헐벗은 산하에는 조그마한 묘목들이 심어져 있어 20년쯤 지나면 우리의 산림의 형태를 갖추게 되리라는 믿음도 있었다.

북한의 산하는 왜 이렇게 헐벗을까?

본래 북쪽은 산지가 많고 평야가 적어 밭 곡식을 주로 심어서 생계를 유지해왔다. 그런데 북한 당국은 1980년 초, 미곡米穀이 모자라자 산의 8부능선까지 계단식 논으로 바꾸어버렸다. 그 결과 폭우가 갑자기 쏟아지면 과거에는 밭이기 때문에 그냥 물이 흘러가지만 논이 되어 물을 가두어 두었으니 그 뚝이 터져 텃논까지 덮어버려 수해가 더욱 심화되어 농토가 묻혀 버린 것이다.

황폐화된 논밭을 원상 회복하려해도 중장비가 없는 북한의 노동력 가지고는 여러해가 걸리니 미곡 수확은 더욱 줄어들 수밖에 없다. 더욱이 연료를 전적으로 산림에 의존하니 산에 나무가 자라날 기회가 없게 되었다. 산에 나무가 없으니 일시에 쏟아지는 폭우가 저장될 수도 없으니 그대로 쏟아져내릴 수밖에 없는 것이다. 나는 북한 각지를 보면서 세계에서 독일, 캐나다와 함께 산림에 성공한 우리 대한민국이 대단히 자랑스러웠다.

'고난의 시기'에 '세 가지 기적'을 만들고

맨손으로 일구어낸 청년영웅도로

평양으로 돌아오는 자동차 안에서 안내원으로부터 놀라운 사실을 알게 되었다. 1995년에서 2000년까지 '고난의 시기'에 피죽(풀떼기)으로 연명하면서도 그들은 '세 가지의 기적'을 만들어 냈는데, 그 하나가 평양에서 남포까지 41.25km의 10차선 고속도로라고 했다. 북한 민화협의 강성일 씨에 따르면 평양 남포간 고속도로는 고난의 시기 3년 동안 청년돌격대 근위대들이 중장비 한 대도 동원하지 않고 맨손으로 돌을 쪼아내고 흙을 파내어 완성했다고 하여 '청년 영웅도로'라고 명명했다고 한다.

그리고 두 번째로 함경북도 개천에서부터 수로를 열어 평양까지 함경도의 물길을 끌어내는 대수로공사를 노농적위대가 완성했다고 했다. 묘향산에서 평양으로 오는 길에 군데군데 수로공사의 현장이 눈에 들어왔다. 그 거대한 공사가 680km를 넘는다는 이야기를 듣고 '목숨으로 수령을 사수하며 당이 명령하면 무엇이든지 해낸다'는 북한 사람의 의식이 그대로 담겨져 있는 것 같아 또 한번 놀라지 않을 수 없었다. 내가 서울에 도착해 들으니 대수로공사 개통식이 있었다고 했다.

또 하나는 금강산댐이다. 금강산 사력댐은 북한의 전력난을 해결하기 위해서 불가피하게 착수되었으며 순전히 현역군인들만으로 완성했다고 하니 '고난의 시기의 기적'이라고 떠들어댈 만도 하다. 인민군 특히 김성삼부대의 군사를 총동원하여 중장비 하나 없이 수년에 걸쳐 공사 중인 금강산댐을 자랑하고 있었다. 특히 금강산댐은 전력과 물의 저장이 필요했겠지만 순수 사력 댐임을 강조하고 있었다.

지금도 금강산댐은 한국 남한의 임진강 수위를 불안하게 하고 있다.

금강산댐에 얽힌 사연

우리는 한때 금강산 댐에서 방류를 하면 서울이 온통 수몰된다는 위기감에 불안해한 적이 있었다. 그래서 그 대응책으로 국민들로부터 성금을 모아 강원도 화천에 대응댐을 만들었다. 이름하여 평화의

평화의 댐 건설비 모금 당시 서울 힐튼호텔에서 열린 한·일 안보 세미나에서 주제 발표를 하는 필자

댐이다. 그렇지만 북한 당국은 그들의 표현대로 3대 기적인 청년영웅 도로, 개천~평양간 대수로공사, 금강산댐 등을 고난의 시기에 완성했다는 데에 대해서만 자랑스럽게 생각하는 듯했다.

당시 평화의 댐 건설비로 600억 원이 넘는 국민성금을 모금할 때 나는 마침 일본인들을 교육하고 있던 터여서 차제에 애국심을 발휘, 피교육생인 일본인들까지 KBS모금 캠페인에 참석시켜 상당한 액수를 헌금토록 독려하고, 북한에 대해 응징해야 한다고 강조했었다. 지금 돌이켜보면 웃을 수밖에 없는 씁쓸한 이야기가 되고 말았다.

국민성금을 모금할 때는 금강산 댐이 남한에 주는 영향을 조사하는 단계여서 물의 수위 즉 댐의 높이도 결정되지 않았는데 여의도의 63빌딩도 절반이 잠긴다고 야단법석을 떨었으니 국가안보라는 명분으로 국민을 우롱한 처사가 역사의 심판을 받아야 마땅하다.

북한의 인민들은 밥도 제대로 먹지 못하면서 어떻게 그러한 고난의 상황을 인내할 수 있었을까? 또 어떻게 수령절대론, 수령영생론만을 믿어 '21세기의 태양 김정일 지도자를 목숨으로 사수하자'고 외치면서 수백Km 수로공사를 하여 댐을 만들었을까 두려운 생각마저 한마디로 불가사의한 현실 앞에 나는 지금도 의아해 하지 않을 수 없다.

평양근교에 도착할 무렵 버스 안은 상당히 들떠 있었다. 모두들 인간적으로 좀 친해지다보니 북한의 노래들이 불려지기 시작했다. 여성대표로 참석한 모 대학 부총장이 어릴 때 불렀던 북한의 애국가와 빨치산 시절에 김일성 부대원들이 자주 불렀다는 혁명가를 불렀다. '만고의 빨치산이 누구인가'를 '절세의 애국자가 누구인가'로 바꿔 부르고, '아~아 그 이름도 빛나는 김일성 장군'이라는 후렴을 부르면서 '김일성 장군' 대신 '우리의 장군'이라고 불렀다.

일행은 그 노래에 박수를 보내면서, "사회주의 공화국에서 훈장을 받겠다."고 조크까지 했다. 그런데 보통강 호텔에 도착하기 직전 우리 버스의 안내

김정일화金正—花 전시회를 관람하는 중국의 조선족들

담당 민화협의 강성일 씨가 "이 차안에 국정원 간부가 타고 있다." 고 말해서 우리를 어리둥절하게 만들었다. 그래서 이구동성으로 그런 사람은 없다고 하자, "그러면 왜 위대한 김일성 장군 이름을 마음대로 부르지 못하는 것이오? 부총장 선생, 말해보시오." 하고 다그치는 것이었다.

그저 어안이 벙벙했다. 그렇게 분위기도 좋고, 인간적으로도 가까워졌는데 '김일성 장군'을 우리의 장군으로 바꾸어 불렀다는 점을 꼬집어 국정원 간부가 있어서 그런 것 아니냐고 따지는 것이었다.

자기의 실체가 남에게 드러날 때 그 본성을 알 수 있다고 하였다. 모든 면이 순수하면서도 정치나 사상적인 면에 입각하게 되면 돌변해 버리는 모습을 나는 북한에 있는 동안 여러번 체험하였다. 그리고 그 벽을 어떻게 넘어야 할지를 수없이 고민했다. 그날은 다행히 서로 한발식 양보하여 문제를 남겨놓은 채 여정을 마무리지었다.

조선전사와 고려연방공화국

조선전사와 조선통사

눈에 덮인 단군릉 전경

중국은 동북공정東北工程이라는 정책으로 1,500년 전의 고구려사까지 파괴하며 왜곡하기에 여념이 없다. 그들은 유네스코가 중국 동북지역에 있는 고구려의 광개토왕비, 장수왕릉 등 13개 왕릉과 귀족묘 26기, 그리고 석실 안에 있는 벽화를 세계문화유적으로 등록시키자 조선족을 다른 곳으로 내쫓고 도로와 경관을 정비했다. 이러한 때에 평양지역에 있는 고구려 유적이 유네스코의 지정문화재가 된 것은 다행한 일이다. 나는 이러한 사실에 유의하며 북한의 역사의식과 유물보존방식을 확인하는데 단초가 되는 단군릉과 동명성왕릉 등 고구려의 유적들을 돌아보았다.

북한은 북한 중심의 정통성 확보를 위해 역사의 많은 부분을 철저하게 자기식대로 펼쳐왔다. 김일성 주체사상을 철학화하는 것까지는 그렇다 하더라도 김일성주의, 심지어 김일성민족론까지로 확대해 가더니 조선전사, 조선통사를 통하여 역사 날조와 왜곡으로까지 확대해 가고 있어 심히 염려되었다.

조선전사는 총 33권으로 조선의 역사를 서술하고 있는데 대부분 김일성 주석의 항일투쟁사에 무게를 두고 있다. 이렇게 북한 중심으로 역사를 기록하다보니 많은 부분에서 객관성을 잃고 있다. 그리되면 앞으로 중국의 동북공정에 객관적 증거를 제시하는데도 큰 영향이 있지 않을까 걱정이 되었다.

특히 조선의 건국을 입증할 단군조선의 실체에 대해서 심혈을 기울여 연구하고 있었다. 거대한 피라미드형의 단군릉과 고구려 시조 동명성왕릉 그리고 고려의 시조 왕건릉 등 봉분의 대형화는 물론이고 그 밖의 조형물들이 웅대하게 건립되어 있음을 확인했다.

우리 일행은 버스를 타고 황폐한 농토가 전개되는 집단농장을 바라보면서 평양시 강동군 대박산 기슭에 자리한 단군릉에 도착하였다. 안내원은 '단군은 지금으로부터 5020년 전 평양 일대에 살던 박달족의 아들로 태어나 원시사회를 허물어버리고 동방에서 처음으로 국가를 세웠다'고 설명하였다.

그가 세운 단군조선(고조선)은 평양을 중심으로 서부조선과 료동지역(중국요녕성)을 차지하였고, 강성기에는 조선반도의 모든 지역과 료하하류(영역표시) 유역과 송화강 상류지역을 포괄하는 광대한 영토를 관할하였다고 하였다.

단군은 우리나라 역사상 첫 국가를 세운 건국 시조로서 동방에서 맨 처음으로 문명사회의 시원을 열어놓은 개척자라고 설명했다. 그리고 최근 북한은 민족문화유산 보존정책을 펴 수수천 년 동안 신화 속에 묻혀있던 시조 단군을 실존 인물로 밝혀냈다고 했다.

시조 단군과 동명왕

단군릉은 45정보의 넓은 면적을 차지하고 있었다. 크게는 단군릉개건 기념비 구역, 석인상 구역, 무덤 구역으로 나누어 있고, 다시 개건기념비 구역에는 단군릉개건기념비, 돌기둥, 단군릉기적비, 두 개의 류식마당(북한식특수용어)과 돌계단이 있었다. 그리고 석인상 구역은 두 단으로 되어 있는데 아래 계단의 좌우측에는 단군을 적극 도와준 8명의 신하상이 있으며, 웃단에는 단군의 네 왕자상이 배치되어 있었다. 릉 구역에는 계단식으로 쌓아올린 정4각 추모양의 능과 삽돌, 분향로가 있었다. 또 릉의 네 모서리 각각마다 용이 조각되어 있고, 네 개의 청동검탑과 두 개의 망두석, 석등이 있었다.

단군릉 지하에는 단군 부부의 시신이라고 하는 유골이 안치되어 있었다. 북한 학자들은 처음 단군의 유골을 찾았을 때 독일과 일본 등에서 수입한 자기공명방식 촬영(MRI)으로 확인하여 본 결과 1993년 당시 5011년 전의 인물이었다고 발표했다. 그러면서 조선역사를 천 년이나 더 찾았다고 주장했다. 물론 한국 역사학계나 기타 어떤 나라에서도 이를 인정하지 않았다. 어쨌든 나의 눈앞에는 석회석 파편으로 연결한 유골이 관복과 함께 전시되어 있었다.

동명왕릉은 평양의 중심에서 남쪽으로 221km 떨어진 평양시 력포구역 룡산리에 자리잡고 있다. 동명왕(BC.298~259)은 아시아 동방의 광활한 영토를 차지하고 227년~668년까지 존재한 천년강성이었던 고구려의 건국 시조다.

　　동명왕릉은 남향으로 자리한 돌칸흙무덤이었다. 단군릉이 화강암으로 되어진 반면 동명왕릉은 일반 왕릉처럼 흙으로 되어 있었으며, 그 규모 역시 40정보나 되어 상상을 초월할 만큼 컸다. 안쪽 벽과 천장에는 104개의 연꽃벽화 등과 판못, 장식풀, 머리핀 등의 유물도 그대로 보존되어 있었다. 무덤구역 웃단에는 정면에 돌상과 돌등 그리고 범조각상 두개가 있고, 좌우로 동명왕대와 다음 왕대에 이르기까지 실제 활동한 문관과 무관들의 조각상, 말조각상들이 세워져 있었다. 그밖에 망주석과 돌화초가 그대로 있었다.

　　아래단에는 동쪽에 동명성왕비와 동명성왕기적비가 있었고, 서쪽에는 제당, 남쪽에는 동문이 배치되어 있었다. 왕릉에서 남쪽으로 120m 떨어진 곳에는 동명왕의 명복을 빌던 정릉사定陵寺가 있었다. 왕릉 주위에는 고구려의 건국과 그 후 공신들의 무덤 19기가 있고 많은 동상들이 동명왕릉을 호위하고 있었다.

　　원래의 동명왕릉은 도굴꾼들에

단군릉 개건 기념비를 관람하는 필자 일행

통일시대 변화의
현장에서 본 북한

중국의 집안輯安에 있는 고구려 장수왕릉 앞에 서 있는 필자

의하여 파괴되었다가 1993년 5월 14일에 보수, 준공되었다고 기록되어 있었다. 역사적인 일을 완성한 그 노고에 대해서 나도 이의가 없다.

북한은 역사적 정통성을 강조하기 위하여 단군 조선, 고구려 그리고 고려로 연결되는 고려연방공화국 시나리오를 만들어 내고 있었다.

1980년에 발표한 김일성 주석의 고려연방공화국 창설 통일방안에서 드러나듯이 강성한 대국을 이루었던 건국 단군조선과 고구려 그리고 고구려의 재현을 꿈꾸며 출발했던 고려의 명칭을 그대로 계승하는 의미로 조선민주주의인민공화국이라는 국호를 사용한 것으로 이해할 수 있다. 건국시조 단군이 열었던 조선왕국을 정통으로 계승한다는 뜻에서 단군릉, 동명성왕릉, 왕건릉 등을 성역화한 것으로 보인다. 그리고 조선전사 33권 중 15권이 넘는 방대한 분량을 김일성, 김정일 家의 항일투쟁 업적에 할애한 사실을 어떻게 이해해야 할지, 북에 있는 동안 계속 나의 뇌리를 맴돌았다.

북의 3대헌장기념탑에 얽힌 사연

3대헌장 기념탑과 통일이념

북한의 '3대헌장 기념탑'은 평양시 통일거리 입구에 서 있었다. 2001년 8월 15일 준공된 이 탑은 북한이 주장하는 조국통일 3대 원칙 즉, 전민족 대단결, 10대 강령, 고려민주연방공화국 창립방안 등을 기념하고 있다고 안내원은 설명해 주었다. 북측은 3대헌장이 6·15 공동선언과 내용이 일치한다고 주장하나, 남측 입장에서는 북측의 통일 방안을 새겨 놓은 것에 불과하다고 볼 수밖에 없다.

도로 양측을 연결하여 세워 놓은 탑은 남과 북의 여인들이 한반도 지도를 높이 쳐들고 있는 모습으로 높이 30미터, 가로 61.5미터 (6·15 공동 선언의 상징)라고 한다. 탑신은 60kg이 넘는 화강석 2,560개로 축조되어 있었으며, 탑신 내부에 해외 동포 및 친선단체들이 보낸 민족통일과 김일성 주석, 김정일 장군을 찬양하는 글귀가 적힌 기념 석재가 부착되어 있었다. 남측의 한총련과 범청학련 남측본부, 그리고 몇몇 이름이 낯익은 개인들의 석재도 각각 이름이 부착되어 있었다. 2000년 8월 15일 착공해 9개월만에 완공했다는 3대헌장기념탑은 '민족대단결과 자주평화의 대원칙으로 굳게 뭉치자'는 김정일 국방위원장

통일시대 변화의
현장에서 본 북한

의 조국통일에 대한 의지를 담고 있다고 거듭 설명하고 있었다.

2001년 8 · 15 민족 대축전 당시 남측 대표들을 강제로 이 곳에 데리고 와 정치 선전물로 이용하는 불미스러운 일이 있었다. 그 자리에 참석한 동국대 강 모 교수는 방명록에 '만경대 정신으로 통일하자' 는 글귀를 남겨 남한 당국을 당혹케 하였으며, 남북간에 상당한 신경전을 벌였던 사실도 있었다.

나는 북한 방문 기간 내내 북한의 통일의지가 어떤 것인가에 대한 궁금증을 풀 길이 없었다. 북한은 남한을 통일의 대상으로 보지 않고 혁명의 대상으로 보고 있다. 그래서 북한에는 통일부가 없고 대남 담당 혁명사업부가 있을 뿐이다. 북한 당국은 국제 혁명 역량과 국내 혁명 역량이 고조되면, 즉 주한 미군이 철수하고 주변 국가의 지지, 그리고 남한내의 북한 지지세력이 확산되면 '남조선괴뢰 정부' 가 무너지고 저절로 반제 반봉건 민주주의가 성립되면서 남한이 북한에 의해 해방되는 조선혁명이 완성된다고 보고 있다.

그런데 6 · 15 선언 이후 북한 당국은 갑자기 통일의 노래도 합창하고, 통일이라는 용어를 공식화, 일반화하는 방향으로 변해가는 것으로 보아 북한 당국도 남한의 실체를 인정하고 현실적으로 실재하고 있는 한국정부를 대상으로 통일문제를 검토하기 시작하고 있

평양, 서울, 부산으로 연결되는 1번국도상에 세워진 3대헌장 기념탑

다는 느낌을 강하게 받았다. 그나마 다행스러운 일이라 생각되었다.

3대헌장기념탑을 돌아보고 숙소로 돌아오는데 나를 안내하던 민화협의 두 젊은이가 갑자기 오늘 저녁 술을 한잔 사달라고 하였다. 그렇지 않아도 대성 백화점에서 선물을 하나 사 주려고 하니 한사코 거절하던 젊은이들이 갑자기 보통강 호텔 지하 카페에서 술을 사 달라고 하기에 나도 아주 좋은 기회라 생각되어 흔쾌히 수락을 하였다.

평양의 고려 호텔, 양강도 호텔 등 일급 호텔에는 대부분 술집과 안마시술소가 있었다. 물론 규모나 내용은 서울의 일급 호텔과 비교할수 없지만 그런 대로 흉내는 내고 있었다.

저녁 9시 30분 약속시간에 기자를 대동하고 자리에 앉으니 그들이이미 나와 있었다. 지하 카페에는 종업원 2명이 있었고, 술은 일본제기린맥주와 북한산 용성맥주가 진열되어 있었다. 술안주로는 잘게자른 마른 오징어가 있었다.

기린맥주와 오징어

나는 두 젊은이에게 "그 동안 서로 대화도 못했는데 오늘 저녁에는마음껏 이야기 좀 합시다." 하면서 무슨 맥주로 하겠느냐고 물으니그들은 대뜸 "기린 맥주로 하지요." 하는 것이었다. 그들도 일본 맥주가 맛있는 것을 알고 있는 모양이었다. 우리는 "그렇게 합시다." 하고여덟 병을 시켰다. 함께 자리한 네 사람이 단숨에 술을 비우고 종업원에게 땅콩과 마른 오징어 안주를 달라고 했더니 종업원은 "오징어가없다."고 하였다. 그래서 "저기 있는 것이 오징어 아니고 무엇이냐?"

고 물으니 대뜸 낙지라고 대답하는 것이 아닌가. 왜 오징어가 낙지냐고 물으니 수령님께서 일찌기 오징어도 낙지라고 교시하였다고 하면서 북한에는 어느 곳에도 오징어는 없다고 잘라 말하는 것이었다.

모두 술에 취하고 분위기가 고조되자 화제가 조심스럽게 주체철학으로 옮겨갔다. 마침 한 젊은이가 김일성대학 주체철학과에서 주체사상을 전공했다고 하였기 때문에 더욱 의미가 있다고 생각되었다.

"주체철학은 사람 중심의 철학인데 사람이 모든 것의 주인이고 모든 것을 결정한다"고 내가 말하자, 말이 떨어지기가 무섭게 "위대한 사상의 핵심을 어떻게 그렇게 잘 아십니까?" 하면서 흥분하기 시작하였다. 내가 "사람이란 개념이 자연적인가, 계급적인가? 역사는 투쟁을 통해서 발전한다고 하는데 누구와 투쟁하는가?" 하고 연이어 물으니 한동안 심각하게 있다가 "그야 자주성을 억압하는 미제국자들과 투쟁하는 것이지요." 하는 것이었다.

나는 이어서 수령 영도론에 보면 "수령은 뇌수이고, 당은 뇌이며, 인민은 사지백체이다. 뇌수의 명령에 따라 뇌가 사지백체를 움직이듯이 수령의 명령에 따라 당과 군, 학생 등 모든 인민이 절대 복종을 해야 한다면 개개인의 자유는 물론이고 개성이나 창조성은 어디서도 찾기가 힘들겠다."고 한마디 던졌다. 그랬더니 두 젊은이는 즉각 그 자리에서 일어나면서 "사장님, 지금 반동 발언을 했습니다! 즉각 중앙당에 보고하겠습니다!" 하면서 길길이 뛰는 것이었다. 물론 나도 좀 지나치다 생각했으나 나의 문제 제기에 모든 것을 김일성, 김정일로 귀결시키는 젊은이들의 사고방식에 한번쯤 충격을 주고 싶었다. 그러나 반응은 예상보다 강하게 나타났다.

넓은 하늘을 날아 보아야

나는 젊은이들을 달래면서 "사람이 계급적으로 해석되면 주체철학은 인류의 구세철학이 될 수 없으며, 한 사람의 생각대로 움직이고 생각하게 되면 모든 인민은 로보트가 되는 것이요!" 하고 연이어 공격을 가하자 그들은 즉각 당에 보고하겠다고 한층 더 강하게 나왔다. 나는 정중하게 자리에서 일어나면서 그러면 술값은 낼 수 없다고 말하고 카페를 나왔다. 그러자 두 젊은이는 "사장 선생! 제발 술값을 내세요." 하고 나를 붙잡았다. 나는 뿌리치면서 "3대헌장기념탑 입구

큰 돌에 새겨진 김일성 주석의 교시에는 모든 해외 동포들은 이념, 제도, 사상이 다르더라도 한민족의 이름으로 대동단결해야 한다고 쓰여 있던데, 왜

평양의 지하철은 비상시 대피시설로써의 의미가 더 크다

젊은이들은 주체철학에 대한 의견을 개진한다고 하여 반동이니, 당에 보고하겠다느니, 말도 안 되는 언행을 하느냐?"고 쏘아부쳤다.

분위기가 이렇게 반전되자 그들 중 하나가 "사장 선생! 술값만 내고 발언은 없었던 것으로 합시다."하면서 다시 카페로 끌고 들어가려 했다. 나는 "공화국은 돈이 필요없다고 했는데 당장 돈이 없으면 술값은 누가 치르겠느냐?"고 말하면서, "젊은이들은 흥분을 가라앉히

전통도자기를 남측 손님에게 소개하는 안내원

고 냉정하게 생각하면서 우리 민족의 내일을 짊어지고 가자."고 달랬다. 그렇게 우리는 새벽 2시가 넘도록 술을 마셨다.

두 젊은이는 많은 생각을 하는 것 같았다. 나도 많은 생각을 했다. 그 순간 세뇌, Brain Wash라는 단어가 떠올랐다. 언제쯤 의식화로부터 북한의 젊은이들을 벗어나게 할 수 있을까? 그 길은 오직 한 길 밖에 없다고 본다. 그것은 보다 많은 인적 물적 교류를 통해 그들로 하여금 새장 안에서 나와 넓은 하늘을 날아 보게 하는 것이다. 바로 이 일이 우리에게 맡겨진 사명일 것이라고 생각하면서 숙소로 돌아왔다. 자리에 누워서 주체철학은 북한 인민을 통치하기 위한 수단일 뿐 아무 근거도 없는 철학인데 이를 사상화하고 신념화해서 종교보다도 강하게 이념화 해가고 있으니 이를 극복할 수 있는 사상적 철학적 대안의 필요성을 절감하였다.

'혁명전사들' 과 컴퓨터

금강산을 자가용 타고 간다

최근 연이어 발표되는 북한의 정책 변화들은 우리의 귀를 의심케 한다. '금강산을 자가용을 타고 관광할 수 있다. 금강산에 들어와 운영하는 기업들의 안전보장은 물론이고, 인건비는 미화로 50달러를 넘지 않게 하겠다. 금강산 구역 안에서는 사람을 체포하거나 구속하지 않겠다. 연이어 개성공단도 관광할 수 있게 하겠다. 그리고 외국인들은 평양에서 휴대폰을 사용할 수 있으며, 등록비는 한화로 130만 원 정도로 한다. 또 요금은 한 통화에 발신은 860원이고 수신은 280원으로 한다.' 라고 밝힌 바 있다.

과연 북한은 본격적 시장 경제로의 진입을 구체화하고 있는 것인가? 북경에서 전해온 소식통에 의하면 북한의 관리들이 남한 기업인의 안내로 중국 각지에서 시장경제 학습을 하고 있다고 한다. 남북경협업무를 담당하는 북한 인사들이 현대 아산과 삼성 등 남한 기업인들의 안내를 받아 중국경제특구와 한국의 중국현지공장을 방문하는 등 시장경제 배우기에 열심이라는 것이다. 그리고 북한의 개성공단 책임자를 비롯한 남북경협 담당자들이 상하이와 선전경제특구 등을 방문하고 학습에 열중하고 있다고 한다.

중국에서 시찰단으로 활동하는 북한의 대표자는 조선아세아태평양 위원회 및 금강산 총회사, 개성공업지구 관계자 등 8명으로 구성되어 있는데 중국개혁, 개방의 상징인 상하이 창장 하이테크단지와 푸동의 주요시설은 물론 인근 장쑤성 수쩌우 소재 한국기업 및 선전 특구도 둘러본 것으로 전해지고 있다.

한국의 삼성그룹은 2000년부터 북측 경제계 인사의 산업시찰을 실시하고 있는데 북측 경협 파트너인 민족경제인연합회 인사들을 삼성의 해외 생산기지로 초청하여 세계경제흐름을 소개하고 있다고 한다. 삼성은 2001년 삼성전자, 삼성 SDI, 삼성 코닝이 있는 말레이시아 삼성 샐리보방 전자복합단지로 북측 인사들을 초청한 바 있고, 2002년에는 텐진(天津) 공단 내의 제일모직 공장으로 이들을 불러들여 자본주의와 시장경제 시스템에 대한 이해를 돕고 있다고 전해왔다.

나는 이미 북경대학에서 사회주의식 시장경제 실험에 대한 연수를 하고 있는 북한의 군, 당, 정 간부들을 만난 바 있고, 최근에도 중국 단동에서 북한 김일성대학과 김책대학 등의 IT 전문강사들이 하나소프트 프로그램에 따라 IT 연수를 하고 있는 현장을 둘러보았다.

그리고 2005년 5월 20일, 금강산 국제그룹 총수로 있는 박경윤 회장의 안내로 북한의 가구전문가 7명이 이태리 밀라노에서 거행되는 국제가구전람회에 파견되어 현지에서 가구의 현대화에 대한 교육과 관람을 하고 평양으로 돌아 간 것도 현지소식을 통해 전해 들었다.

북한은 여러 부문에서 변화의 조짐이 일고 있는데 변화하지 않으려는 현장에 서 있는 북한의 혁명 엘리트를 양성하는 김일성종합대학의 모습은 어떨까 하는 궁금증을 갖고 대학 정문에 들어섰다.

1946년에 창립된 김일성종합대학은 현재 14개 학부 600여 학급에 1만 2천여 명의 학생이 재학하고 있다. 그들은 모두 혁명전

김일성 종합대학 도서관에서 컴퓨터 학습에 열중하는 대학생

사라고 해야 할 것이다. 도서관, 박물관, 출판사, 병원, 기숙사 외에 10개의 연구소와 50개의 연구실이 있고 1,200여명의 교수가 재직하고 있다. 김정일 위원장도 이 대학에서 사회역사학을 전공했다고 자랑한다.

대학 시절 김정일 위원장은 식판을 들고 줄을 서서 식사하고, 기념촬영시에도 항상 뒷줄에 섰으며, 은사를 높이 받들어 생일이나 명절이 되면 잊지 않고 선물을 들고 찾아갔었다고 안내원이 말했다.

안내원들은 학생들의 교련(학도훈련) 사진을 내놓고는 "이렇게 병사가 되어 훈련에도 참가하신 장군님의 뜻을 높이 받들어 김일성종합대학 학생들은 학습에 열중한다"라고 자랑을 늘어놓았다. 역사박물관에는 김일성 주석과 김정일 위원장이 보내준 각종 기념품들을 진열해 놓고 있었다. 김일성 주석과 김정일 위원장의 방문 회수는 물론 방문 날짜, 현지 지도사항, 보살핌 등의 기록도 있었다.

'가격 투쟁도 하시라요!'

대학 안내원은 특별히 보아 두어야할 학과가 있다고 하면서 김일성 주체철학 학과교실로 안내하였다. 그리고 주체철학의 연원을 설명하면서 '주체사상이란 혁명과 건설의 주인은 인민대중이며, 혁명과 건설을 추동하는 힘도 인민대중에게 있다는 사상'이라고 강조하였다. 특히 '철학적 원리로서 사람중심사상'과 '사회역사원리로서 조선전사와 조선통사' 그리고 '지도원칙으로서 수령절대론' 등을 강조했다. 그리고 '우리민족 제일주의', '사회 정치적 생명체론'을 설명하고 수령, 당, 인민은 통일체이며 수령은 최고 뇌수이고 생명활동의 중심이며 당은 그 중추를 이룬다고 했다. 김정일 지도자 동지의 인덕정

북한 유일의 국제영화제인 평양영화축전 포스터

치仁德政治 설명에서는 위민이천爲民以天, 즉 백성을 하늘 모시듯 해야 한다고 했다. 구체적으로 설명하면 수령은 민중을 '하늘'로 존중하고, 민중은 수령을 '하늘의 태양'으로 떠받들며, 수령은 민중을 '선생'으로 존중하고 민중은 수령을 '선생의 스승'으로 떠받들어야 한다는 것이었다. 그리고 '위대한 김정일 영도자'

께서는 수령, 당, 대중의 일심단결은 혁명의 천하지대본이라고 교시하고 정치적 성공의 비결은 수령에 대한 충성에 있으며 이러한 정치적 토대에서 조선의 혁명가들이 배출된다고 역설하고 있었다.

나는 복잡한 철학적 내용을 들으면서 평양거리 어느 곳이든지 사람이 모이는 곳에는 어김없이 들어서고 있는 매대(거리상점)의 현상은 어떻게 할 것이며, 거기서 "내 물건 사시라우. 가격투쟁도 하시라요."라고 외쳐대는 인민들의 소리는 어떻게 할 것인가에 대해서 생각하지 않을 수가 없었다.

돌아서 나오려 하는데 안내원이 "남조선 선생들, 여기 좀 반드시 읽어보시라우."라고 하면서 가리키는 곳이 있었다. 그래서 들여다보니 김일성 주석이 김정일을 격찬한 '김정일 동지는 항상 우리 조선을 중심으로 세계를 보고 있으며 우리 당을 중심으로 세상만사를 헤아려 보고 있습니다.'라는 글과 '혁명과 건설에서 제기되는 문제를 주체적 입장에서 창조적으로 풀어나가는 것이 우리 당의 령도예술이며 정치방식입니다.'라는 문구가 보였다.

김일성종합대학을 돌아보고 나와 조선영화 촬영소를 방문했다. 거기에는 아예 현관에 대형 스크린을 걸어놓고 김일성, 김정일의 현지 방문 날짜와 지도사항, 그리고 김정일 위원장이 조선영화 발전을 위해 706회나 현지지도를 할 정도로 위대한 예술가이며 인민의 자애로운 어버이라고 칭송하고 있었다. 특히 김정일 위원장이 가극 〈피바다〉와 〈꽃파는 처녀〉를 저술, 연출했는데 이는 조선역사상 가장 위대한 불멸의 작품이라고 자랑하면서 그가 연기자들의 행동과 발음은 물론, 심지어 곡까지 가르쳐 주었다고 했다. 북한의 박물관이나 기념관에서 김정일 위원장은 김일성 주석을 추앙하고, 김일성 주석은 김정일 위원장을 추켜세우고 있었다.

　대부분의 남한 사람들은 김일성보다 김정일에 대한 인식이 좋지 않게 각인돼 있는 게 사실이다. 그런데 평양의 여러 곳을 방문하다보면 '이게 아닌데……' 하는 생각이 들었다. 물론 안내원들의 잘 훈련된 선전의 영향이겠지만 각종 구호나 사진 그리고 주변의 현상들이 그동안 남한의 김일성, 김정일에 대한 무조건적 비판과 오버랩 되면서 혼돈으로 다가왔다.

'장군님 모시고 행복합니다' 했는데

　평양은 김일성, 김정일 부자에 대한 거대한 전시실이자 우상화 도시요, 상징 도시였다. 거기에 훈련된 인민들이 함께 어우러지고 있었다. 평양 시민들은 고난의 행군시기를 부끄럼없이 이야기하고 있었다. "피죽을 먹으면서도 웃음을 잃지 않았고 지금 우리는 장군님 모시고 행복하다"라고.

　그들의 표현대로 정말 행복한 것 같기도 하다고 착각이 일어났다. 신문이나 방송 어느 한 곳에도 부정이나 비리, 그리고 살인, 강도, 강간, 에이즈, 마약, 폭력, 밀수라는 단어는 하나도 없고 불의나 부정 부도덕에 감염돼 있지 않다고 하니 그렇다면 인간 본래의 모습이 순수하고 깨끗하지 않겠는가. '정치성과 사상성만 주입되지 않았더라면 남북이 하나되는 것은 쉬울 터인데' 하는 생각이 줄곧 마음을 아프게 두드렸다.

　나는 평양에 있는 동안 어떻게 북한 정권이 평양의 도시를 설계하고 만들어 내었는가에 대한 관심을 갖고 살펴보았다. 앞에서도 언급했지만 외형적으로는 세계 어느 곳에 내놓아도 뒤지지 않는 근대도시의 모습을 갖추고 있었다. 대부분의 기념관이나 명승지를 돌아보았고, 옥류관이나 청류관, 안산관의 음식도 먹어보았으며 외국인만 받는다는 외국인 전용식당도 들어가 봤다. 그곳 종사원들의 가슴에는 김일성, 김정일 흉상이 없었던 것으로 보아 평양 사람들의 의식에 변화가 일고 있다는 느낌이 들었다.

1972년 김일성 회갑을 기념해 만수대 언덕에 세워진 김일성 동상은 금도금이 되어 있었으며 높이가 20m나 된다고 했다. 그리고 돌로 모자이크한 백두산 벽화를 배경으로 좌우에는 조국해방을 상징하는 군상들이 조각돼 있었다. 평양을 방문하는 사람이라면 어느 누구든 예외없이 가장 먼저 만수대 언덕의 김일성 동상에 헌화를 해야 한다.

김일성 동상 뒤에 조선혁명박물관이 자리하고 있었다. 1948년 국립중앙해방투쟁박물관으로 개관됐다가 후에 조선혁명박물관으로 개명된 그 박물관은 5만 4천㎡의 건물로서 내부에는 대회장과 두개의 영사실, 그리고 90여 개의 전시실이 있다고 했다. 주로 김일성의 혁명투쟁 과정을 설명하는 전시물이 대부분인데 김정일 위원장이 아버지인 김일성 주석에 대해 '수령님은 위대한 영도자였을 뿐 아니라 위대한 혁명가이며, 항상 인민과 함께 살아 오셨다'고 쓴 휘호도 걸려 있었다.

일찍이 정치는 상징조작이라고 설파한 학자가 있다. 실제로 독일의 히틀러는 깃발이나 음악을 정치화하기도 하고, 베를린에 올림픽을 유치하여 스포츠를 정치화했던 일을 우리는 알고 있다.

북한 역시 조형물을 통하여 인민들을 선동 조작하고 있었다. 그러

4·25 인민군 창설기념대회장에서 '위대한 선군정치만세'를 외치는 인민들

나 이제 점차 시장경제, 즉 실용경제에 눈을 뜨는 북한인들의 의식 속에 만수대 김일성 주석 동상의 의미는 무엇이며, 주체탑, 개선문, 3대 헌장기념탑 등은 무슨 의미가 있는 거라고 설명할지 궁금했다. 그리고 김일성종합대학 주변에서 조립된 컴퓨터들이 팔려나가는 것을 보면서 그곳의 젊은이들이 인터넷을 통해 세계를 알 날도 멀지 않았구나 하는 생각이 들었다.

김일성대학 총장을 지내고 북한의 주체사상을 철학화한 망명객 황장엽은 남한에서 북한이 망하지 않고 버티는 것이 신기하다고 하면서 '사람은 죽어가는데 사람중심사상이 무슨 의미가 있는가?' 하는 탄식을 거듭하다가 세상을 뒤로하고 대전 현충원에 잠들어 있다.

선군정치와 체제유지

군을 전 인민의 향도에 세우고

나는 평양에 머무는 동안 여러 가지 문제들 중에서도 특히 군軍과 김정일 위원장의 함수관계가 궁금하였다. 군이 김정일 위원장의 통치체제하에 있는 것만은 사실이지만 때로는 군과 권력을 양분하는 것 같기도 하고, 때로는 군의 압력을 받고 있다는 인상을 지울 수 없기 때문이었다. 그 까닭은 김정일 위원장은 통치의 최고수단으로 군을 전인민의 향도에 세우고 매월 16일 이상을 군부대를 시찰, 격려하고 있었으며, 모든 방송매체들은 군장성들을 대동하고 군부대를 시찰하는 김정일 위원장의 모습을 인민들에게 전달하는데 혼신의 노력을 기울이고 있기 때문이다.

어쩌다 TV나 노동신문을 보면 어김없이 군장성을 대동하고 군부대를 시찰하는 김정일 위원장의 모습이 나왔다. 또 평양거리는 온통 군복을 입은 군인들이 차지하고 때로는 대규모 퍼레이드에 참여하기 위하여 매스 게임 같은 연습을 하는 것을 볼 수가 있었다. 본래 민주주의가 발전한 나라에서는 군이 시내를 행진하는 모습을 보기가 어렵다. 군인이 휴가차 나와도 사복을 입고 다니며, 가능한 모습을 잘 보이지 않게 하는데 그것은 시민들에게 안정감을 주기 위해서다. 그러나 북한은 선군정치의 정치 슬로건을 제시하고 있으니 자연히 군복을 입고 행세하는 것에 우월감을 갖고, 일반 인민들도 군복에 매력을 느껴 일상생활에 군복이 보편화되어 있는 것 같았다.

일찍이 김일성 주석은 "인민군대가 정치 사상적으로, 그리고 군사기술적으로 튼튼히 강화 발전되어 당과 혁명, 조국과 인민의 보위자로서 영예로운 사명을 다하고 있는 것은 전적으로 김정일 동지의 올바른 령도의 결과입니다."라고 교시했고, 이에 따라 김정일 위원장도 "선군정치는 우리 혁명을 승리로 이끌어 나가기 위한 공화국의 기본 정치방식입니다." 라고 화답했다.

김정일의 통치방식은 이름하여 '선군정치'로 일컬어지고 있다. 이 정책은 김일성 사후 북한이 겪어야 했던 전례없는 위기 속에서 출현했다. 북한 지도부는 선군정치를 대내적으로 김정일의 영도력을 선전하는데 적극적으로 활용했고, 대외적으로는 협상력 강화에 이용했다. 북한은 오늘 날 자기들이 세계 최고의 군사력을 구축한 것은 전적으로 '김 정 일 장 군 의

평양인민광장에서 열린 당 창건 60돐을 기념하는 열병식

선군정치 때문이다'라고 선전하고 있다.

아태위원회의 김용순 위원장은 2003년 4월 영빈관 초대석에서 "오늘날 미제국주의자들이 전세계 어느 곳이든 까부수면서 왜 우리 사회주의 공화국에는 달려들지 못합니까? 그것은 강성대국을 이룩한 선군정치로 하여 군의 막강한 전력과 무서운 무기(아마도 핵을 지칭한 듯)가 있기 때문일 것이요, 따라서 조선 반도가 평화를 유지하는 것은 전적으로 공화국의 선군정치와 강성대국 덕분입니다."라고 강조했다. 그리고 "공화국은 남조선을 위협할 어떠한 행동도 하지 않을 것이요, 다만 미제국주의자들이 달려들면 그들을 까부수는 과정에서 남조선도 피해를 보게 될 터인즉, 즉각 미제를 내보내십시오."하고 살기 돋은 표정으로 주먹을 불끈 쥐어 보였다. 이미 그는 고인이 되었지만 오랫동안 노동당 대남담당 책임비서로서 남북 교류의 교두보 역할을 했던 장본인이다.

북한의 정치체제에서는 대남사업에서 한 분야를 담당하면 거의 죽을 때까지 그 일을 맡아서 한다. 때문에 그 분야에서의 전문지식은 물론이고 남한측의 의도까지 사전에 읽어서 협상전략에 이용하고 있는 반면, 남한측은 정권이 바뀔 때마다 인사이동으로 전문성의 결여는 물론이고 북한에 대한 바른 인식과 이해의 부족으로 어려움을 겪을 수 밖에 없다는 것을 북한을 연구하는 전문가 입장에서 지적한다.

나는 북한에서 "위대한 김정일 령도자께서 선군정치방식을 채택하시어 혁명적 선군령도로 제국주의자들의 그 어떤 침략책동과 고립압살책동도 일격에 짓부수고, 나라와 민족의 자주권을 수호하며, 사회주의 강성대국을 건설하는 빛나는 본보기를 이룩하시었다. 제국주의 련합세력이 '핵사찰' 소동을 벌이며 조국에 대한 제제와 군사, 정치적 압력에 광기를 부릴 때 위대한 김정일 령도자께서는 준전시 상태 선포의 폭탄선언으로 미국대통령 클린턴의 담보서한을 받아내어 민족의 존엄과 자주권을 영예롭게 수호하시고 민족을 핵참화로부터 구원하시었다"라고 강변하는 내용의 글을 읽은 적이 있다.

이를 유추하여 해석하면 핵문제와 선군정치는 불가분의 관계에 있으며 따라서 핵문제를 해결하는 열쇠도 결국 선군정치도식하에서만 가능하다는 주장이다.

북한은 김일성 정권 출범당시 그 권력의 핵심에 항일 빨치산 출신들이 있었다. 그러나 김일성 주석의 사망과 동시에 군 원로인 인민무력부장 오진우, 인민군 총참모장 최광 등이 연이어 사망하므로 항일 빨치산 세대는 이을설 후방군 사령관을 남겨 놓은 채 사라지고 혁명 1세대 즉 만경대 혁명학원출신인 김정일, 조명록, 이용무, 오극열, 김영춘, 김일철 세대가 전진 배치되면서 김정일 위원장의 권력 유지를 위한 군 위상을 정립하기에 이르렀다.

김일성 주석은 사망했으면서도 헌법에 명시된대로 영원히 주석직을 유지하고 있으며, 김정일 위원장은 노동당 제일 비서이고, 당 중앙국방위원회 위원장이며, 인민군 총사령관이라고 호칭하는 이유에서 우리는 알 수가 있다.

전광판에 비치는 풍요로운 영상

남북 장성급 회담에서 특이한 현상이 발견된다. 그것은 우리측이 서해안 꽃게잡이에 대한 상호간의 충돌을 사전에 예방하기 위하여

군사회담의 필요성을 강조
한 반면 북측은 한사코 휴전
선에서 대북방송을 없애라
고 요구해왔다. 두 문제는
동시에 해결의 가닥을 잡게
된 것으로, 다행스러운 일이
다. 그렇지만 그동안 우리

북한과 중국의 친선 바둑대회

측은 북한의 대남방송에 상당한 신경을 쓴 것이 사실이다. 그것은 그
들의 방송시설 규모나 성능면에서 월등해 우리의 취약점을 확대 생
산해 냈기 때문이다. 그러나 이제는 정반대로 방송매체의 대형화나
성능이 우리 측이 우수해서 우리 체제에 대한 그들의 흑색선전이 아
무런 의미를 갖지 못할 뿐 아니라 오히려 우리 측의 전광판에 비치는
풍요로운 영상이 북한군에 전달되어 그들은 자기들의 체제가 위협당
하고 있다고 판단했을 것이다. 참으로 격세지감이 아닐 수 없다.

　나는 2004년 10월에 금강산 육로에서 북한군을 많이 만날 수 있었
다. 그것은 동해선 도로연결공사에서 남과 북이 군의 장비와 군 인력
으로 공사를 하기 때문이고 금강산 특구지역도 군에 의해서 관리되
고 있기 때문이다. 그런데 북측 군인들의 초췌한 모습과 낡은 장비는
말할 것도 없고 단순 노동력만을 동원하여 공사에 임하는 장면은 너
무나 처량하게 보여졌다. 남측의 군인들은 몸집도 크고 얼굴에 기름
기가 도는데 북한군은 깡마르고 몸집이 그렇게 작기 때문이다.

　군사전문지에 의하면 북한군의 평균 신장이 1m 64.3cm 인데 반해
남한군은 1m 74.7cm 라고 하니 남북 군인들의 신장이 얼마나 차이가
나는가. 선군정치의 깃발 아래 정치화가 잘 되어 있다는 인민군에도

개성시의 한 개천에서 작업을 하던 병사들이 손을 흔들고 있다. 작은 키에 머리까지 짧게 깎은 탓인지 얼굴이 앳되어 보인다

문제가 심각하게 노출되고 있음을 발견하게 된다. 최근 동아일보는 두만강과 압록강의 경계를 담당하고 있는 국경군인들의 기강이 해이해져 북한 지도부가 초조감을 드러내고, 이를 독려하기 위해 발송한 공문서가 탈북자에 의해 입수되었다고 보도한 바 있다.

북한군 총정치국 비밀문건에 의하면 북한군인들이 이웃나라(중국)의 일부 화려한 표면을 보고 머리를 기웃거리고, 무턱대고 자기나라의 것을 과소 평가하고 있다고 지적하였다. 이어 돈과 물건에 현혹되어 상대측 나라 사람들에게 비굴하게 행동하고, 북한을 헐뜯는 험담이나 모욕적 행위를 막지 못하고 있으며, 나라의 자원이 빠져 나가는 것을 가슴아파 하지 않고, 월경 도주자(탈북자)를 돕고 있다고 경고하는 서한이었다. 즉 '국경 초병들이 높은 민족적 자존심을 가지고 살며 투쟁할 데 대하여' 라는 문구를 달고 있었다.

나는 두만강, 압록강 국경에서 많은 탈북자를 만나 보았고, 특히 장길수 가족 일행은 그들이 연길에 머무는 동안 지원을 아끼지 않았다. 즉 밤중에 몰래 숙소를 찾아가 격려금을 전하고 동족애를 발휘하여 그들이 자유의 품으로 오도록 하는데 일조한 사실을 지금도 자랑스럽게 생각하고 있다.

실제로 70m 간격으로 배치되어 국경초소 경비를 하는 북한군을 피해서 탈북하는 일이 군의 협조 없이는 불가능한 것이다. 그렇다. 군도 이제는 변화의 현장을 외면할 수 없고, 배고픔을 참는 것도 한계가 있을 것이다.

금년 2005년에는 정동영 통일부장관이 6·15 5주년 기념식에 참석했다. 그는 대통령 특사 자격으로 김정일 위원장을 방문하고 김정일 위원장으로부터 6자회담 참석은 물론 장관급 회담, 군장성급 회담 등의 재개를 확약받았다. 또 이산가족 상봉은 물론, 화상상봉도 실현되었다. 그리고 금강산 이산가족 면회소 건설과 경의선 철도의 연결에 대해서도 합의했다. 이와같이 북한 사회가 점차 변화하는 것으로 보여 긍정적이기는 하지만 선군정치의 현상이 어떻게 변해갈지는 더 두고 볼 일이다.

김정은은 핵은 이미 보유했으니 이제 경제라고 하지만 핵의 진화로 인해 중국과 미국의 한반도 비핵화가 강조되고 있으며 단동에서 왜 경제개발특구가 된 위화도황금평이 개발되지 않는가했더니 저수지 밑에 공장 짓는 사람 보았느냐고 하면서 핵이 있는 한 중국의 동북 러시아의 연해주는 개발이 되지 않을 것이라고 호되게 힐난하는 음성이 지금도 귓전에 생생하게 맴돈다. 김정은 권력은 하루빨리 핵을 포기해야 할 것이다.

주한미군과 강성대국론

민족자주성과 주한미군

본래 주한미군은 1945년 8월 15일 일본의 항복을 접수한 점령군으로 주둔하기 시작했다. 1946년 1월 미 국무장관 에치슨이 방위선을 일본으로 이동함에 따라 한국에 군사고문단만 남겨놓은 채 미군의 철수가 완료되었다. 그러나 1950년 한국전쟁이 발발하자 유엔 안보리는 북한 침략군을 격퇴하기 위해 유엔군을 급파하였다. 이때 미군은 유엔군의 일원으로 한국전에 참전, 참전국들과 함께 한국전을 주도하고 휴전을 조인하는 등 한국방위의 최일선을 담당하는 주력군으로서의 역할을 담당했다.

참여정부가 시작된 후 주한미군에 대한 개념을 구체화하여 SOFA 협정의 불공정성을 제기했다. 그러자 미국과의 관계가 껄끄러워지고 반미감정이 고조되었다. 또 한편으로 미국은 이라크 사태에 따라 세계에 주둔하고 있는 미군의 재배치가 불가피해졌다. 이에 따라 미국 방부는 주한미군은 기동타격대적 성격을 갖는다고 발표했다.

현대전은 지상전보다는 공군과 해군 위주의 전투로 탈바꿈해 가고 있다.

미국 럼스펠드 국방 장관의 지적대로 주한미군의 감군이 있다 하더라도 전략상 차질은 있을 수 없으며, 한국 방위에 추호도 공백을 둘 수 없다고 강조한 점이 이를 입증한다 하겠다.

군부대를 시찰하는 김정은 위원장

주한미군은 우리 안보의 최일선을 담당하고 있을 뿐 아니라 군사전략상 절대 필요한 주둔군이다. 그러나 북한의 입장에서 볼 때에는 남조선 혁명의 장애요인이기 때문에 북한은 기회가 있을 때마다 주한미군 철수를 강력히 주장해왔다.

나는 북한에 머무는 동안 북한이 그토록 강도 높게 주장하는 '선군정치, 강성대국'에 대하여 이해를 하기가 힘들었다. 무엇이 과연 강성대국인가?

2004년 6월 9일자 국내 주요 신문들은 북한의 경제에 대하여 기사를 실었다. 한국은행의 추정에 의하면 북한경제는 지난 해 1.8%의 성장세를 기록했고, 경제규모가 한국의 3%, 1인당 소득은 6%이었다. 2003년 북한 경제 성장을 추정한 결과 1990년부터 1998년까지 계속 마이너스 성장을 거듭하다 1999년부터 플러스 성장으로 돌아섰다. 산업별로는 전기, 가스, 수도업이 한반도에너지개발기구(KEDO)의 중유 공급 중단에도 불구하고 수력발전 증가로 4.2% 성장했고, 제조업을 포함한 광공업도 2.8% 성장세를 보였으며, 2002년 10.4%의 높은 성장률을 보였던 건설업은 2.7% 증가하는데 그쳤다는 것이다.

북한의 경제규모를 나타내는 명목 국민총소득(GNI)은 21조 9천 4백 66억 원(한국 원화)으로 남한의 3% 수준으로 나타나고 있다. 이는 대구광역시나 충청북도와 엇비슷한 수준이다. 또 1인당 GNI는 97만 4천 원으로 한국의 6.5% 수준으로 추정된다. 이를 달러로 환산하면 8백 18불로 세계 74위인 레바논이나 스리랑카 수준이라고 한국은행은 설명했다.

북한의 2003년 대외교역규모(수출입)는 2002년에 비해 5.8% 늘어난 23억 9천만 달러를 기록했지만 한국의 0.64% 수준에 불과한 것으로 나타났다. 한편 2003년도 남북한 교역은 대북식량지원 등에 따라 7억 2천만 달러로 집계되었다.

나는 이러한 수치를 접하면서 강성대국의 통치철학은 과연 무엇을 근거로 하고 있는가를 생각해 보았다. 인민에게 이밥과 고기국을 먹이고 전세계에서 가장 자랑스러운 공화국을 세우겠다는 김일성, 김정일의 '우리민족 제일주의의 통치방식'은 과연 무엇인지 궁금한 점이 너무나 많았다.

6·15 공동선언 이후 한국정부는 공식채널을 통해 매년 비료 20만톤,

유압식 포크레인을 생산하는 승리자동차 공장

식량 40만톤을 북한에 무상 또는 차관형식으로 지원하고 있다. 2005
년에는 식량 50만톤과 비료 35만톤을 지원할 예정이다. 북한당국도
으레 한국정부의 비료와 식량제공을 전제로 국가예산을 편성할 정도
로 한국정부에 대한 의존도가 구체화되어 있다니 그들이 꿈꾸는 강
성대국의 청사진이 갈수록 궁금해질 수밖에 없다.

"21세기 조선, 위대한 김정일 강성대국을 향하여 총진군 앞으로!"
이것은 1998년 8월 22일, 노동신문이 '강성대국'이라는 정론을 통해
21세기 북한의 국가목표가 '주체의 강성대국 건설'임을 확인하면서
앞세운 캐치 프레이즈다. 북한 정권은 김일성 사망 이후 '고난의 행
군'이라는 혹독한 고통의 터널을 통과해야 했다.

조선노동당 국제담당비서를 지내다 귀순한 황장엽은 극심한 식량
난으로 300여만 명이 아사했다고 주장한 바 있다. 김정일 위원장은
1998년 들어 고난의 행군이 마감되었음을 선언하고 사상 정치의 강
국, 군사의 강국, 경제의 강국을 내용으로 하는 '주체의 사회주의 강
성대국'을 들고 나와 북한 주민들에게 이 목표를 향하여 총진군할 것
을 독려하고 나섰다.

"나에게 어떤 변화도 바라지 말라"

아울러 1990년대 초, 동구의 몰락과 핵 동결조치 등 체제위협적 위
기를 이른바 '붉은기 사상'으로 헤쳐나가기 위해 항일투쟁시절로 되
돌아가야 살아남을 수 있다고 강조했다.

동구 사회주의의 몰락과 동시에 한국과 러시아, 그리고 중국과의

수교, 또 중국의 실용주의와 러시아의 독립국가연합(CIS) 등의 등장은 북한을 축으로 유지했던 북방 3각 구도가 해체되게 되었다. 동시에 구상무역 시스템(상품과 상품의 교환)은 붕괴되고, 경화 결재(현금)방식의 요구로 달러가 없는 북한은 원유는 물론 식량위기까지 겹치게 된 것이다. 또한 연이어 터진 천재지변은 더욱 북한의 경제난을 가속화시켰다. 내가 평양에 머무는 동안 많은 분들이 한결같이 고난의 행군 시기에 피죽(채소나 나뭇잎 등으로 쑨 죽)으로 연명했음을 시인했다.

북한 당국이 말하는 강성대국론의 3대 기둥론을 들여다보면 다음과 같다.

첫째는 '사상의 강국, 정치의 강국'이다. 사상의 강국은 '주체사상에 기초한 당과 혁명대오의 공고한 사상의 지적 통일단결이 이룩된 나라'이다.

둘째는 군사강국이란 '강력한 공격수단과 방어수단을 갖춘 무적필승의 강군, 전인민 무장화, 전국 요새화가 빛나게 실현되어 그 어떤 원수도 범접할 수 없는 난공불락의 보루'를 건설해야 한다는 것이다.

셋째는 경제강국이란 '사회주의 건설을 탄탄하게 이루어 경제를 활성화하고, 자립경제의 위력을 높이 발양시키는 일이다. 북한은 모든 면에서 강대한 나라로 빛나게 된다고 민화협의 안내원은 입이 마르도록 설명하고 있었다.

그러나 나는 평양과 그 밖의 지역을 돌아보는 동안 어느 것 하나 강성대국이 된 것이 없다고 생각했다. 물론 군사대국, 사상대국은 자기들 말대로 이룩되었다 하지만 '경제가 없는 군사' '경제가 뒷받침되지 않는 사상'의 힘이 어디까지 지탱할 수 있을까를 몇 번이고 새겨 보았다.

김정일 위원장은 당간부 회의에서 '나에게서 그 어떤 변화도 바라지 말라', '모든 사업은 위대한 수령님 식대로' 라고 했다. 이것이 강성대국 건설에서 김정일이 견지하고 있는 철학이라고 한다. 이른바 유훈통치를 강조한 내용이다. 그러면서 사상과 군대를 틀어쥐면 주체의 강성대국 건설에서 근본을 틀어쥔 것이라고 강조한 바 있다.

북한당국이 안고 있는 문제의 본질을 본 것 같아 걱정이 태산같아졌다. 북한당국이 상징적 변화를 통해서 의미 있는 변화를 거치면서 실체적(근본적) 변화의 흐름을 타야 정상적 통일의 길로 나올 수 있는데 지나치게 정치적, 사상적 문제를 객관성 없이 주체적(자기식)방식대로만 정치적 도그마를 만들려 하니 참담한 현실이 아닐 수 없다.

나는 1994년 중국 장춘에서 중국 사회과학원이

평양의 거리에서 한 사회안전원(경찰관)이 핸드폰을 들고 담소하고 있다

주최하는 두만강 개발(UNDP) 전략에 관한 국제학술회의에서 '진정한 두만강 개발전략의 핵심은 경제논리에 정치, 사상논리를 개입시키지 않는 것' 이라고 주장하다가 북한 대외경제협력부의 정책담당관과 크게 싸운 기억이 되살아났다.

당시 북한 대표로 나온 김영일 정책담당관은 20분 기조연설에서 수령과 당을 50회 이상 열거하고 있었다. 내가 하도 답답하여 경제논리에 당과 수령의 우상화가 무슨 필요가 있는가를 우회적으로 물었더니 공화국과 수령님을 모독했다고 고함을 지르고 펄쩍 뛰던 모습이 지금도

DMZ 평화공헌 실현이 통일을 만드는 길이다(국회헌정기념관에서 심포지엄 장면)

눈에 선하다.

북한에 진출한 남한의 기업들이 대부분 문을 닫고 철수한 현장인 남포공단을 포함한 여러 곳을 돌아보았다. 특히 대우가 자랑스럽게 여겨오던 남포의 의류 임가공시설은 빈집이 되어 유리창마저 깨져 있어 마음을 아프게 했다. 남포로 가는 도중에 50년대 초 주체농법으로 식량을 목표의 3, 4배 생산했다고 자랑하던 북한의 주체농장이 있었는데 그 넓은 들판에 삭막한 찬바람만 일고 있었다.

과연 앞에서 지적한 바처럼 대한민국 인천 시민이 쓰는 전력에, GNI(국민총소득)가 한국의 충청북도 수준에도 미치지 못하는 수치에다가 무역규모가 두자리 수를 넘기지 못하는 북한을 어떻게 강성대국이라 칭할 수 있을까 하는 생각이 내내 마음속을 떠나지 않았다.

2012년 북한 무역 규모는 70억 달러가 된다고 한다. 한국 1조 달러 무역과 비교해보면 가슴아픈 현실이다. 김정은의 핵과 경제병진정책에도 단둥서 신의주를 바라보면 약간 페인트칠이 훤하게 보이는 건물과 압록강 물위에 떠있는 조선공화국 선박들이 새로운 색깔로 뒤바껴 있을 뿐여전히 배급체제는 무너지고 인민들은 장마당에서 생계를 유지하고 있다.

김일성 주석의 유훈과 비핵화

무서운 무기와 한반도 평화

북한은 드디어 헌법에 핵국가를 명시하고 3차 핵실험과 은하수 미사일 발사를 통해 미국 워싱턴을 공격할 수 있는 핵무기 생산에 성공한 것으로 보인다. 특히 경량화 된 배낭 핵은 중국의 소수 민족 분리 독립주의를 주장하는 테러리스트들에게 넘어가지 않는다는 보장이 없게 되었다.

2005년, 평양에서 있었던 6·15, 5주년 기념식에서 정동영 통일부 장관에게 김정일 위원장은 한반도의 비핵화는 김일성 주석의 유훈이라고 하면서 공화국은 비핵화를 지지한다고 언급하였다.

그러나 실제로 북한당국은 1994년 제네바 핵동결 협정 이후에도 핵개발을 계속하여 왔으며 여러 채널을 통하여 핵의 소유를 선언하기도 했다. 특히 지난 6월초 미국 ABC 방송의 북한 취재를 허락하면서 북한의 핵개발이 급진전되고 있다고 공언한 바 있다. 과연 고 김일성 주석의 유훈의 의미는 무엇인지 확인하기 힘들다.

북한 사람들, 특히 고위층이 말하는 무서운 무기 즉 핵의 현주소는 어디일까? 나는 그를 확인하고자 평양에 머무는 동안 그들의 눈치를 읽기에 바빴다.

나는 당시 아태위원장이었던 김용순과 함께 평화자동차공장 준공식에 참석하고 영빈관에 돌아와 점심식사를 했다. 그때 그는 여러 간부들 앞에서 능청맞고 유연한 모습으로 여성 대표단에게 요즘은 남남북녀가 아니라 남녀북남이라고 농담을 하면서 남조선 사람들은 다음과 같은 문제에 관심을 가져야 한다고 마치 훈시하듯 말했다.

"첫째, 주적 개념을 바꾸어야 합니다. 화해와 협력을 말하면서 왜 공화국을 주적으로 내세웁니까?

둘째, 형제가 어려울 때는 서로간에 나누어 먹는 것이 우리 민족의 순수한 미덕임에도 불구하고 남측 사람들은 왜 퍼준다고 야단입니까? 기분 나쁘게 하면 받지 않겠습니다!

셋째, 남조선은 섬이고, 공화국은 육지이기 때문에 섬에서 육지로 올라오려면 반드시 다리를 놓아야 하는데 철도, 도로공사는 전적으로 남측부담으로 해야 당연한 것 아닙니까?

넷째 미국은 우리 공화국을 악의 축에다 걸어놓고 무슨 대화를 하겠다는 겁니까?"

그는 이렇게 부시 대통령을 나무라더니,

"다섯째, 조선반도가 왜 평화를 유지할 수 있다고 생각합니까? 그것은 전적으로 공화국이 가지고 있는 무서운 무기 때문입니다. 공화국의 젊은이들, 특히 제일고등학교 아이들이 총명하지요!(평양제일고등학교는 수재들만 입학하여 공부하는 고등교육기관으로, 전원 김일성 대학 입학이 가능하다고 한다.) 그 아이들이 만든 무기가 대단합니다. 그런 무서운 무기가 없었더라면 미 제국주의자들은 공화국을 일찌감치 까부수었을 것이고, 그렇게 되면 조선 반도가 전쟁의 화마에 휩싸였을 것입니다. 그럴 수

3대 혁명과 강성대국건설을 다짐하는 3군 사열식

밖에 없는 것이 남쪽에 미군이 주둔하고 있으니 우리가 미제를 까부수다 보면 남조선도 피해를 보게 될 터인 즉, 하루 속히 남쪽에서 미제를 몰아내야 할 것입니다!"

라고 하면서 흥분하고 있었다. 마치 학생들을 놓고 훈시하는 태도였다.

나는 즉각 반론을 제기했다. 김용순 위원장의 발언은 전적으로 공화국 입장만을 대변할 뿐 남북관계나 통일에 도움이 되지 않는다고 반박하자, 김용순 위원장은, "나도 세계일보 독자인데, 너무 나를 나무라지 마시오. 박보희 선생이 사장인 줄 알았는데 언제 사장이 되셨습니까?" 하면서 되받아 넘겼다.

필자는 6·15, 5주년 통일대축제 때 정동영 장관의 귀에 대고 '공화국의 비핵화는 주석님의 유훈입니다'라고 했던 김정일 위원장은 북한의 신문, 방송, 당기관지 등 어떤 매체에도 이러한 사실을 언급하지 않고 있다고 전해들었다.

프랑스 인공위성에 포착된 핵시설

지금은 고인이 된 김용순 위원장이 발언한 '무서운 무기'란 추측하건대 핵무기를 지칭하는 것이 아닐까 짐작되었다. 북한은 그것을 배경으로 오늘날 전세계의 이목을 받으면서 문제를 일으키고 있다.

김일성 주석은 1950년 한국전쟁 때 김정일 위원장의 손을 붙들고 압록강을 건너 중국의 길림으로 도망친 때가 있었다. 그래서 김일성은 어린시절 길림 육문중학교를 다녔다.

한국전쟁에 중공군이 참전하자 맥아더 사령관은 트루먼 대통령에게 만주 폭격을 건의했다. 그러나 그리되면 소련도 참전하게 되어 최악의 경우 원폭투하도 검토해야 하는 상황을 우려한 트루먼 대통령

'김일성 주석은 영원히 살아있다'는 북한의 주장이 공허하게 들리는 것은 왜일까?

이 맥아더의 건의를 거부하는 바람에 김일성은 살아날 수 있었다. 그때 한국전에 대량투입된 중공군의 차단을 위해 만주에 원폭투하를 검토한 미군의 군사전략에 놀란 김일성 부자의 심정은 어떠했을까? 가히 상상이 가는 바다. 그는 아마 그때부터 핵폭탄 생산의 필요성을 절감했던 것 같다.

한국전쟁이 끝나자 김일성은 1956년 핵화학물리연구소를 창설하고 핵 기술자 양성을 위해 소련의 두브나핵융합연구소에 기술자를 파송하기 시작하였다. 그리하여 기술연수를 마치고 북한 핵 개발에 참여하고 있는 기술자가 300여 명이나 되고, 북한 자체에서 양성한 기술인력도 5,000여 명이 넘는다니 충분히 핵 개발 능력을 보유했다고 보아진다. 특히 원자탄의 원료로 쓰이는 질이 좋은 우라늄이 순천, 박천 등 영변지구에 2,800여만 톤이나 매장되어 있는 것으로 알려지고 있다. 또 소련으로부터 지원을 받아 1960년대부터 1990년대까지 2MW급과 5MW급, 50MW급, 더 나아가 200MW급까지 원자로를 건설하는 과정에서 1989년, 프랑스의 인공위성에 의해 핵개발의 징후가 밝혀졌다. 그 이후 미국이 북한의 핵개발 프로그램에 본격적으로 제동을 걸어 1994년 10월 제네바에서 북미간 핵동결조약을 맺게 되었다.

1994년 10월의 제네바 핵협정은 사실상 북한의 핵을 동결시켰을 뿐 투명성 보장이 결여되어 있었다. 때문에 오늘의 핵문제를 해결하는 데 미국은 더 큰 짐을 지게 되었다. 당시에 미국과 북한은 사실상 북한이 주장한 분강지구(영변)핵시설이 전력생산에 필요한 지역이라는 점을 인정하고 분강지역 원자로를 봉인하는 대가로 신포지구에 한국형 원자로 2기를 건설함과 동시에 원자력 발전이 시작되는 2004년까지 원유를 매년 50만 톤씩 공급키로 하였던 것이다. 그리고 7개월 이내에 평양과 워싱턴에 연락사무소를 개설하고, 북한을 불량국가로부터 해제하며, 미국에 동결된 북한 자산을 점차 해지하여 준다는 등 파격적인 약속도 했던 것이다. 그러나 이미 알려진 바와 같이 KEDO(한반도 에너지 개발기구)를 통해 건설키로 한 신포원자력 발전소의 공정의 30% 정도밖에 진척되지 않는 등 북미간의 불신의 벽만 높아갔다.

결국 신포원자력 시설은 6자 회담 결렬과 동시에 기술진이 철수함으로서미해결의 장으로 남아졌으나 최근 북한은 신포 원자력 발전시설을 건설하고 있다고 전해지고 있다.

한반도 평화를 위협하는 핵

클린턴 정부와는 달리 부시 정부는 북한에 대하여 강공정책으로 선회했다. 그리고 2002년 10월, 제임스 겔리 특사를 평양으로 보내 북한이 우라늄 농축기술을 이용한 핵개발을 추진하고 있다는 증거를 제시하자 북한의 외무성 부상인 강석주는 이를 시인했다. 이로써 핵문제는 새로운 국면으로 진입했다. 특히 부시 정부가 이라크와 이란 그리고 북한을 악의 축으로 벨트화하고, 북한을 핵과 대량실상무기로 무장한 지구상에 존재해서는 안되는 실체로 규정함으로써 북한 김정일 정권의 벼랑 끝 전술이 시작되었다고 볼 수 있다.

김용순이 말한 무서운 무기가 한반도 평화를 유지시킨다는 논리는 어쩌면 그들의 궤변치고는 그럴 듯 하게 들린다. 그러나 세계 최강의 미국과 맞서서 한판 승부를 걸겠다는 의지는 돋보일지 모르지만 실제로 북한의 핵이 미국을 공격한다해도 미국으 MD시스템에 의해 미국 본토에 도착하기 전 파괴 될 것이다. 다만 주한미군을 겨냥해서 핵

북한의 핵문제는 한국과 미국 등 주변국들의 대북 강경주의를 더욱 확산시키는 계기가 되었다

무기를 사용하게 되면 한반도 전역이 폐허가 될 것은 너무나 분명하다.

북한은 그동안 IAEA 사찰단도 철수시키고, NPT가입도 철회했다. 그리고는 핵을 볼모로 핵무기 개발에만 매달리고 있으니 어쩌자는 것인가?

북한이 핵을 생산해 낼 수 있는 원자로는 가스로이기 때문에 가장 위험성이 크다. 1986년 전세계를 놀라게 했던 소련의 체르노빌 원자로 역시 제4호기 가스로였고, 유럽 국가들(영국, 프랑스)도 가스로로 시작했으나 그 위험이 가중되자 경수로로 교체한 것은 세계가 아는 바다. 그런데 북한은 가스로를 그대로 유지하고 있다. 그리고 플루토늄을 분리하는(핵재처리) 시설(북측 용어로는 핵화학 방사실험실)이 구소련형으로 건설되어 규모가 엄청나고, 핵재처리 때 방사선 오염을 콤팩트화 할 수가 없어 한반도 전역은 물론 중국, 러시아 지역까지도 방사선 물질의 확산은 불을 보듯 뻔하다.

더욱이 북한의 정권이 안정되지 않고 군부와 김정은 위원장 간에 권력의 저울 축이 불안정한 상황을 감안한다면 어떤 형태로든 간에

핵문제는 빠른 시일 내에 해결되어야 한다.

예를 들어 쉽게 설명해 보자. 병원의 의사가 칼을 가지고 있으면 누구도 불안해하지 않는다. 그러나 정신이 반쯤 나간 사람이 칼을 휘둘러댄다면 얼마나 불안하겠는가? 북한은 지금 이런 상황이다. 나는 평양에 머무는 기간 동안 김정일 체제에 대해서 이성으로는 이해가 안되어 몇 밤을 설쳤다.

평양의 보통강호텔에서 북한의 고위급 간부들과 토론을 하고 있는 필자 (우에서 두 번째)

그동안 미국은 NCND(Nseither Comfirm Nor Deny) 즉, 핵무기의 존재여부를 확인도 부인도 하지 않는 정책으로 일관하여 의문만 제기해 왔다. 북한은 1994년 이후에도 핵개발을 중단하지 않고 플루토늄에 대한 감시를 피하면서 우라늄 농축탄 생산프로그램을 기정사실화하고 있다. 이는 동북아 평화에 대한 위협이다.

한반도 더 나아가 동북아의 평화는 비핵화 선언과 실천에 있다. 그런데 만에 하나 북한 핵이 실제로 있고 이것을 다시 김정일 권력이 은폐하거나 폐기를 거부할 때 어떤 결과가 올 것인가를 계속 생각하면서 평양에서의 나날을 보냈다.

한반도 평화와 비핵화

재앙 불러 올 핵무기

북한 정권의 선군정치나 강성대국의 실체로 드러난 핵무기 개발은 한국은 물론 미국, 일본, 중국, 러시아 등에 중대한 문제로 받아들여지고 있다.

한국은 1992년 1월 20일 남북고위급(총리) 회담을 통해 남북문제 해결의 중심 사안인 군사문제, 특히 핵에 관한한 비핵화의 원칙을 선언한 바 있다. 그 이후 한국정부는 미군이 보유하고 있는 전술 핵무기까지 철수시키는 비핵화를 철저히 이행한 후 북한의 핵과 대치하고 있다. 때문에 만에 하나 피해가 발생할 경우 수습할 수 없는 대재앙을 불러올 것이 분명하다. 한국에 주둔하는 주한미군과 그 가족들의 피해는 말할 것도 없고 한민족 전체가 상상할 수 없는 피해를 입을 것이다. 나아가 북이 핵을 끝까지 고집하면 이는 궁극적으로 일본의 핵무장을 불러올 것이고, 그리되면 중국이 묵인할 리 만무하다. 미국도 보다 적극적으로 일본과 동맹관계를 결속하면서 미사일 방어시스템(MD)구축에 박차를 가할 것이다.

러시아 역시 낙후된 연해주를 개발하려면 동북아의 평화가 절대 필

군장비 정비중에 부품에 대해 토의하는 기술자들

요하다. 그들은 미국의 군사적 개입을 차단하고, 한국의 철도(KTR)와 시베리아 철도(TSR)를 연결하여 물류의 활성화를 통한 경제개발을 촉진하려는 입장에 있다.

이처럼 북한의 핵은 단순한 군사무기로서만이 아니라 이해 당사국들 사이에 정치적 입지, 더 나아가 세계 패권에 대한 자국의 힘을 길러내는 계기로 작용할 것이다. 때문에 핵문제의 본질과 북한이 이를 어떻게 받아들이고 있는가를 좀 더 심도 있게 다루어 보고자 하는 것이다. 물론 평양에 머무는 동안 북한의 내부를 들여다 볼 수는 없었지만 북한의 입장에서 생각해보고, 서울에 돌아와 한국의 입장에서 생각해 보아도 너무나 중대한 문제이기 때문에 언급을 하는 것이다.

북핵문제가 왜 발생했는가를 정확히 규명하는 일은 쉽지 않다. 왜냐하면 핵문제의 관련 주요 당사자인 북한과 미국의 입장이 너무나 첨예하게 대립되고 있기 때문이다. 북한은 미국의 핵공격 방어를 위해 어쩔 수 없이 핵무기를 보유할 수밖에 없다는 입장이고, 미국은 북한이 핵무기를 개발하여 남한, 미국, 일본 등 자유주의 국가를 공격하려 할 뿐만 아니라 제3의 테러 집단에게 이전시킴으로써 미국을 공격할 수 있다는 입장이다. 양측의 입장을 보다 자세히 기술해 보면 다음과 같다.

첫째, 북한의 입장은 2003년 5월 12일 발표된 '조선중앙통신사', '상보'에 잘 나타나 있다. 그 내용은 이러하다.

조선반도의 핵문제는 전적으로 미국의 남조선 핵기지화 정책의 산물이다. 미국은 1950년대 후반 핵미사일 어네스트 죤을 남한에 배치함으로써 핵문제가 발생하였다. 1980년대 전반기에 20세기 악마의 무기인 중성자탄의 반입으로 '엄중성'이 증대되었다.

1957년 5월 14일, 미 국무장관 덜레스는 남한에 대한 핵무기 반입계획을 공식 시사하였고, 7월 15일에는 AP통신이 미군이 핵무장화에 착수한다는 성명을 발표했다고 보도하였다.

1958년 2월 3일, 미군이 핵미사일을 의정부 부근의 미 1군단 비행장에 설치했다고 동양통신이 보도하였다. 또한 이 보도는 북한이 미국의 핵무기 도입과 관련하여 1956년 11월 북한 최고인민회의 제1기 제12차 회의, 1957년 9월 최고인민회의 제2기 1차회의를 비롯해 1958년 12월 19일 군사정전위원회 91차 회의 등을 통해 수십차례 주한미군의 핵보유를 경고했다고 하였다.

한반도 비핵화 선언

특히, 1992년 1월 20일, 한반도 비핵화 공동선언 발표 이후에도 미국이 이 선언을 위반했다고 주장하였다. 북한은 1992년 6월 3일, 조평통 서기국을 통해 미국이 남북합의서와 비핵화 공동선언을 유린하면서 핵위협을 증대시키고 있다고 비난하였다. 또 이후에는 외교부 비망록 등을 통해 수차례에 걸쳐 미국이 핵무기를 증강했다고 비난하였다. 결국 북한은 미국이 남한과 팀스피리트 훈련을 비롯한 각종 대북 '침략전쟁' 연습을 하였고, 작전계획 5029를 수립, 북한선제공격 시나리오를 작성했다고 주장했다. 특히 2001년 부시 정부 출범 이후에는 'NRP', '신안보전략' 등을 통해 비핵국가까지 선제공격할 수 있는 준비를 했다고 주장했다. 북한은 이라크전 이후 미국의 다음 타격대상은 자기들이라는 인식이 강하다. 주한 미2사단의 후방배치까지도 '미국의 선제타격전략'으로 인식하고 있을 정도다.

반대로 미국은 북한이 1994년 제네바 합의 이후에도 지속적으로 핵개발을 시도했다고 주장한다. 즉, 북한은 제네바 합의 이후인 1997년부터 2002년 9월까지 평북 용덕동에서 70여 차례에 걸쳐 핵폭실험을 했다는 것이다. 그리고 2002년 말부터 2003년 6월 사이에 폐연료봉 8,000여 개 중 일부를 재처리한 것으로 간주했다.

남한은 1992년 1월에 발표했던 '한반도 비핵화 공동선언'을 북한이 위반했다고 주장한다. 그러자 미국은 북한에 대해서 선제공격도 불사하겠다고 했다.

2001년 9월 1일, 뉴욕과 워싱턴의 주요 신문들은 북한에 대해서 테러 이후 미국은 자신을 공격할 수 있는 '잠재적 적'에게 선제공격을 할 수 있다고 선언했다. 부시정부의 신보수주의자(neocon)로 대변되는 미국의 강경파들은 북한을 '악의 축'으로 규정, 북한이 스스로 핵무기를 포기하지 않으면 '모든 방안'을 동원하여 이를 분쇄하겠다고 했다.

북한이 핵문제에 관심을 보이기 시작한 시점은 미국의 한반도 핵배치가 시작된 1957년 무렵으로 보인다. 처음 미국이 남한에 핵을 배치했을 때 북한은 소련의 핵우산 아래 있기를 바란 것으로 보인다. 그래서 1961년 7월 조소상호원조조약을 맺어 북한이 침략을 받게 되면 소련은 자동으로 개입하게 만들었다. 그러나 1962년 10월, 쿠바 미사일 사건에 대해 소련이 '투항주의'로 나오자 북한은 더 이상 소련에게 자신들의 안보를 맡길 수 없다는 판단을 하고, 1962년 12월 노동당 제4기 제5차 전원회의에서 '4대 군사로선'을 설정하는 등 '국방에서의 자위주의'를 채택하였다. 이렇게 미루어보면 김일성은 1957년부터 '과학적 무기(핵)'에 대한 관심을 가지기 시작한 것으로 생각된다.

북한은 강력한 무기를 보유해야만 미국의 위협으로부터 자신들을 보호할 수 있다는 신념을 갖었을 것이다.

1960년대 후반 및 1970년대 초반부터 실시된 '포커스 레티나', '포커스 렌즈', '팀 스피리트 훈련' 등을 북침 핵전쟁 연습으로 간주한 북한은 핵무기 보유에 더욱 박차를 가했다. 그래서 1980년대 중후반 쯤에는 조악하긴 했지만 핵무기를 보유하기에 이르렀다. 이것이 1980년대 후반에 프랑스의 위성에 포착되기 시작했고, 1991년부터 미국은 본격적으로 북핵의 위험성을 들고 나왔다.

핵개발은 대미협상용이다

북핵문제는 1994년 10월, 북미 제네바 합의를 통해 일단 봉인되었으나 2002년 10월부터 다시 불거지기 시작했다. 북한이 핵개발 프로그램을 시인했기 때문이었다. 이 문제는 '9·11 테러' 이후 '불량국가'의 테러 위험성에 대해 민감한 반응을 보이던 미국을 경악케 하였다. 아마 북한은 미국의 제네바 합의 이행을 믿지 못하고 제네바 합의에 명시된 플루토늄탄이 아닌 우라늄농축탄 개발에 관심을 보인 것으로 보인다. 특히 부시 행정부 등장 이후인 2001년부터는 핵보유를 더욱 서둘렀던 것으로 보인다.

2003년 3월 이라크전 이후에는 강력한 무기를 보유하는 것만이 미국의 공격을 막는 길이라는 확신을 갖었던 것 같다. 소위 '이라크 효과'는 대미 강경책만이 생존의 길이라는 인식을 김정일에게 준 것이다. 즉, 후세인 정권의 붕괴는 대량살상무기 보유와 UN사찰 수용 때문이라는 분석이 북한 지도부의 인식이었다.

북한은 핵문제를 통해 다음과 같은 효과를 노리고 있는 것으로 보인다.

미국이 두려워하는 핵개발 및 미사일 수출문제를 지렛대로 활용, 미국으로부터 '김정일의 존재'를 인정받으려 한 것이다. 김정일은 북한에서 지고지선의 존재로 김일성 사후 북한의 지주가 되었다. 따라서 북한 지도부는 김정일을 결사옹위하려 한다. 만일 김정일이 제거된다면 자신들의 안위도 보장받지 못할 것이라는 공포심이 있기 때문이다. 이라크 후세인 정권 붕괴 이후 이러한 공포심은 더욱 증대되었다.

〈남북관계 및 북한 핵문제의 평가와 전망〉 세미나에서 주제발표를 하는 필자(우에서 세 번째)

만일 북한이 5~6개의 핵무기를 보유할 경우 북한의 국제적 지위는 누구도 어찌할 수 없을 정도로 높아질 것이다. 아울러 일본 및 대만의 핵무장을 촉발시킴으로써 동북아에서의 핵무기 전쟁 가능성이 심화될 것이다. 이와 관련하여 북한의 UN차석대사인 한성렬은, "2004년 7월 14일 핵개발은 대미 협상용이자 보유용이고, 현재 북미간에는 치킨게임이 진행 중이며 미국은 이라크를 침공했던 것처럼 북한을 침공할 것이다"라고 말해 의구심을 갖고 있음을 드러냈다.

북한이 미국에 대해 체제보장을 핵을 담보로 요구하는 것을 보아도 이해가 간다.

그러나 북한은 2013년 2월, 3차 핵실험을 실시함으로서 핵 국가로서 의심의 여지가 없게 되고 미국 심장부를 공격할 미사일과 중국 테러 집단에게 넘겨줄 수 있는 핵배낭의 존재로 인해 위험을 키웠다. 예상 피해국인 미국과 중국이 거세게 북한의 비핵화를 강조함에 따라 한반도 중심의 정세는 급변하고 있다.

핵문제 해법은 없는가

채찍과 당근

북핵문제의 해법은 다음 몇 가지로 예상해 볼 수 있다.

첫째, 북한 체제 내지는 김정일 정권의 인정이다. 즉, 북한의 핵개발 포기를 전제로 미국이 김정일 정권을 인정해 주는 것이다. 지금까지 부시 정부는 김정일 정권을 인정하지 않았다. 뿐만 아니라 김정일에 대해서는 '회의적'이라든가 '국민을 굶겨죽이는 자' 등 비난일색이었다. 북한으로서는 미국의 김정일 제거를 가장 두려워하고 있기 때문에 만일 미국이 김정일의 존재를 인정해준다면 북한은 핵개발 포기뿐만 아니라 대폭적인 개혁, 개방 정책을 채택할 가능성이 높다.

둘째, 북한의 핵 의혹 시설 또는 군사시설에 대한 폭격이다. 이것은 최악의 시나리오로서 많은 희생이 동반될 것이다. 국지공격이 있을 경우 북한은 미사일, 재래식 무기 등을 동원하여 남한의 주한 미2사단 및 용산의 주한미군사령부를 1차로 공격할 것이다. 남북관계가 악화될 경우 한국군 군사시설에 대한 타격도 예상된다.

미국은 국지공격시 북한의 미사일 기지나 휴전선 부근 재래식 무기 기지를 초토화시킴으로써 북한의 보복공격 능력을 무력화시킨다는 입장이지만 이라크 전쟁 경험에 의하면 그것은 사실상 불가능할 것으로 보인다. 따라서 만일 미국의 대북 국지공격이 시작되면 한반도 전체가 전쟁의 수렁으로 빠질 것은 명약관화한 일이다.

금강산 해금강호텔에서 부천시 평화통일자문위원들에게 남북관계에 대해서 설명하고 있는 필자

북한이 13개월만에 6자회담에 복귀해 온 사실은 첫째 조건이 어느 정도 충족되었다는 판단에서일 것이다. 즉 1단계는 다자회담을 통한 북핵포기 선언과 '한시적 체제보장' 선언, 2단계는 핵사찰 시작과 대북 경제지원 시작, 3단계는 핵사찰 완료와 '항구적 체제보장' 선언 등이다. 이를 위해서는 '다자회담'이 필수적이다. 다자회담을 통해 한국·미국·일본·러시아 등이 북한의 체제를 집단적으로 보장하고, 북한의 핵폐기와 더 이상 핵무기개발의 의혹이 증폭되는 부문을 완전히 제거하는 이른바 핵 투명성을 검증해 나가는 것이다.

제1차 베이징 6자회담은 남북과 미국, 일본, 중국, 러시아 등 6개국이 베이징에서 2004년 6월에 갖었다. 한국측 수석대표인 이수혁 외무부 차관보는 기자회견에서 북한의 핵 문제가 상당한 부분 근본문제에 접근되었고, 북한과 미국간의 의견이 좁아진 것으로 판단된다고 말했다. 이 차관보는 단, '참가국들은 북핵 해법과 관련해서 단계별 병행의 방법으로 포괄적으로 해결해야 한다는 데 공감을 형성했다.'고 했다. 그리고 협상이 진행되는 과정에서 북한의 태도가 많이 유연해진데 대하여 의견의 개진이 있었다. 이번 4차회담은 더욱 유연해진 북한을 주권국가로, 그리고 김정일 위원장의 체제 보장을 전제로 미국과의 관계를 발전적으로 풀어갈 것으로 예측된다. 북한의 핵은 남북한, 더 나아가 동북아 지역의 평화, 그리고 세계평화 실현의 단초를 제공하기 때문에 반드시 해결되어야 한다. 그러나 문제는 그 방법에 있다. 어떻게 이 '암적 존재'를 제거할 것인가? '채찍'을 사용할 것인가, '당근'을 사용할 것인가?

먼저 채찍 사용이 가능한가부터 살펴보자. 채찍은 무력사용을 의미하는 것이고 따라서 많은 피해가 동반될 수밖에 없다. 물론 김정일만 '쥐도 새도 모르게' 제거할 수 있다면 문제가 다르다. 그러나 이것은 기술적으로도 어려울 뿐아니라 국제 여론, 그리고 북한의 권력 시스템에서 김정일 위원장이 제거되었을 때 북한 인민들의 일탈을 수습하기도 어려울 것이므로 어느모로 보나 결코 바람직하지 못한 방법이다.

만일 한반도에서 전쟁이 발생하면 초기에 한·미군 10만 명, 민간인 100여만 명의 피해가 있을 것이라는 것이 1994년 당시 게리 럭 주한 미군 사령관의 예측이었다. 따라서 수많은 인명피해가 예상되는 군사력 사용은 최대한 자제되어야 한다.

다음으로 '당근' 사용이 가능한지 살펴보자. 당근은 북한 체제의 보장과 경제지원이 포함된다. 특히 북한의 관심은 김정일의 지위 인정 문제에 모아져 있다. '암적 존재'인 김정일의 존재를 인정해 줄 것인가에 대해 국제적 인권 및 도덕성문제가 제기될 수 있다.

인체에 해로운 암이면 수술해서 없애야 하는데 왜 인정해 준다는 말인가? 김정일을 인정하는 것은 독재 체제를 인정해 주는 것과 마찬가지라는 주장이 우세하다. 황장엽도 2004년 7월 4일 국회토론에서

이와 같은 논지를 밝혔다.

그러나 문제는 '외과적 수술'을 통해 암을 제거하고자 할 경우 성공할 확률이 높지 않다는 데에 있다. 암에 대한 외과수술적 치료방법은 성공만하면 대단히 좋은 결과를 얻지만, 만일 실패하면 순식간에 전신에 퍼지는 엄청난 재앙을 초래하게 된다. 따라서 시간이 걸리겠지만 항암 치료를 시도해보는 것도 하나의 방법일 것이다. 일단 '암적 존재' 자체는 인정해 주고 체내 항체를 양성하기 위해 시장경제와 민주화라는 '항암제'를 투여하는 것이다.

평화적 핵 이용은 인정되어야

북한 자체가 변화할 수 있는 자체 내에서의 변화 주도세력을 양성해내는 것이다. 예를 들면 북핵문제가 다자회담을 통해 평화적으로 해결되면 반드시 그에 상응하는 경제적 보상이 따르게 될 것이고, 이는 장차 미국에 이어 일본과의 수교로 이어질 것이다. 결국 핵 제거에 대한 보상과 일본의 식민지 통치 기금(대일청구권) 등을 통해 경제지원이 이루어지면 북한의 인프라(SOC) 구축에 사용되어 북한 인민의 삶의 질은 높아질 것이고, 이에 따라 주민들의 의식에도 많은 변화가 일어나게 될 것이다.

북한이 경제개발 프로그램을 진행하기 위해서는 중국식 시장경제로의 전환이 불가피할 것이며, 이는 테크노크라트 즉, 기술관료를 양산하게 될 것이다. 또 기술 관료들의 의식은 맹목적 신화를 받아들이지 않기 때문에 북한주민들의 의식 변화에 큰 영향을 줄 것이다.

통일을 염원하며 백두산 천지에 올라선 필자

이러한 북한의 개방화, 민주화를 우리 민족의 입장에서 본다면 지난 1994년 제네바 핵 협정이 완전해결이 아닌 동결에 그친 데도 문제가 있지만 실제에 있어서는 미국과 북한간의 양자회담이 가져다 준 실패라고 볼 수 있다. 북한의 변화를 가속화할 수 있는 기회를 잃어버린 셈이다. 이제부터라도 북한의 변화를 가속화시키기 위해서는 산업발전, 즉 인프라(SOC)구축이 시급하다. 그 중에서도 전력생산은 가장 시급한 과제다. 따라서 북한은 원자력 발전이 절대 필요함은 불을 보듯 뻔하다. 북한의 평화적 핵이용이 불가능하다면 북한의 변화는 그만큼 늦어질 것이다. 미국의 입장에서는 신뢰할 수 없다는 전재하에 핵의 완전 포기를 요구하지만 북한의 원자력의 평화적 이용은 전력 이외에도 의료 등 다양하게 사용되고 있고, 궁극적으로는 주권에 관한 문제이기에 신중히 다루어져야 할 것이다.

동북아 평화가 세계평화로

우리가 다자회담 개최를 역설하는 이유는,

첫째, 당사국 이외의 국가, 특히 주변의 핵으로부터 위협을 받거나 북한의 핵을 제거함으로써 세계평화를 실현하고자 하는 국가들이 공

동의 책임을 지고 북한 핵문제를 해결하는 주체가 된다는 점이고,

둘째, 상호 핵끼리 충돌하는 핵화약고의 불길을 제거함으로써 항구적 동북아 평화지대 창설이 세계평화로 연결시킬 수 있으며,

셋째, 북한의 개방과 민주화에 따르는 경제적 부담을 공동으로 갖어 미국의 부담을 덜어준다는 데도 큰 의미가 있다고 보아진다.

북한의 핵은 어떤 이유에서든지 평화적으로 해결되고, 그를 통해서 북한이 체제보장이란 담보를 잡았다고 해도 궁극적으로는 북한 내부의 경제발전에 따라 변화가 예상된다. 따라서 한민족의 평화적 통일의 기반을 구축할 수 있는 계기가 될 수 있기 때문에 북한핵문제 해결은 다자회담을 통해 해결하는 것이 가장 바람직하다.

앞으로도 한국과 미국의 입장에서 민족 공조냐, 한미 공조냐의 논란은 계속될 것이다. 북한은 남북한 민족 공조를 말하면서도 핵문제에 관한 한 미국을 당사자로 받아들이고 있다.

한국과 미국과의 관계에서도 미국은 북한을 불량국가로 간주하고 경우에 따라서는 군사적 모험도 불사할 수 있지만 한국은 북한을 동족으로서 번영과 평화를 함께 공유할 대상이라고 여긴다. 민족 공조냐, 한미 공조냐 하는 문제는 전적으로 북한측의 태도에 따라 결정될 것으로 생각되어 많은 지면을 할애하면서 핵문제를 분석했다.

앞에서 지적한 내용은 필자가 2004년 8월 배트남의 호치민(사이공) 힐튼호텔에서 거행된 한반도 통일연구소 주최 국제학술 세미나에서 남·북한, 독일, 미국, 일본 등의 학자들 앞에 북한 핵과 다자회담의 필요성이란 주제를 발췌하여 발표한 바 있다.

'락원백화점'과 대성수출품 전시장

북한산 비아그라 양계론

우리 일행이 낙원백화점과 대성백화점을 방문하고 수출품 전시장을 방문하게된 것은 이번 평양방문 중 큰 성과라 할 수 있다. 일 년에 무역규모가 당시에는 23억 달러 이내인데 과연 어떤 물품을 수출할 수 있을까 하는 의구심을 풀 수 있었기 때문이다.

적당한 흥분과 기대를 안고 낙원백화점에 들르니 4층 건물에 그런 대로 물건이 진열되어 있었고, 백화점에 들어온 손님 중에는 낯설지 않은 북한인 즉 평양사람들이 함께 하고 있었다.

백화점에는 일상적인 상품이 주로 진열되어 있었다. 1층에는 식료품, 과자, 라면, 국수, 메밀면, 각종 비누, 양품 등 우리 백화점

평양의 대성 수출품전시장은 30평 남짓한 2층건물로 일본제, 중국제 물건들이 주로 전시되어 있다

과 크게 다를 바 없으나 그의 수는 지극히 적고 상품의 질도 비교할 수 없을 만큼 열악했다.

2층에는 전기제품으로 전기밥솥, 믹서기, 각종 오디오, TV 등의 품목이 진열되어 있었다. 24인치 TV는 1만6천 원이라는 가격이 써 있는데 한국돈과의 비율을 100:1로 보더라도 1백 6십만 원이나 되는 셈이다. 물론 내국인(북한인)에게는 다소 싸게 판다 해도 한화로 100만 원은 되는 모양이니 감히 어떤 개인이 TV를 소유할 수 있겠는가 하는 생각이 들었다.

3층에는 각종 의류가 진열되어 있었는데 의류품의 종류에는 어린 이옷에서부터 성인의 옷, 구두, 가방 등 생활에서 필요한 것들을 팔고 있었다. 북한 제품은 색상이나 디자인이 너무나 단조로워서 한국의 60년대 수준에 머물러 있었고, 일본, 중국 등의 수입품이 대부분의 매장을 차지하고 있었다. 하루 빨리 인프라가 구축되고 북한인에 의해 생산된 제품이 수출되는 날이 기다려진다. 북한인들도 더러 달러를 갖고 와 북한의 인민화폐로 교환해서 사용하는 것을 볼 수 있었다.

약품 코너에서 한국인에게 인기가 있는 상품은 단연 웅담과 호랑이 뼈로 담근 호골피라는 술이었다. 곰과 호랑이가 실제로 북녘에 살고 있느냐, 있다면 얼마나 있느냐고 물으면 공화국에는 가짜가 없다고 일관되게 주장하면서도 호랑이와 곰이 어디에 그렇게 많이 있겠느냐고 거꾸로 되물어 오기도 했다. 특히 한국인이 많이 찾는 약품은 비아그라 성분이 포함되어 있다는 양계론과 암 예방과 치료에 탁월한 효과가 있다는 장명보長命保라고 했다.

때문에 북한인들은 한국인이 잘 사가는 웅담, 호골주, 양계론, 장명보 등을 벌써 대량생산해서 한국인이 많이 방문하는 백화점에 진열

기업소 앞에 차려진 빵과 음료수 매대앞에
서성거리는 주민들

하고 있었는데 내가 장내를 한 바퀴 돌고 오니 약품은 이미 동이 나고 없었다. 얼마 안 있으면 북녘에서도 중국의 가짜 약품을 뺨치는 한 수 위의 가짜 약품이 등장할 것 같았다.

우리 일행이 백화점 쇼핑을 마치고 외국인 전용식당에서 식사를 하는데 그곳에만 유일하게 복무원(종업원)들이 김일성, 김정일 흉상 (배지)을 가슴에 달지 않고 있어 이 또한 변화의 상징적 의미를 갖는 것 아닌가 하는 생각이 들었다. 북한인들에게 수령과 장군은 절대적이어서 당의 지시 없이는 불가능할 것이므로 아마도 김정일 위원장의 지시가 있었지 않았겠나 싶었다. 아마도 외화벌이를 위해 외국인들의 호감을 사자는 것 아닐까?

대성 수출품전시장은 참으로 가소로웠다. 우리의 서울 삼성동 무역전시관만은 못하더라도 북한 전체의 수출품을 전시해 놓았다면 어느 정도의 규모는 갖추어져 있어야 할 것이 아닌가. 그런데도 30평 남짓한 2층 건물에 전시된 제품은 기껏 일본제, 중국제가 태반이었고, 북한이 독자적으로 생산한 것도 아닌 중국과 합작한 의류 몇 점과 커피 믹서, 자전거, 탁상시계 등 참으로 볼품없고 초라한 물건들이 진열되어 있었다.

2층에 올라가니 그림 몇 점이 걸려져 있었다. 북한의 경제가 언제쯤 정상에 올려질 수 있을지 참으로 걱정스러웠다. 인간에게는 욕망이 있어야 발전하는 것인데 욕망과 창의력을 억압시켜 놓은 채 모든 것을 당과 수령이 결정한다고 주장하면서 인민들은 모두 의식없는 로 보트화 해놓고 있으니 무슨 독창적인 상품이 생산될 수 있겠는가. 지금까지 무엇을 해 놓았는가? 특히 핵과 미사일을 보유할 능력을 갖고 있으면서도 인민들의 생활은 조금도 염려하지 않으니, 도대체 어떤 것을 수출하려고 하는 것인가? 참으로 가슴이 아파왔다.

쌉쓸한 기분으로 대성수출품전시장을 나오면서 하루속히 '우리식 사회주의'라는 낡은 허울을 벗어버리고 시장경제를 근간으로 하는 경제체제로 돌아가는 날이 오기를 기원했다. 이런 생각은 평양을 돌아보는 기간 동안 내내 계속되었다.

평양 시가지의 자전거 행렬

평양거리에는 자전거가 분주하게 굴러다니고, 홍콩으로부터 도입한 150대의 2층 버스가 드문드문 보였지만 교통수단을 이용하려는 인민들은 초만원이어서 기다랗게 줄을 서서 기다리는 모습을 어디서나 볼 수 있었다. 대중교통으로는 무궤도 전차와 지하철이 있었지만 북한사회는 교통문제에 있어 많은 문제를 갖고 있었다.

평양 인구를 200만 명으로 보고, 주변 인구까지 합치면 300만 명이 모여서 사는 대도시임에도 불구하고 교통은 거의 도보

출근시간에 바쁘게 움직이는 평양 광복거리의 시민들 모습

버스정류장에서 버스를 기다리는 평양시민들

로 할 수밖에 없는 사정이었다. 때문에 무궤도 전차에 매달려 가는 사람들, 2층 버스를 타고 가는 사람들, 그리고 단선으로 두 량의 소형 전동차로 연결된 지하철 등의 교통수단을 보면서 이런 수송체계는 극히 제한된 수의 인구밖에 수송할 수 없겠구나 하는 생각이 들었다.

특히 북한 권력층이 타고 다니는 자가용은 전적으로 업무용이기 때문에 그 수가 제한되고 있다. 북한의 자동차 산업은 일찍이 승리자동차회사가 건설되어 생산을 시작했으나 이는 구 소련제 자동차 부품을 가져다가 지프나 버스, 트럭 등 단순한 자동차로 조립하는데 그쳐 연간 수백 대밖에 생산하지 못한다고 했다. 최근에 조립라인을 완공한 평화자동차가 2003년도에 400여 대를 팔았고, 2004년도에는 450여 대, 2005년에도 그와 같은 수의 자동차를 판매할 계획이라고 하니 자동차의 수요도 가히 짐작할 만하다.

2002년 7월 1일의 경제관리개선대책 이후 변화된 북한의 경제구조에도 약간의 희망이 보이기 시작한 것 같다. 철저하게 배급체제 아래에서 계획관리에 의한 통제 경제 시스템을 구축해 왔던 북한 경제가 드디어 독립채산 경영과 함께 인센티브제를 도입하고 배급제도를 완화하여 독자적으로 시장에서 쌀과 생필품을 구입하도록 했기 때문이다.

이미 북한 전역에는 300여 개의 시장이 운영 중인데, 이중 40개는 평양에 개설되어 있다. 이는 사실상 암시장으로 자리잡고 있던 음성적 농민시장이 양성화된 것이다.

북한 당국은 주민이 개인적으로 경작할 수 있는 농지면적도 과거에는 30평에서 50평까지만 허락했지만 이제는 400평 내지 600평까지 경작하도록 하는 가족 영농을 하도록 하고, 필요에 따라 평수의 제한 없이 경작하고 협동조합과 임대를 하는 형식의 큰 변화가 일어나고 있다.

공장과 기업소도 시장에 진출하여 상품을 직거래 형태로 매대를 차려서 판매하고 있는데, 전체 시장의 5% 정도를 차지하고 있고, 공장이 계획된 목표 이상을 생산하여 잉여물품이나 부산물의 판매도 허용되고 있다. 생필품의 경우 생산량의 30% 정도의 자유 처분을 인정하고 있으며, 개인의 경우도 신청을 받아 일정기준을 갖춘 경우 판매를 허용하고 있다. 평양의 어떤 거리에서든지 사람이 많이 왕래하는 곳에는 매대가 설치되어 있고, 그 수가 300개를 넘어섰다니 이것으로도 북한 경제의 변화를 실감할 수 있다.

평양 최대의 통일시장

최근 평양의 통일거리에 등장한 북한 최대 규모의 통일시장은 순이익의 25%를 판매수익금으로 납부하도록 하고 있고, 별도의 입장세를 받고 있음에도 큰 인기를 끌고 있다. 평양 이외에도 대도시의 거리에는 팥빙수와 고구마 등 주로 식료품을 파는 매대와 생필품을 공급하는 점포가 등장했다.

그러나 이러한 시장경제 형태로의 변화에는 부작용도 적지 않은 것 같다. 상품의 공급부족과 인플레 심화가 가장 큰 문제다. 3,000원(20달러)의 월 급여로는 생활이 거의 불가능하므로 장사를 해서 1만원 정도는 벌어야 먹고 살 수 있다고 푸념을 하던 금강산 환경감시원의 눈망울이 자꾸만 떠오른다.

2004년 10월, 금강산 육로관광길에서 만난 한 환경감시원은 시장에 가서 물건을 사는데 불편하기도 하지만 돈이 쓸 게 없더라고 했다. 그래도 자신은 복무기간이 긴 덕에 3,000원을 받지만 신입복무원은 2,000원을 받는데, 그것으로 어떻게 가정을 꾸릴 수 있겠느냐고 하소연을 했다. 나는 그에게서 생활방식의 변화는 의식의 변화를 가져올 수 있다는 확신을 갖게 되었다.

지금 북한의 화폐가치는 유로화와 함께 쓰이는 달러의 위력에서도 알 수 있다. 공식 환율은 150대 1, 즉 북한돈 150원이 미화 1달러인데, 암시장에서는 북한돈 1,900원 이상을 주어야 1달러로 바꿀 수 있다니, 엄청난 달러의 위력에 남측 여행객의 호주머니에 굴러다니는 달러를 눈여겨볼 수밖에 없게 되었다.

낙원 백화점의 환전소에서 달러를 북한돈으로 바꾸는 한 여성의 모습을

통일거리 시장의 판매원들이 똑같은 복장을 하고 촘촘히 앉아있어 의아하게 한다

보고, 쌀값이 1kg에 45원에서 900원까지 올랐다는 금강산 환경감시원의 푸념과 원망의 소리를 들으며, 시장경제로의 진입이 과연 순탄할까 하는 의구심이 들었다. 또 중국식 시장경제로의 방향을 정

안주의 한 복장(의류)공장에서 생산된 제품을 검사원들이 살펴보고 있다

한 것인지, 베트남식 단계적 시장경제로 방향을 정한 것인지, 그 방향을 짐작할 수 없는 북한 경제는 심한 진통과 격량을 헤치며 항해해야 하리라는 생각이 들었다.

우리는 흔히 중국경제를 사회주의식 시장경제라고 불러왔으나 실제로는 사회주의와 시장경제는 양립兩立할 수가 없는 것이다. 사회주의냐 자본주의냐 하는 것은 소유의 관계이기 때문이다. 그럼에도 불구하고 등소평의 실용주의 노선을 채택한 중국공산당 경제는 성공의 길을 가고 있다고 자타가 공인하고 있다. 그러나 성공의 배경에는 중국 특유의 상업정신과 규모가 엄청나게 큰 시장, 그리고 해외화교들의 참여와 협력 및 음성적으로 대만과 홍콩 등의 시장경제에서 유입된 자본, 기술 등이 뒷받침해 주고 있을 뿐 아니라 특히 경제에서 정치논리를 철저히 배격했기 때문이다. 그 결과로 중국의 경제는 지속적 성장과 외국 자본의 유입이 계속되고 있으며, 점차 공산당의 존재가치가 무의미해지고 사유재산이 점차 증대해 가고 있다.

북한의 경제발전 속도가 뒤처지는 이유는 북한의 정치논리가 여전히 경제를 누르고 있고, 시장규모가 너무나 적으며, 생산된 제품의 소

비 시장이 없기 때문이다. 특히 북한이 국제적으로 악의 축 내지 불량 국가로 지목되어 상품과 기술 등의 수출과 수입이 철저히 규제되고 있다는 점도 간과할 수 없다.

개성공단에서 완제품을 생산해 낼 수 없는 것도 문제다. 북한에서 생산했다는 트레이드 마크 'D.P.R.K'가 부착되면 미국은 물론 일부 자유민주국가에는 수출이 불가능하거나, 수출한다 해도 엄청나게 높은 관세를 물어야 한다. 그래서 한국기업들도 개성에서 상품을 생산할 때 원자재는 한국에서 가져가 부품을 만들고, 그 부품을 다시 한국으로 가져와 완제품을 만들어 'Made in Korea'로 상표를 부착해야 한다.

사업토의를 하는 간부 일꾼들

개성공단은 금후 북한 경제의 활성화의 가능성에 대한 지표가 될 수 있기 때문이며 한국과 경제 파트너로서의 가능성이 예견되는 곳이기 때문이다. 최근에 개성공단의 제품이 국내시장에서 판매되고 외국수출에도 일부 절차가 간소화되고 수입 바이어들이 많이 찾아온다니 참으로 다행한 일이다.

북·미 관계가 점차 나아지면 개성공단의 완제품이 미국시장으로 진출할 날도 멀지 않을 것이다. 그러므로 한국 기업들은 통일에 대비하여 낮은 임금에만 의존하지 말고 기능공양성과 기술이전에도 인색해서는 안될 것이다.

만경대와 태양절이 갖는 의미

태양은 오직 하나라는데

내가 평양에 머물고 있던 2003년 4월은 북한의 전 국토가 온통 태양절 준비에 뜨겁게 달궈지고 있었다. 광장 곳곳에서 무리를 지어 매스게임을 하고, 각종 구호가 적힌 현수막이 나부끼고 있었다. 평양을 떠나 정주까지 가는 도로와 마을도 모두 깨끗하게 정리되어 있었는데, 이것은 태양절을 새로운 마음으로 맞이하자는 북한 인민들의 뜻이라고 했다. 그리고 유별나게 눈에 많이 들어오는 구호는 '수령님은 인민과 함께 영원히 살아계신다' 라는 구호였다.

나는 북녘땅 곳곳에 새겨져 있는 김일성 수령의 영생론에 대하여 많은 생각을 해 보았다. 김일성 주석은 지금 금수산 태양궁전에 안치되어 있는 고인故人임에 틀림없고, 직접 눈으로 확인도 했는데 어떻게 북한인들은 수령의 영생론을 받아들이는 것일까? 물론 물리적 실체를 뜻하는 것이 아니라 정치적 생명을 뜻하는 것인 줄 안다. 그 연장선상에서 대를 이은 김정일 위원장의 생존은 곧 김일성 주석의 생존과 일치한다는 사회정치적 생명론일 것이다. 그러한 신화적 또는 종교적 정치화가 권력을 어떻게 구체화하고 있는지 북한에 있는 동안 알아보려고 했으나 어떠한 답도 찾지 못했다.

마침 오늘은 만경대를 방문하기로 되어 있는 날이라 아침부터 보통강 호텔에서 여장을 꾸렸다. 만경대는 평양에서 북측이 요구하는 참관 장소 중 당연히 들러야 할 코스이고, 사실상 나도 예전부터 가보고 싶었던 곳이었다.

만경대는 3대 헌장탑 준공식 때 동국대 모 교수가 기념탑 헌장 방명록에 '만경대 정신으로 통일하자!' 라고 기록했다가 남쪽에 돌아와 여러 가지 복잡한 사연을 만들어 내기도 하였고, 만경대 혁명학원(군사간부양성기관)이 있는 곳이기에 얼른 들어도 낯익은 장소였다.

버스에 오르자 안내원이 평양은 혁명의 수도이자 공화국의 심장이며, 김일성 주석님과 김정일 위원장의 동상은 물론 역사 사적지가 많은 곳이기 때문에 정장을 해야 하고, 운동화를 신으면 안된다고 했다. 또 손가락으로 어떤 장소를 가리키지 말고 반드시 두 손을 받들어 가리켜야 하지만 부득이한 경우에는 한 손으로 가리키더라도 손바닥을 펼쳐야 한다고 강조했다. 지난번에도 들었던 말인지라 흘려들으며 차창을 바라보고 있는데 평양거리는 역시 정돈되고 깨끗한 것 하나만은 마음에 들었다.

평양시 만경대 구역 만경대동에 자리한 만경대는 평양 외곽에 자리하고 있어 자동차편으로 30분 가량 걸려 도착하니, 어느 새 곳곳에서 찾아온 관람객들이 만경대 전역을 꽉 채우고 있었다. 주위에는 각종 봄꽃들이 만발하고 산새들 울음소리도 들려 서울의 창경궁 봄날과 다를 바 없었다.

만경대 혁명사적관도 사람이 많기는 마찬가지였다. 안내원은 어느 새 얼굴에 홍조를 띄고 흥분하여 울음섞인 저음으로 만경대 안내에

북한 인민들은 태양절 기념식에 정장차림으로 참석함으로써 수령에 대한 존경심을 표한다

열을 올리고 있었다.

"경애하는 대원수님께서는 아버님 김형직 선생님으로부터 열렬한 애국주의 교양을 받으시면서 어린시절을 만경대에서 보내셨습니다. 불요불굴의 혁명투사이시며, 우리나라 반일 민족해방운동의 탁월한 지도자 이신 김형직 선생님께서는 혁명투쟁의 바쁘신 나날에도 불구하고 아드님을 열렬한 참된 혁명가로 키우시기 위하여 온갖 정열을 기울이셨습니다. 그리고 우리 인민이 굴하지 않고 꿋꿋히 싸워나간 다면 반드시 원수를 몰아내고 나라를 찾을 날이 온다고 하시면서 조국산천의 나무 한그루, 풀 한 포기도 아끼고 사랑할 줄 알아야 제 나라를 지키는 힘도 키울 수 있다고 말씀하셨고, 김일성 대원수님께서는 어서 빨리 자라서 아버님의 혁명사업을 도와드릴 간절한 마음으로 가슴 불태우며 어린 시절을 보낸 곳입니다."

만경대 전원에는 김일성 주석이 어린시절 자주 올랐다는 원두막 모형과 장군바위, 그리고 어린시절 김일성 일가가 사용하던 각종 생활도구 등이 전시되어 있었다. 어느 곳이나 같은 유형이지만 만경대에 얽힌 사연들을 감정을 섞어서 설명하는 모습은 김일성 일가의 위인

만경대 김일성 생가. 외국인들의 관광코스로 정해져 있으며 북 주민들의 행렬도 끊이지 않는다

화偉人化, 더 나아가 우상화라고 할 수 밖에 없는 내용들로 일관하고 있었다.

'만경대는 혁명의 요람', '위대한 수령님의 일가는 대대로 애국적이며 혁명적인 가정', '혁명의 큰 뜻을 키우신 곳', '조국광복의 그날을 기리며 이룩한 정신적 요람', '세계인민의 마음의 고향이며 조국의 꿈을 안겨준 곳' 등의 내용을 요약하여 안내하고 있었다.

만경대 혁명사적관에는 만경대에 깃든 김일성의 혁명업적이 전시되어 있었다. 이곳은 혁명의 투쟁업적을 통하여 당원들과 근로자들을 교양하기 위하여 꾸민 혁명사적관으로 '1970년 수령 탄신 쉰 여덟 돌에 즈음하여 개관하였다'고 기록되어 있었다. 내부에 들어가니 김일성이 어린시절 아버지로부터 교양을 받는 모습을 형상화한 석고상이 모셔져 있는 1호실로부터 시작하여 수령이 탄생했던 주변 환경이 사진으로 전시되어 있었다. 수령의 증조할아버지인 김응우, 조부모인 김보현, 조모인 리보익 등이 나라를 위해 몸바쳤다는 내용을 조형물로 전시하고 있었다. 전시관 전체가 김일성 일가에 대한 찬사로 일관하고 있었다.

안내원은 '세계의 수많은 혁명적 인민들이 만경대 혁명사적관을

참관하고 위대한 수령님의 영광과 찬란한 혁명역사와 경애하는 수령
님의 혁명적 가정을 따라 배워야 한다' 고 강조했다.

주석은 사회주의 조선의 시조

나는 전주 가까이에 있는 모악산 줄기의 김제시의 금산사 입구에
김일성 조상의 묘가 있고, 그 묘를 누가 훼손할까봐 사람들의 접근을
막고 있다는 이야기를 들은 바 있다. 김일성은 본시 전주 김씨인데 가
난에 쪼들려 200년 전, 조상 김응우가 평양에 정착하여 평양 근교 만
경대 지역에서 선산을 일궈 생계를 유지하다가 지금의 김일성 일가
를 이루었다는 이야기를 들었다. 이 이야기는 얼마 전 세상을 떠들썩
하게 했던 풍수지리의 대가라고 자청한 고 손석우 씨의 《터》라는 책
에도 나와 있다.

북한의 만경대는 북한인들의 혁명의 요람이고, 마음의 지주이며,
영원한 동경의 대상일 수밖에 없다. 나는 평양에서 북한의 안내원으
로부터 북한에는 걸출한 위인이 셋 있다는 말을 들었다. 한 분은 나라
를 세우신 단군 시조이고, 다른 한 분은 고구려를 창건하신 동명성왕
이며, 마지막 한 분은 고려의 왕건이라고 했다. 그런데 북한인들에게
이 세 분보다 더 위대하게 존경받는 인물은 말할 것도 없이 공화국을
창건한 김일성 주석이라고 안내원은 말했다.

1998년 9월 5일, 북한 최고인민회의 제 10기 1차 회의에서 채택된
조선민주주의인민공화국 사회주의 헌법 서문의 기록을 볼 필요가 있
다. 거기에는 대략 이런 내용이 담겨 있다.

'조선민주주의인민공화국은 위대한 수령 김일성 동지의 사상과 령도를 구현한 주체의 사회주의 조국이다. 수령 김일성 동지는 조선민주주의인민공화국의 창건자이시며, 사회주의 조선의 시조이다.(생략) 위대한 수령 김일성 동지는 민족의 태양이시며, 조국통일의 주체이시다. 김일성 동지께서는 나라의 통일을 민족지상의 과업으로 내세우시고 그 실현을 위하여 온갖 로고와 심혈을 다 바치시었다.(생략) 조선민주주의인민공화국과 조선 인민은 조선노동당의 령도 밑에 위대한 수령 김일성 동지를 공화국의 영원한 주석으로 높이 모시고 김일성 동지의 사상과 업적을 옹호, 고수하고 계승, 발전시켜 주체 혁명위업을 끝까지 완성하여 나갈 것이다. 조선민주주의인민공화국 사회주의 헌법은 위대한 수령 김일성 동지의 국가 건설 사상과 국가 건설 업적을 법화한 김일성 헌법이다.'

우리가 주목해야 할 부분은 '김일성 주석은 영원한 주석이다' 라는 대목과 '헌법 자체가 김일성 헌법이다' 라고 규정한 내용이다.

김정일 위원장은 김일성 주석의 후계자이면서도 노동당 총비서이고, 당 중앙위원회 국방위원회 위원장이다. 이러한 그가 인민군 총사령관의 직위만 가지고 있을 뿐 주석직에 취임 못하는 이유는 하늘에는 오직 하나의 태양이 존재할 뿐, 두 개의 태양이 있을 수 없다는 논리다.

'수령님'을 향한 흠모로 가슴 불태우며

김일성 주석은 민족의 태양이며 불멸의 영장이고 항일운동의 투사이며 민족통일의 대원칙을 제시한 탁월한 영도자로 받들어지고 있었다. 그리고 김일성 주석의 출생과 어린시절 성장 장소인 만경대가 혁명사적지로 성역화한 내용과 함께 김일성 주석이 비록 사망했지만 탄생한 해로부터 주체년호를 사용하고 있다는 내용, 그리고 탄생일을 태양절이라 이름하여 90돌을 맞는다고 했다.

노동당 기관지 노동신문의 주체 91(2002년 4월 6일자) 지면을 보면 '경사로운 태양절을 민족 최대의 명절로 뜻깊게 맞이하자'라는 긴 제목 하에 '김일성화가 만발하게 피어나는 불멸의 꽃'이라는 소제목을 달고 '어버이 수령님의 탄신 90돌이 하루하루 다가올수록 평안남도의 당원들과 근로자들이 수령님에 대한 흠모로 가슴 불태우며 태양의 꽃 김일성화를 정성을 다해 키워가고 있다.'는 기사가 보인다. 이어서 '어버이 수령님을 영원한 태양으로 높이 우러러 모시려는 도민들의 충성심에 의해 지금 20개 시군의 '김일성화, 김정일화 온실'들과 기관, 기업소들에서 불멸의 꽃 김일성화가 방울을 터뜨리며 활짝 피어나고 있다. 수령님이야말로 우리 민족을 세상에서 가장 위엄있고 행복한 인민으로 되게 하여 주신 민족의 위대한 어버이시다.'라고 격찬하고 있다.

김일성 주석은 과연 북한인들의 마음속에 태양처럼 받들어지고 있을까? 북한 땅 전역을 휩쓸고 간 고난의 시기(식량위기)를 넘기면서 지금도 굶주림으로부터 자유롭지 못한 인민들의 마음속에 태양절은 어떻게 다가오는 것일까? 나는 많은 생각을 하면서 2002년 7월1일 관리개선에 따른 시장경제 초기단계로의 진입에 따른 경제상황의 변화가 점차 북한인들의 의식세계를 바꾸어 갈 터인데 그때 김일성 수령절대론이 어떤 형태로 변화될 것인지 무척 궁금해졌다.

김일성 회고록 《세기와 더불어》

에프터스크의 밀영

서대숙 교수가 집필한 《북한의 지도자 김일성》 에 의하면 김일성은 1926 년 그의 아버지 김형직이 사망했을 때 14세였고, 1937년부터 1939년까지 중국 유격대(동북 항일연군) 에 편입되어 항일투쟁을 했으며, 1940년과 1941년

김일성 항일운동시절 소련 아무르강가의 막사. 소련군 정찰대 88여단이 있었던 곳이며 김정일 위원장이 탄생한 곳이기도 하다

에 소련령 연해주 지방으로 패주한 것으로 되어 있다. 그리고 1945년 까지 소련군 88정찰여단에 배속되어 아무르강 주변에 주둔한 일본군 을 정탐하는 일을 해 온 것으로 나타나 있다.

나는 1994년, 소련의 하브로스크로부터 3시간 반이나 걸려 웨프토 스크지역을 방문, 김일성, 오진우, 김책 등 초기 북한공산당 간부들이 소련 88정찰여단에 배속되어 활동하던 군사기지를 돌아본 적이 있다.

지금도 현지에는 김일성 등이 주둔했던 낡은 목조건물이 남아 있어 역사의 흔적을 그대로 확인할 수 있었다. 아무르강 건너편에 일본군 77여단이 주둔하고 있었기 때문에 그들은 몰래 일본군 동향을 살펴서 그 정보를 소련군에게 주었던 것이다. 소련군은 동양인과 체형이 전혀 다르기 때문에 정찰행위를 하는데 장애가 있으므로 도주해온 동북항일연군 중 조선인에게 임무를 맡겼으리라 생각된다.

그리고 김정일은 백두산 밀영에서 장군봉의 정기를 받고 태어난 것이 아니라, 아무르 강 에프터스크의 밀영지에서 김정숙으로부터 태어났다. 그래서 김정숙의 가운데 글자인 '정'자와 김일성의 가운데 글자인 '일'자를 따 김정일이라 이름지었다고 현지인이 전해주었다.

나는 생생한 역사의 현장을 본 터라 북한의 매스컴이나 서적들이 김일성과 김정일에 대해서 얼마나 미화하고 조작하는지 훤히 알 수 있었다. 우매한 대중은 그를 사실로 믿게 되는데 그러한 현상은 언제까지 계속될 것인지 답답하기만 했다. 북한은 역사 조작이 세계 어느 나라보다 잘 되어 있고, 이를 지도하고 이끌어 가는 리더십 또한 대단하다는 생각이다.

김일성은 1932년 6월, 장춘 부근에 있는 캬륜에서 거행된 제국주의 타도 소비에트 회의에서 자기가 소위원회 위원장이 되어 반제 청년 동맹을 결성했다고 하여 주체사상의 연원을 1932년으로 정했다. 그리고 1932년 4월 25일에는 조선인들로 구성된 빨치산 부대를 조직했다고 하면서 그날을 북한 인민군의 창군기념일로 삼고 있다. 김일성이 언제, 얼마나 큰 규모로 만주나 소련령 하브로스크에서 항일운동을 했느냐고 시비를 걸자는 것은 아니다. 그런 것은 이미 여러 학자나 전문가에 의해서 그 실체가 나타나 있다. 김성주가 김일성이었으며,

보천보 전투를 진두지휘했다는 사실도 인정한다. 과거 우리 사회 일 각에서 김일성이 가짜냐 진짜냐로 논쟁을 했었지만 그것은 그리 중 요하지 않다.

잠시 보천보 전투를 알아볼 필요가 있다. 왜냐하면 김일성과 북한 지도부는 보천보 전투를 지나치게 확대 해석해서 김일성 주석의 항 일투쟁의 대명사로 기록하여 선전하고 있기 때문이다.

보천보 전투의 재해석

앞에서 언급한 서대숙 교수의 저서에는 만주접경의 보천보(혜산진 인 근 마을)의 전투에 대해서 설명하고 있다. 김일성이 이끄는 200명 규모 의 제1방면군, 제2로군, 제6사는 1937년 6월 4일 이 마을을 공격하여 지방관서를 파괴하고 일본 경찰지서와 지방소학교, 우체국을 불태웠 다고 한다. 그리고 그 지방 주민들로부터 4천만 엔을 거둬들었고, 1만 6천 엔으로 추산되는 손해를 입혔다. 김일성은 마을을 접수하여 하루 동안 점령해 있다가 그 다음날 새벽에 만주로 철수하였다. 깜짝 놀란 일본 경찰은 6월 5일에 압록강까지 추격했으나 김일성은 회군하여 일본 경찰 7명과 함께 서장 오카와(大川)도 살해했다고 한다. 계속된 전투에서 김일성은 6월 9일 무산을 공격하고, 귀화하는 제4장 최현의 부대와 만주 장백현 이십도구에서 합류했다고 기록하고 있다.

여기서 잠깐, 김일성 주석이 직접 썼다는 회고록《세기와 더불어》 제6권 175페이지 〈보천보 전투〉 편을 볼 필요가 있다.

"우리는 6월 3일 밤 압록강을 건넜다. 북부 국경지대의 경찰서와 경찰관 주재소들, 거기만 해도 수천 명의 폭압무력이 배치되어 있었다. 혜산경찰서에는 국경특설경비대라는 것까지 두어 조선인민혁명군의 국내 진출을 막았다.

보통강호텔에서 필자와 간부들이 긴급회의를 하고 있다

국경지대의 경찰관 주재소와 출장소 건물들의 주변에는 참호를 굴설하고 토벽, 철조망, 나무울타리 등 인공적인 장애물로 보루를 축성하였으며, 필요한 지역에는 감시초소도 만들었다.

저녁 10시 정각에 나는 권총을 높이 들고 방아쇠를 당기었다. 총공격이 시작된 것이다. 얼마 후 여기저기서 불길이 치솟기 시작했다. 면사무소, 우편국, 산림보호구, 소방회관을 비롯한 여러 개의 적 통치기관들이 대형 조명등을 설치한 무대처럼 환하게 밝아왔다. 이 골목 저 골목에서 사람들이 모여들기 시작했다. 나는 모자를 벗어 쥔 다음 팔을 높이 들어 흔들면서 만장을 향해 필승의 사상으로 일관된 반일 연설을 하였다.

'여러분! 나라가 해방되는 날 다시 만납시다!' 라고 소리치며 나는 그길로 보천보를 떠났다.(생략)

보천보 전투는 조선과 만주대륙에서 아세아의 제왕처럼 행세하던 일본제국주의자들을 보기 좋게 후려친 통쾌한 전투였다. 인민혁명군은 조선총독부 당국이 치안이 잘 된다고 장담하던 국내에 들어가 한 개 면소재지의 통치기관을 일격에 소탕해 버림으로써 일본제국주의자들에게 커다란 공포심을 주었다."

1937년, 이미 만주 대륙에 일본의 만주제국이 설립되어 관동군이 토벌을 본격적으로 시작했으며, 국내에서는 일본 총독부가 시퍼런 칼날통치를 하고 있을 때 압록강을 건넜다는 것은 분명 항일운동으로 인정받을 만했다. 그러나 이 보천보전투가 김일성과 북한에서 말하는 것처럼 그렇게 큰 규모는 아닌 것 같다. 김일성의 회고록은 전과戰果에 대하여 숫자적 언급이 한 마디도 없다. 서대숙 교수는 일본 경찰서장 오카나와 외 6명만의 경찰을 사살했다고 기술하고 있다.

우리는 냉철한 이성으로 북한 김일성 일가와 그의 항일업적, 그리고 북한 통치의 구조를 분석할 필요가 있다. 과연 김일성이 절세의 애국자요, 민족의 영웅이니, 수령이니, 이런 수식어를 받는 데 부족함이 없는가? 만일 그렇다고 주장한다면 그 평가는 누가 했는가? 나는 특정인을 폄하하거나 왜곡할 의도는 추호도 없다. 다만 한 사람을 더 이상 위인화, 영웅화하지 말고 객관적으로 있는 그대로 보자는 것이다. 북한에 머무는 동안 보게 된 태양절은 북한의 암담한 내일인 것 같아 안타까웠다.

역사는 누가 기록하는가?

다시 한번 노동신문에 기록된 태양절의 의미를 새겨보자. 노동신문 주체 91년(2002) 4월 6일자, '김일성 주석은 통일조선의 영원한 수령'

이란 제하의 조선 통일과 평화를 위한 국제연락위원회 서기장 기 듀프르의 글을 옮긴다.

"만민의 어버이, 인류의 태양이신 김일성 주석 각하의 탄생 90돌을 맞이하는 이 시각 나의 마음은 줄곧 조선의 금수산 태양궁전으로 줄달음친다. 바로 그곳에서 나는 내 인생의 거룩한 스승이시며 조선의 통일과 평화를 위한 국제연락위원회 명예위원장이나 다름없으신 김일성 주석 각하를 여러차례 만나 뵙는 남다른 특전을 받았었다.

나는 김일성 주석 각하의 남다른 믿음과 뜨거운 사랑을 받아온데 대하여 높은 긍지와 자부심을 갖는다. 그분을 몸 가까이 모시고 보낸 순간순간들을 영원히 잊지 않고 생의 마지막까지 조선의 자주적 평화통일을 위해 더 적극적으로 더 과감히 일해 나가련다.

조선 통일의 구성이신 김일성 령도자를 모시고 있기에 조선인민은 반드시 나라의 통일을 이룩하고야 말 것이며 김일성 주석 각하께서는 통일 조선의 수령으로 영생하실 것이다."

그는 이렇게 극찬하고 있다. 조선의 통일과 평화를 위한 국제연락위원회는 그 본부가 파리에 있고, 서기장은 기 듀프르라는 프랑스인이다. 그런 그가 태양절에 즈음하여 이상과 같은 메시지를 보내와 노동신문에 게재되었다. 이러한 현실이 북한의 모든 언론방송매체들의 전지면과 프로그램을 차지하고 있는 한 북한 변화의 속도는 늦어질 수 밖에 없다.

일본의 역사 왜곡에 대한 남북한 학자들 세미나가 평양 양강도 호텔에서 거행된 적이 있다. 남북한 학자들 모두가 입을 모아 군국주의 일본의 한국역사 왜곡과 고이즈미 일본 수상의 야스쿠니 신사 참배에 대한 혹독한 비판을 가했다.

이제 일본과 한국과의 관계가 아닌 남과 북 사이에서 역사 왜곡을 어떻게 바로잡을 것인가 하는 문제에 대해서는 분단의 운명적 비극이라고 방치할 것이 아니라 적극적으로 협력하여 바로 잡아야 한다.

동경 한복판에서 조총련 무용수들이 장구를 치며 행진하고 있다

나는 보통강 호텔 712호실에서 노동신문을 보면서 '역사는 누가 기록하는가? 그리고 누가 해석하는가?' 하는 생각과, 역사란 그 시대의 주권자에 의해 와전되거나 왜곡될 수 있다는 생각을 했다.

최근 일본 아베정권은 위안부 문제, 야스쿠니신사 참배 등 극우적 우경화 논리를 내세워 주변 국가들과의 역사 문제로 마찰을 빚고 있는데 이로 인해 아시아 공동체 평화 구상은 멀어지고 힘의 논리로 치달아 국방력에만 몰입했던 국군주의시대가 재현되어 아시아는 물론 세계평화마저 요원해질까 봐 심히 우려된다.

탈북자 행렬과 베를린 장벽

북한을 이탈한 새터민들의 행렬

2004년 7월 27일과 28일, 무더운 폭염 속에서 동남아의 제3국을 거쳐 탈북자 470여 명이 두 편의 특별기편으로 서울공항과 인천공항으로 들어와 서울 인근의 모연수시설에 입소했다. 그 동

장길수군이 그린 그림 〈두만강을 헤엄쳐 건너는 탈북자들〉

안 귀순자, 탈북자, 북이탈자로 명명되어 온 탈북 북한 주민의 수가 어언 6,000명을 훨씬 넘어섰다. 이러한 탈북사태는 북한 체제가 절박한 수준에까지 이르렀음을 말해주는 것이고, 남한사회에서도 이러한 사태를 중대한 문제로 인식하기 시작하였다.

대규모 탈북자가 남한에 도착하자 북한의 중앙방송은 조평통 성명을 통해 격한 어조로 '6·15 공동선언의 정신을 파기하였으며 북의 체제를 근본적으로 뒤흔드는 파렴치한 행위'라고 규탄하면서 그에 상응하는 보복도 감수해야 한다고 주장했다. 때문에 8월 3일부터 시

장길수 가족과 함께 한 필재(아기를 안은 사람)

작하기로 한 장관급 서울회담이 취소되는 등 이로인해 남북관계가 상당 기간 동안 소강상태로 멈추기도 하였다.

대규모 탈북자 입국은 국제사회에서도 민감한 반응을 보였다. 미국 하원은 북한 인권법을 통과시켰으며, 미국의 월스트리트 저널은 북한 체제의 붕괴가 시작되었다고 보도했다. 그리고 이러한 일련의 사태는 김정일 정권의 붕괴로 이어질 것이므로 주변국들은 비상한 관심을 갖고 탈북자에 대한 공동의 책임을 져야 한다고 주장하였다.

국내에서도 신문과 방송 등 대중매체는 물론 각계에서 중대한 문제로 받아들였다. 통일부장관도 앞으로 탈북자 1만 명 시대를 대비해 이들을 위한 준비를 해야 한다고 말했다.

특별히 이번 탈북자들은 대부분 젊은이와 부녀자들로서, 빵이 아닌 희망을 찾아서 남으로 왔다. 그들은 오로지 생존과 함께 희망을 위해 중국 공안국의 단속을 피해 숨어 지내다가 4,000km에 달하는 험준한 준령을 죽음의 위험을 무릅쓰고 산 넘고 물 건너 대장정의 길을 택한 것이다. 중국 남동부의 난닝의 험준한 준령을 넘어 캄보디아, 태국 등의 경로를 거쳐 베트남의 특별수용소에 집결하여 국내 입국 알선단체에 의해 단체로 입국한 것으로 밝혀졌다. 그간 우리 정부와도 원활하게 연락이 되어 정부 관리가 직접 개입, 현지 정부와 외교적 교섭을 벌여 마침내 그들의 희망이 이루어진 것이다.

나는 북한을 방문할 때마다 북한사회의 완벽한 체제 밑에서 어떻게 탈북이 가능한지를 알고자 두만강과 압록강 강변도로를 여러차례 살펴보았다. 1990년도 초에는 직접 차를 타고 압록강 둑으로 달린 적도 있었다. 그때 압록강 너머 북녘의 산하에서 굶주리고 살아가는 우리 동족의 모습을 보면서 안타까운 마음을 금할 수 없었다. 그리고 나진 선봉을 돌아볼 때에는 그곳의 장마당에서 가락국수를 먹고 싶어 눈망울을 굴리던, 이름하여 '꽃제비'라 불리는 북한의 소년, 소녀들에게 당장 몇 사발이고 사주고 싶었지만 중국 동포로 위장한 신분이 탄로날까 두려워 바라만 보아야 했던 가슴 아픈 사연도 잊을 수가 없다.

중국 연길에서 용정을 거쳐 삼합으로 들어가 자동차 밀수가 이루어지는 회령에도 가보았다. 그곳의 들판에는 익어 있어야 할 벼가 여물지 못한 채 버려져 있었다. 대신 많은 자동차들이 중국의 운전자들에 의해 행렬을 지어 중국 땅으로 넘어오는 모습을 보았다. 북녘의 인민들은 신고 따위는 생각도 못하는 것처럼 보였다.

2014년 탈북자는 27,000명에 육박하며 한편으로는 탈북자가 한국사회 정치문제로 나타나지 않을까 걱정되기도 하지만 이들이 통일의 재원이 될 것이라 믿는다.

베를린 장벽을 다시 쌓자

1989년 동독인들이 무너진 베를린 장벽을 넘어 서베를린으로, 서베를린으로 넘어오기 시작했다. 세계에서 몰려든 언론사 기자들이 서독의 콜 총리에게 이것이 통일의 시작이냐고 묻자 그는, "앞으로 20년을 지나야 할 것 같습니다. 왜냐하면 독일의 통일은 국제 역학관계에서 풀려나야 하기 때문입니다." 라고 했다.

그런데 그로부터 정확히 1년 만인 1990년 10월 3일, 완전한 통일이 이루어졌다. 세계 언론사 기자들은 콜 총리에게 다시 물었다.

"총리께서는 20년 후에나 통일이 가능하다고 했는데 벌써 통일이 되지 않았습니까?"

그러자 콜 총리는, "지금 상황이 뭐가 뭔지 나도 모르겠습니다." 라고 푸념을 했다고 한다.

독일의 통일도 동독으로부터 대규모 탈출이 시작되면서 이루어졌었다.

나는 평소에 남북통일은 일정 기간 동안 평화공존기간을 유지하다가 국제환경과 경제적 여건이 성숙된 다음에 해야 한다는 논리를 펴왔다. 그런데 대규모 탈북자 사태를 보면서 문득 독일 콜 총리의 푸념이 생각나는 것은 무슨 이유일까?

1990년대 초, 압록강에서 있었던 일이다. 이 이야기의 주인공 설태훈 씨는 북한 양강도(과거 평안북도 지역의 일부) 산수갑산 지방에서 대대로 부유하게 살았었다. 그런데 전쟁이 나자 북한 정권은 그를 지주 아들이라 하여 반동으로 몰았고, 견디다 못한 설 씨는 처와 아들과 딸을 남겨놓은 채 장남인 동녕 군만 데리고 무조건 기차를 타고 흥남부두로 향했다. 그곳에서 피난민 행렬에 끼면 미군의 LST를 타고 부산으로 갈 수 있다는 소식을 들었기 때문이었다.

그런데 기차가 흥남역에 도착하기 직전, 미군기의 폭격으로 기차가 박살이 나버렸다. 의자에 몸을 숨겨 간신히 살아서 밖으로 나와 보니 옆자리에 앉아 있던 아들을 찾을 수가 없었다. 갈기갈기 찢겨지고 풍비박산이 된 시신들을 뒤지고 소리쳐 불러봐도 찾을 길이 없었다. 할 수 없이 혼자 부두로 나가 LST에 밀려들어가 부산 부두에 도착하여 혹시나 하여 먼저 뱃전에 나와 지켜보았으나 끝내 찾지 못했다. 그후, 서울로 돌아온 태훈 씨는 한의학을 공부하여 한의사가 되어 다시 결혼도 하고 아들, 딸도 낳아 삶의 터전을 이루었다. 그러나 마음 한쪽에는 늘 북에 남겨두고 온 처와 아들, 딸이 그리

꽃제비 소년의 굶주린 모습

웠고, 실종된 큰아들의 생존 여부가 가장 궁금했다.

그런데 중국 연길시에 살고 있는 친척 설상순 씨를 통해 산수갑산에 가족이 그대로 있다는 소식을 들었다. 특히 장남 동녕이가 살아있다고 했다. 기차가 폭격에 맞았을 때 아버지를 찾다가 찾지 못해 피난을 포기하고 다시 산수갑산으로 돌아가 지금까지 그곳에 살고 있다는 것이었다. 설 씨는 그때부터 갖가지 수단을 동원하여 가족과의 상봉을 모색했다. 그는 중국 단동에서 유람선을 단독으로 빌려 압록강을 건너기 시작했다.

한편, 산수갑산의 아들에게도 미리 돈을 보내어 신의주에서 배를 빌려 큰아들과 차남이 압록강의 중앙으로 들어오게 해서 드디어 북한과 중국 국경지점인 압록강 한가운데의 물 위에서 감격적인 상봉을 했다. 그때만 해도 탈북자가 극히 소수에 지나지 않았기에 그러한 상봉이 가능했었다. 그때 큰아들 동녕은 벌써 60살이 다 되었고, 당뇨병까지 악화되어 죽음을 눈앞에 두고 있다는 소식을 듣고 설태훈 씨는 아들을 위해 당뇨병 특효약을 조제하여 가지고 갔었다.

80세가 넘은 아버지 설태훈 씨는 흔들리는 배 위에서 손을 뻗어 두 아들의 손을 잡고 눈물을 흘리면서 당뇨약과 약간의 달러를 전해주

었다. 그리고 처와 남은 자녀들의 사진만을 받아들고 뱃머리를 돌려야 했다. 이러한 슬픈 사연은 분단국 민족이 아니고는 누구도 이해할 수 없을 것이다.

그런데 상봉한 순간 둘째 아들의 말에 기가 질려버렸다. 아들은 그 와중에도, '공화국은 아버지를 용서할 수 없소. 내가 마지 못해 나오기는 했지만 아버지를 환영할 수도 없소.' 하면서 원망하더라고 했다. 공화국을 배신하고, 가정도 팽개친 채 남조선에서 호의호식하는 것이 좋으냐는 원망이었을 것이다. 통일된 독일이 융화하는 과정에서 달라진 가치관 때문에 갈등을 빚고 베를린 장벽을 다시 쌓자고 절규하는 동독인들이 있다는 이야기에 이해가 갔다.

'평양으로 다시 가고 싶다'

우리는 그동안 이산가족 상봉을 10여 차례나 하는 사이 남과 북의 가족이 만난 숫자만 해도 1만여 명이 넘었지만 아직도 상봉 신청을 한 분들이 수만 명이 넘는다니, 하루 빨리 금강산 상설 상봉시설이 완공되어 자유스러운 만남이 실현되기를 바란다.

앞에서 소개한 압록강 사연은 극히 일부분에 불과하다. 남과 북의 분단이 갖고 있는 슬픈 사연은 인간의 이성으로는 헤아리기 어렵고, 필설로 옮길 수도 없다.

내가 두만강을 떠나 삼합에서 도문까지 수백 리 길을 차로 달리면서 들은 이야기다. 배고픔에 시달린 북한 인민군들은 국경수비가 소홀한 틈을 타서 중국의 조선족 집에 가서 식사를 하고 건너간다고 한

다. 그런데 어떤 때
는 너무나 많이 먹어
병원으로 실려 가는
사례도 있었으며, 더
러는 또다른 감시병
에게 발각되어 공개
처형, 또는 싸릿대로
코를 꿰어서 두만강
변으로 끌고 다니는

민족 최대의 명절로 여기는 김정일 탄신일 기념 무도회에서 춤
추며 노래하고 있다

인민재판이 가해지기도 한다고 한다.

그런데 '고난의 시기'인 1995~2000년까지 최악의 식량위기 때부터
는 단속이 완화되어 두만강, 압록강변에 탈북행렬이 줄을 잇기 시작
했다고 한다. 이미 알려진 바와 같이 중국이나 몽골, 그리고 인근 동
남아 지역에 머물고 있는 탈북자가 적게는 10만 명, 많게는 30만 명에
육박한다고 하니 이 일이 어찌 통일의 시작이 아니겠는가?

대규모 탈북자들이 중국이나 제3국에 체류하는 기간이 적게는 2년,
많게는 10년 이상 되는 사람도 있다고 한다. 그 기간 동안 중국 공안
이나 북한 당국의 감시 대상으로 살아오면서 겪는 정신적, 경제적 파
탄 등 인간으로서 견딜 수 없는 충격적인 사연들이 숱하게 있단다.

한국으로 입국하려다가 브로커들에게 사기를 당해 몇 푼 안 되는
돈을 날리기도 하고, 한국에 입국하게 되면 한국 정부에서 주는 정착
금을 탈북 브로커들에게 수수료로 주어야 한다고 한다. 이처럼 수단
과 방법을 가리지 않고 자유를 찾으려 하는 탈북자들은 이해할 수 있
다. 그러나 탈북자들을 상대로 못할 짓을 저지르는 사람은 엄중히 처

통일시대 변화의
현장에서 본 북한

민속놀이를 준비하는 사람들(김정일 탄생을 기념하는 축하행사에서)

벌 받아야 할 것이다. 또한 모처럼 남북간에 무르익은 화해와 협력 그리고 평화의 분위기를 깨뜨려 통일로 가는 길을 막는 사람도 마찬가지다.

　탈북자들에 대한 다양한 정책프로그램도 개발되어야 한다. 그들은 같은 우리의 형제이면서도 수많은 상처를 안고 살아간다. 남한 사회에 적응은 물론이고, 북에서 기술을 습득했다 하더라도 이곳에서 기능공 되기가 쉽지 않다. 또 이곳에 와 기술훈련을 받았다 하더라도 또 다른 문제는 있기 마련이다. 특히 북에서 교육받던 도중에 탈북한 청소년들은 이곳의 교육 제도 차이 때문에 혼란스러워하고 있다. 거기에 탈북하여 즉시 입국하지 못하고 제3국에 상당한 기간 머물렀던 사람은 여러 면에서 피해가 극심할 수 밖에 없다. 그런 뜻에서 최근 탈북청소년을 위한 대안학교가 세워졌다는 소식은 참으로 다행스러운 일이다. 직업교육을 병행할 수 있는 특수시설도 긴급히 설치되어야 한다.

　언론매체를 통해 알려진 장길수 가족을 생각해 본다. 그는 북한을 일곱 번이나 왕래하였고, 중국에서 3년이나 머무르다가 가족이 함께 입국하였다. 나도 중국에서 장길수 가족을 돕는데 일조할 수 있었던 것을 기쁘게 생각하지만 최근에 그 가족이 겪고 있는 고통을 들으면서 심각한 문제가 있음을 알게 되었다.

내가 최근에 '남북청소년교류연대'라는 단체를 설립하고, 북한 이탈 청소년의 사회 적응에 관한 대토론회를 가진 것도 그런 연유에서다. 우리 모두 이들의 일을 우리의 일로 생각하고 도와주어야 하고, 이들을 통해 통일의 환경을 조성해가야 한다. 대규모 탈북자 발생에 따른 국가적 대책이 어떻고, 국민들의 정서가 탈북자를 어떻게 수용하느냐에 따라 통일의 시기와 방식도 달라질 것이다.

한 가지 걱정스러운 것은 북한 주민의 탈북이 또다른 이산가족을 만들어 낸다는 점이다.

탈북한 여성이 중국 공안위에게 발각되지 않고 은신할 수 있는 유일한 길은 농촌에 들어가 결혼생활을 하는 것이다. 북에 남편과 자녀가 있어도 우선 살아야 하기 때문이다.

그런데 중국에서 결혼생활하는 동안 그곳에도 남편과 자녀가 생기는 것이다. 이 또한 기구한 운명을 안은 채 살아가는 한 탈북여성의 삶은 참으로 우리 민족만이 겪는 아픔이 아닐 수 없다.

또 한국사회에서 일자리를 찾아도 얼마 안 가 주인의 눈밖에 나기 마련이다. 일의 능률은 말할 것도 없고, 숙련되지 못한 기술은 제품의 질을 떨어뜨려 소비자들로부터 외면당하기 때문이다. 그러나 우리가 그들을 소외疏外시킬 때 그들은 다시 평양으로 가고 싶어질 것이다.

최근 탈북인들은 한결같이 왜 탈북인과 결혼해주지 않느냐, 왜 일자리를 주지 않느냐고 항변하고 있다.

봉수대교회와 묘향산의 보현사

봉수대교회

나는 평양에 있는 동안 궁금한 것이 많았지만 그중 특히 두 가지가 궁금하였다. 그것은 김정일 위원장의 처에 관련된 문제이고, 하나는 북한 종교의 실상이었다.

한국의 언론매체들은 김정일 위원장의 처 고영희가 2004년 8월 13일 심장마비로 사망했다고 중국의 소식통을 인용해 보도한 적이 있다.

나는 북한에 머무는 동안 우연한 기회에 북한의 여성지도자들과 점심 식사를 같이 했다. 그때 그들은 '북한의 여성들은 남녀평등이 잘

봉수대교회 건물

보장되어 있고, 여성들이 가정으로부터 해방되어 사회의 주역으로 활동하고 있으며, 김일성 주석님이 건국 이후 세계에서 제일 먼저 공화국 여성의 지위를 인정하는 제도를 만들었다.'

고 주장하며 열을 올렸다. 나는 그 자리에서 바로 옆자리에 동석한 고위 간부에게 그렇게 여성의 지위가 잘 보장되어 있고 평등하다면 왜 김일성 주석의 처 김성애, 그리고 김정일 위원장의 처 고영희가 북한인에게는 물론 외국인에게도 소개되지 않았는지, 그리고 6·15선언 당시 김대중 대통령도 영부인 이희호 여사와 동반했고, 사회주의 국가인 중국의 장쩌민 전 주석도 영부인과 함께 러시아와 미국을 방문했는데, 김정일 위원장은 항상 혼자 다니면서 말로만 남녀평등이니, 여성의 사회적 지위가 세계에서 가장 잘 보장된 나라니 하고 주장하는 것은 모순이 아니냐고 의문을 제기했다. 그러자 그는 얼굴이 굳어지더니, "사장 선생은 공화국을 모독하는 발언을 했습니다!" 하면서 막무가내로 흥분했다.

이미 아는 분들은 알고 있지만 김일성은 항일 빨치산 투쟁 때 혁명의 동지인 김정숙과 살아오다가 김정숙이 사망하자 함경북도 도당위원회에 근무하던 여비서 김성애를 후처로 맞이하고 그녀에게서 김평일을 얻었다. 김평일은 지금 김정일과의 껄끄러운 관계로 평양에 머물지 못하고 동구권을 맴돌고 있는 것으로 알려지고 있다. 그리고 최근에 사망한 고영희도 본래 제주도가 고향인데 조총련에 가입하여 70년대 만경봉호를 타고 북송되어 만수대예술단 무용수로 공연하던 중 김정일 위원장의 눈에 들어 동거하게 되었다. 그녀는 성혜림에 이어 두 번째 부인이 된 것이다.

그러나 북한에 정통한 소식통은 성혜림이 정신질환을 앓고 있을 때 김정일은 김일성 종합대학 교수였던 한창희와 한동안 동거해왔으며 지금은 김영숙과 동거하고 있다고 전한다. 하지만 그녀를 세 번째 부인으로 맞아들일지는 미지수라고 한다. 김정일을 연구하는 다른 소

통일시대 변화의
현장에서 본 북한

식통에 의하면 김영숙의 본명은 고영숙으로 고영희의 친동생인데, 친자매라는 사실이 알려지면 사회적으로 지탄을 받게 될까봐 성을 바꾸었다고 주장하는 사람도 있다.

어쨌거나 북한의 지도자, 특히 최고 권력지도자들의 부인들은 철저히 베일에 가려져 있는데, 그 이유는 누구도 명쾌하게 설명해 주지 않고 있다. 또 이에 대해 의문을 제기하자 북한 안내원은 물론 고위 당국자들도 공화국을 모독했다고 흥분하니, 상식을 뛰어넘는 정치 행태를 보는 것 같아 마음이 씁쓸할 수밖에 없었다.

봉수대교회에서 찬송하는 성가대원들

나는 이러한 일에 문제를 제기하려는 의도가 아니다. 단지 북한 종교가 아리송하기 때문에 최근의 화두가 되는 내용에 대해 잠시 언급한 것이다.

특히 김정일 위원장은 성혜림에게서 낳은 김정남(70년생)을 후계자 구도에 두지 않고 고영희에게서 낳은 첫째 김정철(80년생)을 후계자로 세울 것으로 추측되어 북한 정치의 권력변화가 궁금해진다.

우리 일행이 '고난의 시기에 청년 영웅들이 맨손으로 즉, 삽과 괭이만으로 건설했다는 10차선 청년영웅 고속도로를 따라 남포에 있는 평화자동차 준공식에 참석차 가고 있었는데 갑자기 민화협 안내원 강성일 씨가 어제 봉수대교회를 방문한 소감을 물었다. 나는 소감을 묻는 저의가 궁금하였다.

북한에서는 종교의 자유를 부분적으로라도 인정하고 있으니 그나마 다행이 아닌가 하는 생각이 들었지만, 묘향산 보현사에서 만난 스님은 붉은 휘장을 둘렀으나 머리는 삭발하지 않았다. 목탁을 들고 있었으나 염불도 하지 않아 남한 스님과는 사뭇 다른 북한 스님의 모습이었다. 그리고 봉수대 교회에서 교회현황을 열심히 소개하던 장송봉 담임 목사와 이성봉 원로 목사도 어쩐지 정치색이 너무나 짙다고 생각되었다.

우리는 봉수대교회 건너편에 세워진 신학교를 방문하였는데, 그 곳 안내원이 봉수대교회 방문 소감을 왜 물었는지, 그 진의를 다소나마 알게 되었다.

신학교 강당에 들어서자 전면에 김일성 주석과 김정일 위원장의 대형 사진이 온통 차지하고 있고, 십자가 이외에는 예수님의 존영이나 어떤 상징물도 없어 북한의 교회는 다분히 정치교회라는 생각이 들었다.

1988년에 세웠다는 평양 근교의 봉수교회 안에는 김일성 주석이 남한의 문익환 목사를 뜨겁게 환영하는 사진과 김정일 위원장이 박용길 장로(문익환 목사 부인)와 기념촬영한 사진이 걸려 있었다. 또 해외 동포 기독교인들이 외국 기독교인들과 함께 봉수교회에서 주일 예배를 보고 있는 사진도 있었다. 이와 함께 '우리 나라를 두 번째로 방문한 미국의 종교지도자 빌리 그래험 목사가 남긴 말'임을 전제하고, "위대한 수령님의 정치는 모든 사람들이 평등하고 자유롭게 살게 하는 정치입니다. 위대한 수령님과 친애하는 지도자 동지의 위업 실현을 위하여 기도합시다."라고 씌어 있었다.

장송봉 목사는 봉수교회 신도는 300여 명이고, 집사, 권사, 장로가 30명이며, 성가대원도 30명에 이른다고 소개했다. 봉수교회 원로목사이선봉 씨에게 목사 양성방법에 관해 묻자 "같은 구역내에 평양신학교가 있고 4회째 졸업생을 배출했습니다"라고 설명했다. 또 칠골교회가 1993년에 완공돼 예배를 보고 있고, 지방교회와 가정교회가 상당수 있다고 소개했다. 천주교회도 동평양에 있다고 했다.

내가 "이렇게 교회가 적어서 되겠습니까?"하고 물으니 이선봉 목사는 "1950년 6·25 당시 평양 인구가 40만 명이었는데 미국이 폭탄 40만 개를 투하해 모든 교회가 마사져(부서져)버렸습니다"하고 말했다.

'왜 교회를 자주 갑니까?'

김일성 주석은 본래 기독교 집안에서 태어났다. 아버지 김형직, 어머니 강반석은 기독교 신앙인이었다. 특히 어머니 강반석은 칠골교회 반사직을 역임했고, 외삼촌 강양욱이 기독교 목사였음도 자타가 공인하고 있다.

흥미로운 현상은 김일성 회고록《세기와 더불어》4권에서 종교와 관련된 대목 중에, 김일성 주석이 어머니를 따라 교회를 다녔다는 기록이 있다. 그러한 그가 기독교가 항일운동을 한 것은 칭찬할 만하지만 공산주의를 실현하는 데에는 종교가 필요하지 않다고 본 것이다. 소년 김일성은 어머니에게도 "왜 교회를 자주 갑니까?"라고 묻곤 했는데, 그때마다 어머니 강반석은 "교회당 아니면 어디서 마음을 붙이고 눈을 감고 쉴 자리가 있겠느냐?"라고 반문했다는 내용이 나온다. 이 내용은 김일성 주석의 종교관과 그가 어머니의 신앙생활에 대한 평가를 어떻게 했는지 알 수 있게 한다.

북한의 종교정
책이 어찌 되었던
간에 묘향산의 보
현사가 그런대로
원형을 보존하고
팔만대장경 원판
을 보존하게 된
것은 다행이다.

천주교 평양성당에서 미사를 올리고 있는 성도들

2001년 늦은 가
을, 금강산 관광 때였다. 6 · 25 전쟁 때 불타버린 신계사 절터에서 북
측 안내원이 "미 제국주의자들이 폭격을 해서 절터만 남았다." 라고
말하던 기억이 생생한데 보현사가 이런 전쟁의 포화 속에서도 잘 보
전되어 있는 것이 참으로 경이로웠다.

보현사는 부처의 도덕을 맡아본다는 보현보살의 이름을 따온 사찰
이다. 이 절은 1042년에 세워진 것으로 11세기 초, 조선건축술을 대표
한다. 본래 24채의 건물과 탑들이 있었던 대형 사찰이었고, 청천강 이
북지방에서 불교를 전파하는 중심지였다.

안내원은 '지난 조선 전쟁(6 · 25사변) 때 미군의 폭격에 의하여 대웅
전을 비롯한 10동의 건물들이 파괴되고 보관되어 있던 수천 점의 유
물들이 소각되었다'고 설명했다. 그러나 이런 폭격에도 불구하고 조
계문, 보현사비, 해탈문, 천왕문, 4각9층석탑, 만세류, 8각13층탑,
대웅전, 만수각, 관음전, 령산전, 수충사들이 그대로 보존되어 있었
다. 또 팔만대장경 보관고에는 고려, 이조 때의 불경목판을 비롯한 유
물들이 잘 보관되어 있었다.

통일시대 변화의
현장에서 본 북한

특히, 팔만대장경의 목판은 당시 조선의 우수한 출판문화를 보여주는 귀중한 문화유산으로서 세계에 잘 알려져 있다. 독일의 '쿠텐부르크' 박물관에 진열된 11개의 조선금속활자의 설명문에 '조선은 금속활자로 인쇄한 지구상의 첫 나라'라고 쓰여져 있다고 하는데, 나는 2003년 가을 '쿠텐베르크 박물관'에서 직접 이 사실을 확인한 바 있다.

보현사의 고려대장경

고려사에 보면 대장경 출판은 세 차례에 걸쳐 이루어졌다고 한다. 첫 번째 대장경은 《고려 대장경》으로 인쇄는 1011~1087년 사이에 진행되었고, 6,000여 권의 책을 찍어 내었다. 두 번째는 《속장경》으로 4,969권을 출판했다. 그러나 1237년 몽골의 침략으로 많은 불교 문화재가 소실되고 파괴되었다. 고려에서는 외세 침략자들과 싸우는 어려운 환경 속에서 1236~1251년의 16년 동안 대장경 조판 사업을 계속했다. 이것이 오늘날까지 전해지고 있는 《팔만대장경》(해저편 25절)이다.

묘향산 보현사의 팔만대장경 보존고

북한 안내원은 조선의 최고 문화유산인 《팔만대장경》 해저편을 보존하고 지켜 온 사회주의 공화국이야 말로 얼마나 위대한 업적을 남겨

놓았느냐고 한바탕 자랑을 했다. 또 과거엔 세계 여러 나라 불경 연구가들이 대장경을 보기위해 수만리 길을 걸어 조선에 왔으나 지금은 비행기를 타고 오니 얼마나 편리하냐며 이 모든 것이 김일성 주석과 김정일 장군의 위업이라고 격찬하고 있었다.

북한은 종교의 발전이나 문화재의 보존까지도 김일성 주석과 김정일 위원장의 업적이라고 추켜세우고, 더 나아가 사회주의 공화국은 불가능한 어떤 일도 해낸다고 철저히 선전했다.

대성산 광법사에서 부처님께 불공하는 스님과 설법을 듣는 스님들. 우리와 다르게 스님들이 삭발하지 않았다

독일의 유물론 철학자 포이에르바하(Feuerbach, 1840~1872)는 신神은 존재하지 않으며, 예수는 후세에 인간들이 날조한 가공된 인물이라고 공격했다. 북한도 속으로는 그의 주장을 따르면서 겉으로는 종교와 신앙의 자유를 보장하고 있는 것처럼 위장하여 정치적으로 이용하고 있는 것 아닌가 하는 의구심이 들었다.

종교와 신앙의 자유를 갖고 있는 국가에서 찾아온 손님들에게 북한에는 종교가 있으며, 그것도 특별한 배려에 의해서 보존되고 있다고 주장하는 안내원을 보면서 세상을 몰라도 너무 모르고, 세계를 이해 못해도 너무 못한다는 말이 입안에서 맴돌았다. 그러나 한 편으로는 북한당국이 논두렁이나 곡간 또는 집 옷장에 숨어서 성경을 보고 비밀리에 기도를 하는 신자들을 색출해내기 위해 어린애들에게 고발케 하고 성경이나 기타 불경을 가져오면 상을 주게 하는 등 갖가지 방법을 동원해 신앙의 자유를 근절해 왔던 지난 날에 비하면 요즘은 상당히 완화된 편이다.

종교와 사회주의는 본래 양립이 불가능하다는 것이 기정사실이다. 중국이 파룬궁 전파에 대해 국가적 탄압을 하는 것도 신앙의 자유가 보장된 나라들에서는 이해하기 힘든 것처럼 북한에 대해 우리와 같은 수준의 종교적 활동을 기대하는 것 자체가 너무 지나치겠다고 여겨졌다.

보현사 스님이 불경을 낭송하지 않으면서도 헌금함에 쌓이는 달러를 바라보는 모습이 자꾸만 눈에 어른거린다.

북한에 언제쯤 다당제가 출현하여 선거하는 모습을 볼 수 있을까. 또 각종 종교가 자유롭게 선교활동을 펼쳐 하나님의 왕국이, 부처의 나라가 온다고 이야기할 수 있을까? 자못 기다려진다.

'장군님을 영도자로 모시고 있어 행복합니다'

어린이 사랑하는 마음

평양에 머무는 동안 북측 안내원들이 문화예술에 대해서는 많은 자긍심을 가지고 있음을 엿볼 수 있었다. 그들은 가능한 한 많은 문화시설을 방문하라고 권유했다. 그러나 문예창작사, 조선영화촬영소, 영화촬영 세트장, 평양소년어린이궁전 등을 돌아보는 동안 특별한 내용을 들을 수는 없었다. 다만 가는 곳마다 김일성 주석과 김정일 위원장이 몇 차례나 방문하였고, 현지 지도를 어떻게 하였다는 기록이 있었고, 안내원들도 주로 그 부분을 강조하였다.

조선영화촬영소는 김정일 위원장이 73회나 방문한 사실을 연, 월, 일은 물론 머문 시간과 현지지도 내용까지 상세히 기록하고 있었다. 예를 들면 '조선영화촬영소에서 북한이 자랑

장난감을 갖고 놀이에 몰두하고 있는 보육원 어린이들

통일시대 변화의
현장에서 본 북한

하는 가극, 《꽃파는 처녀》와 《피바다》를 제작할 때는 혁명 정신을 구현하고 항일 빨치산 운동의 현실성을 높이며 김일성 주석님의 밀영의 투쟁정신을 실감나게 재현하기 위해 애쓰시는 장군님의 현지지도는 눈물 없이 볼 수 없을 만큼 대단한 것이었기 때문에 작품이 성공적으로 완성될 수 있었다는 식이었다.

김일성이 생전에 평양을 방문한 재일본조총련 초급학교 학생들과 기념촬영을 하고 있다

평양소년어린이궁전을 방문했을 때 마침 태양절을 위한 공연을 준비하고 있었는데, 우리 일행에게 한 시간 정도 미리 보여주었다. 전국에서 갖가지 재능을 지닌 어린이들을 선발하여 반을 편성하고, 편성된 반원들이 투철한 사상과 높은 예술성을 갖추도록 교육하고 있었다. 반복되는 스파르타식 훈련을 통해 상상을 초월하는 예술의 극치를 이룩하도록 하는, 교육이라기보다는 훈련이라는 생각이 들었다.

과목은 아코디언반, 바이올린반, 무용반, 서예반, 자수반, 교예반, 국악반 등이었다. 학생들은 네 다섯 살을 전후한 어린이들이었는데, 2001년 서울에서의 공연을 통해 한국인들의 격려와 칭찬을 받았던 평양어린이예술단 단원들도 이곳 출신이라고 했다.

우리 일행이 공연을 보고 나오자 궁전 관장이 접대방(내빈실)으로 안내하더니 차를 내어 주었다. 그리고는 갑자기 공화국은 참으로 위대한 나라이고, 이는 모두 장군님을 영도자로 모시고 있기 때문이라고

열을 올렸다. 그리고 며칠 전에 장군님이 다녀가셨는데 관원들은 다시 한번 장군님이 어린이들을 사랑하는 마음에 감동하여 몸 둘 바를 몰라 했다며 눈시울을 붉혔다.

내용인 즉, 평양소년어린이궁전 어린이들이 짓궂은 장난을 하고, 기물도 파손하며, 심지어 벽에 낙서도 하고 유리창을 깨는 경우도 더러 있기 때문에 이들에 대한 변상을 하게 하고 벌도 주어 기강을 바로 세우고자 규칙을 정했다고 한다. 이런 내용을 장군님께 보고 드리자 장군님께서 "여기가 무엇 하는 집인고?" 하고 물으시기에, "어린이소년궁전입니다."라고 대답하니까 "궁전은 무엇하는 곳이오?"하고 되물으셔서 대답을 못하고 있으니 장군님께서는 "그것도 모르오? 궁전은 임금님이 집전하는 곳이오. 이곳은 어린이궁전이니 어린이가 임금이고 자네들은 관리인에 지나지 않지 않소. 그런데 어떻게 관리인, 하수인이 임금님을 규제하는 규칙을 정할 수 있소? 당장 폐기하시오. 그리고 어린이들이 마음껏 뛰어 놀고 마음껏 부수는 것을 그대로 바라보는 어버이 마음을 갖는 어른이 되시오!"라고 훈계를 해서 장군님의 어린이를 사랑하는 마음에 크게 감동했다는 것이다.

나는 평양의 역사박물관 주체탑 등 명소뿐 아니라 어느 곳에 가든지 안내하는 사람, 이름 하여 강사 선생들의 안내 내용에서 누가 저런 시나리오를 만들어 주는지 궁금했다. 그런데 50세가 훨씬 넘은 관장의 설명은 그 정도가 너무 심하다는 생각을 하면서도 그렇게 해야 북한의 체제가 유지될 수 있겠구나 하는 현실을 새삼 인식했다.

평양 문예창작사는 북한을 대표하는 그림, 서예, 조각 등의 작품을 만들어 전시하고, 판매도 하는 수준급의 시설을 갖추고 있었다. 거기도 어김없이 '주석님'과 '장군님'의 배려와 관심을 설명하고, 현지지

통일시대 변화의
현장에서 본 북한

도에 따라 공훈작가, 또는 인민작가가 되기 위해 심혈을 경주하는 모습을 볼 수 있었다. 일반작가가 공훈작가나 인민작가가 되기 위해서는 많은 연구와 학습, 그리고 사회주의적 교양과 덕성을 겸비하고, 더 나아가 주체적 사실주의 표현법까지를 습득, 달관의 경지에 도달해야 하는 것으로 이해되었다.

사람이 중심되는 주체사실주의

본래 사회주의 국가의 문화예술은 그 본질이 사회주의적 사실주의였지만 북한은 그 본질이 주체사상에 입각한 사실주의로 변형되었다. 그 특징으로는 우선 사람을 가장 진실하게 그리고, 인민대중을 세계와 자기 운명의 주인으로 내세운다. 또 인민대중의 요구와 노동자계급의 성격을 재현하며, 자주시대를 열어 민족해방, 계급해방, 인간해방을 이룩하여 세계적 차원에서 인민대중의 자주성을 실현해야 한다고 했다. 그러므로 순수한 문화예술의 영역을 뛰어 넘어 상징적 정치조작을 위한 문화, 더 나아가 문화예술의 영역을 창조적 영역이 아닌 제한적 영역으로 몰아가고 있다고 보아야 할 것이다.

김정일이 주장했다는 〈주체문학론〉에 따르면 "사람, 인민대중을 중심으로 하여 세계와 현실, 그리고 사회 역사를 보고 자주성을 기본 척도로 하여 전형화와 진실성의 원칙을 고수하는 것이 주체사실주의의 특징이다"고 강조하고 주체사실주의는 사람을 중심으로 하는 창작방법 즉, 사람을 세계의 주인으로 보며 세계의 변화발전과정을 사람이 주동적이며 창조적으로 활동한다는 견지에서 보고 그린다는 것이다. 또한 인민대중을 중심으로 사회와 역사를 보고 그리는 창작방법이라고 규정하고 인민대중의 자주적 요구와 창조적 능력에 따라 자연이 개조되고 사회가 발전하고 인류

어린이 소년궁전에서 가야금을 연주하는 어린이들

역사가 전진한다는 진리를 형상화하는 것이라고 가르치고 있다.

연극 〈리순신 장군〉에서 이순신 장군이 해전에서 승리한 것은 장군 개인에 의해 이루어진 것으로 되어 있는데 장군이 큰 공을 세운 것은 사실이지만 인민대중이 그를 따라 싸우지 않았더라면 그가 해전에서 승리하지 못했을 것으로 그려야 한다고 지적한다.

북한의 주장에 의하면 주체사실주의는 '항일혁명투쟁' 시기에 주체사상에 의거하여 사상이론적 기초가 마련되었다. 그에 따른 작품들도 김일성이 창작한 '고전적 명작'이 본보기가 되었지만, 근래에 와서는 '선군문학과 수령형상문학'이라는 창작과는 거리가 먼 주변을 맴도는 한계를 벗어나지 못하고 오히려 독창적이고 자극적인 창작활동은 사실상 억제당하고 있는 셈이다. 그 대표적인 사례가 창작가극에서 모두 항일투쟁시대라는 배경과 김일성, 김정일만을 주동적인 인물로 내세우는 현상이다. 그리고 그림도 서양화는 배제되고 동양화에만 치중하고 있으며, 북한식 사회주의, 즉 주체 나라의 범위를 뛰어넘을 수 없기에 북한 땅을 벗어나면 객관적으로 설 자리를 잃게 되는 한계에 직면하게 될 것이다.

월드컵과 아리랑

'대집단체조와 예술공연'과 '협화조곡'은 김정일 위원장 시대의 새로운 예술 장르이기도 하다. 집단체조 〈백전백승 조선로동당〉은 2000년에 수만 명이 동원된 매스 게임으로 이루어졌다. 또 2002년에는 '조선민족'을 키워드로 삼아 북한의 역사를 다룬 《아리랑》이 공연되었는데 한국의 월드컵 기간 동안 평양에서 대규모로 외국인까지 불러들여 공연함으로써 서울에만 집중되었던 전세계적 관심을 평양으로 끌기도 하였다.

최근에 북한문예에 나타난 현상은 선군시대, 강성대국을 전제로 하면서 현실적으로 일어나는 어려움을 소화하려는 의도가 눈에 선하게 보인다는 것이다. 고난의 시기에 식량위기를 극복하기 위해 '가는 길 험난해도 웃으며 가자', '고난의 행군정신' 등의 구호나 작품을 만들었다. 경제난과 '미제의 반 공화국 압살, 고립책동'으로 인한 위기상황을 '혁명적 낙관주의'로 극복하고, 강성대국 건설에 매진하자는 내용을 담아 신세대들의 이성을 주제로 하는 〈휘파람〉, 〈뻐꾹이〉 등의 가요, 그리고 통일의 정신을 담은 〈우리의 단결은 통일입니다〉, 〈우리는 하나로, 오직 하나인 우리 태양만을 떠받드리〉 라는 가요 등은 오직 어버이 수령님과 경애하는 장군님의 뜻을 따를 때만이 통일이 이룩될 수 있다는 소망을 강조하고 있었다. 통일주제시 〈통일국수〉에서도 '통일조국의 구성'이 김정일 장군 중심으로 표현되는 것을 주저하지 않고 있다. 다음은 〈통일국수〉의 일부분이다.

시원한 국수, 통일국수를 주십시오.

백두산의 천지 물

한라산의 백록담 물

국수그릇에 철철 부어주십시오.

그 꿈이 현실로 꽃피어 날

그날은 그날은 멀지 않았거니

아! 통일의 그날

김정일 장군님 높이 모시고

북과 남, 해외 동포들이 다 모여

통일국수 맛있게 들어 보세나!

　위의 작품과 같이 경연대회에서 시 부문 최고의 상을 받았다는 작품도 순수성은 없고 김정일 위원장을 중심으로 한민족 통일을 촉구하는 내용으로 일관하고 있다.

　4.26 영화촬영소를 방문했을 때도 작품에 사상성과 김일성, 김정일의 업적을 미화하는 현상이 계속되고 있었다. 이러한 북한의 문화, 예술, 창작 현장을 둘러보면서 정치적 상징 조작으로 전락한 북한의 창작활동이 과연 언젠가 순수한 모습으로 돌아올 수 있을까를 걱정하지 않을 수 없었다.

　정주시 원봉리 마을회관에서 〈반갑습니다〉를 부르며 우리 일행을 따뜻하게 맞이해 주는 마을 소년 소녀들의 얼굴은 너무나 티없이 맑았다. 그러나 이들도 어느 새 "장백산 줄기줄기 피 어린 자욱, 압록강 구비구비 피어린 자유" 또는 "만고의 빨치산이 누구인가요. 절세의 애국자가 누군인가요. 아아, 그 이름도 빛나는 김일성 장군"하고 노래 부를 때는 눈빛과 음성 속에 혁명성과 당성이 섬뜩하게 나타나

세쌍둥이의 돌. 북한에서는 세 쌍둥이가 태어나면
그 자랑이 대단하다

〈반갑습니다〉를 부를 때와
는 대조적인 모습을 볼 수
있었다.

최근 북한의 사회변화에
따라 문화 예술계에도 변화
가 일어나 서정과 오락, 그리
고 대중성이 강화되는 추세

다. 이는 사상이나 혁명성을 배제한다기보다는 일정한 틀에 박힌 도
식적인 작품들에 대한 인민 대중, 특히 젊은 세대의 거부감이 반영된
결과인 듯싶다. 북한 일각에서 한국의 대중가요가 불리어지고, 젊은
이들이 통키타를 둘러메고 락음악을 부르는 현상이 발견되는 것은 예
사로운 일이 아니다.

내가 평양에 머무는 동안 평양 TV는 식량위기를 극복하기 위한 대
체식품개발의 필요성을 알리는 프로그램과, 북한에서도 문제가 되고
있는 3D업종의 직장 기피 현상에 대해 사상성과 당성을 높여 직장을
수호하자는 계몽 프로그램이 계속 방영되고 있었다.

어느 나라, 어느 시대이건 문화 예술을 보면 그 사회상을 파악할 수
있다. 그렇다면 〈대머리 총각〉, 〈노란 샤쓰 입은 사나이〉 등 70년대 한
국 노래와 80년대를 뒤흔들었던 락 음악이 북한에서 불리어지고, 서
정적인 〈휘파람〉과 〈뻐꾹이〉 노래가 대중의 입에서 오르내리며, 장편
〈황진이〉 같은 원색적인 성애 소설이 북한 주민들에게 인기를 끌고
있다는 사실은 흥미거리를 넘어서 관심을 불러일으키기에 충분하다.
문화예술의 변화가 우리가 북한 사회에 기대하는 새로운 바람의 징
후이기를 기대한다.

민족 공조와 통일 논의

느슨한 단계의 연방제

나는 평양에 머무는 동안 틈만 나면 북측 인사들과 대화를 하였다. 대화의 주 내용은 일상적인 것들이었지만 때로는 그들의 통일의지와 그들이 남측의 통일방안에 대해 어떻게 받아들이고 있느냐 하는 문제들이었다.

그들은 민화협, 아태, 여행총국, 의전국 등 여러 기관에서 번갈아가며 안내를 하면서 정보탐색에 열을 올리고 있었다. 북한측 간부들과는 공식적인 대화 이외에 정치문제나 통일 논의는 거의 이루어질 수가 없었지만 아태나 민화협 측의 안내원들은 대부분 김일성대학 정치학부 출신들이라서 통일 논의나 민족 공조의 의미를 체계적으로 설명할 수 있는 소양을 갖추고 있었다.

김정일 위원장이 군장성과 함께 혁명열사릉을 방문하고 있다

안내원들은 일정표에

따라 안내하면서도 간간히 정치적 목적이 있는 발언을 하기도 했다. 특히 고 김일성 주석이나 김정일 위원장의 절대성을 강조할 경우에는 목소리를 높이고, 때로는 흥분하면서 설명하는 모습을 자주 볼 수 있었다.

보통강 호텔 로비에는 휴식할 수 있는 공간과 커피숍이 있어서 잠깐씩 안내원들과의 대화가 가능했다.

나는 3대헌장기념탑의 커다란 돌벽에 새겨진 '반세기 이상이나 갈라져 살아온 북과 남 사이에 사상과 제도를 비롯하여 여러 가지 차이가 있지만 그보다 하나의 민족으로서의 공통성이 훨씬 더 큽니다.' 하고 김일성 주석의 교시를 새겨놓은 글귀를 들어가며 남과 북 사이의 통일관이나 민족 공조에 대한 개념에 약간의 차이가 있는데 수용할 의지가 있냐고 물었다. 그러자 안내원은 조선반도의 정세는 우리 민족 내부의 갈등 때문이 아니라 미제의 방해책동, 그리고 우리 공화국을 압살하려는 미제의 조선침략 전쟁이 빚어낸 결과라고 하면서 미국방성은 조선반도에 핵공격을 불사하겠다고 으르렁대고 있지 않느냐고 흥분했다. 나는 그와 진지한 대화가 불가하겠다는 판단을 하고 조용히 대화를 끝내기로 하였다. 불과 30세도 안된 젊은이가 당돌하게 일방적으로 자기 주장만 펼쳐놓는데 더 이상 대화를 해야 할 가치를 느끼지 못했다.

그러면서도 한국의 젊은이들은 한민족 공동체 통일방안을 과연 얼마만큼 시원스럽고 명료하게 설명할 수 있고, 북한의 연방제 통일방안에 대해서도 얼마만큼 알고 있을지 궁금해졌다.

2000년 6월 15일, 김대중 대통령과 김정일 위원장은 평양에서 남북 공동성명 5개 항을 발표했다. 그 제 2항의 평화적 통일방안 중에서 남측의 연합제와 북측의 낮은 단계의 연방제가 공통점이 있음을 인정하고, 남북 정부의 외교, 군사권 외에 정치적 독자성을 부여하는 방안을 합의했다. 이는 북한이 과거 연방제 통일이라는 국가 중심적 방식이 현실적으로 불가능할 뿐 아니라 북한의 입장에서도 바람직하지 않다는 것을 스스로 인식한 결과다.

'우리 민족은 하나입니다'

2000년 10월 5일, 안경호 북한 조국평화통일위원회 서기국장은 '우리의 낮은 단계의 연방제안은 하나의 민족, 하나의 국가 아래 두 개의 제도, 두 개의 정부를 원칙으로 하되, 각각의 정부가 정치, 군사, 외교권 등 현재의 기능과 권한을 그대로 갖고 그 위에 민족통일기구를 두는 방법으로 북남 관계를 민족공동의 이익에 맞게 통일적으로 조정해 나가는 것'이라고 설명한 바 있다.

북한은 1990년대 들어 남북한 체제의 경쟁이 끝나고 북한에 위기가 심화되자 흡수통일론, 제도통일론을 경계하면서 현체제를 유지하고자 '통일완성형 연방제안'을 과거 '단계론적 연방제안'으로 환원시킨 것이라 하겠다.

김정일 위원장도 1995년 신년사를 대신한 로동신문 공동사설을 통해 '현세기 내에 통일을 성취하는 것이 김일성 주석의 유훈통치'임을 강조하면서 '자주, 평화, 민족대단결의 원칙 아래 연방제 방식으로 통일을 이루자'고 언급하였다. 1997년 8월 4일에는 김일성 주석의 유훈은 철저히 지키되 남과 북 사이 대화의 필요성을 표시하고, 1998

김일성광장 앞에서 당원, 군인, 인민들이 참석한 가운데 열린 광복 60주년 기념 퍼레이드 광경

년의 공동사설에서는 '연북화해 통일'을 제의하고 국가보안법, 국가안전기획부 철폐와 휴전선 일대의 콘크리트 장벽제거 등을 주장하더니 1998년 4월 18일에 민족 대단결 5대 방침을 발표하였다. 그 내용은 다음과 같다.

· 민족 대단결은 민족 자주원칙에 기초하고,
· 애국애족 조국통일의 기치 밑에 민족이 단결하고,
· 민족단결을 위해 북과 남의 관계를 개선하고,
· 외세의 지배와 간섭을 반대하고 외세와 결탁한 민족반역자를 반통일세력으로 반대하여 투쟁하며,
· 북과 남, 그리고 해외의 온 민족이 서로 내왕하고 접촉하여 대화를 발전시키고 연대와 연합을 강화하자는 내용이다.

민족 대단결 5대 방침은 3대 헌장에서 밝힌 것을 좀 더 구체적으로 전개한 것이라 보여진다. 자주통일을 강조하는 북한의 1민족, 1국가, 2체제, 2정부의 연방제 통일의 기본을 유지하면서 현실적 상황을 고

려하여 유연성을 보이기 시작한 것이다. 그래서 김대중 대통령의 정상회담 제의에 호응하고 2000년 6월 남북공동선언을 가능케 했다. 물론 공동선언에서 북한이 계속 주장한 '자주통일과 연방제'가 포함되었기 때문에 북한의 기본적 통일정책노선은 그대로 유지되고 있다고 판단하고 오히려 남한의 연합단계 통일방안이 자기들의 주장에 동조하는 것 같은 인식을 북한인들에게 심어 주고자 하는 것으로 추측된다.

나는 평양에서 우연히 대구 유니버시아대회에 응원차 내려왔던 학생들을 만나게 되어 대구를 다녀온 소감을 물었다. 그랬더니 그들은 "민족공조지요. 우리 민족은 하나입니다. 우리 민족끼리 이기고 지는 것이 뭐가 중요하겠습니까? 우리는 대구에 머무는 내내 '통일을 위한 민족은 하나입니다'라고 외치고 외쳤지요." 라고 말을 마치자 이내 떠나 버렸다. 보통강 호텔 로비에서 만난 민화협소속 청년의 발언과 크게 다르지 않음을 알 수 있었다.

한국의 통일방안인 한민족 공동체 통일방안이나 이를 실천하기 위한 중간단계로서 화해와 협력단계, 연합단계를 거쳐 완전 통일로 가는 길은 언뜻 보기에 같아 보여도 북한측이 제시하고 있는 낮은 단계의 연방제 안은 결국 현실적 상황을 고려하여 불가피하게 선택할 수밖에 없었지만 궁극적으로는 고려연방공화국 창립방안을 배경에 깔고 있음을 명심하지 않을 수 없다고 보겠다. 그렇기 때문에 그

남포평화자동차 공장을 시찰하고 있는 방북단 일행
(우측부터 필자, 박보희 한미문화재단 총재, 김용순 북아태위원장)

뜻은 서로 다르다고 보아야 할 것이다. 그리고 한국 정부가 지향하는 자주적, 평화적, 민주적 방식을 자주적, 평화적, 민족대단결로 얼버무려 통일전선을 형성하려는 북한의 저의는 늘 경계할 내용이라고 생각되었다.

나는 늘 통일은 민족의 지상과제임에 틀림없지만 통일의 어느 일방의 강요나 물리적 힘에 의해서 이루어져서는 안 된다고 주장한다. 우리가 겪고 있는 남남 갈등의 근원이 경제적 차별성이나 어느 일방의 특권, 특혜논리에서 주어졌다면 그것이 해결될 때까지는 많은 시간이 필요하다.

영국과 아일랜드의 분규는 600년 전 영국 일대가 기근으로 굶주릴 때 영국의 귀족들이 일방적으로 아일랜드의 식량(감자, 옥수수)을 가져다 먹은 것이 600년이 지난 지금도 갈등과 분규로 연결되고 있다. 그렇다면 통일에 있어서도 북한 스스로가 체제를 바꾸고 통일의 당위성 앞에 평화적, 민주적, 자주적으로 참여할 때만이 가능하지 체제선택을 강요하는 것은 무리일 수밖에 없다.

동독은 소련의 독트린 포기로 인해 서독에 사실상 흡수통일되었듯이, 북한체제가 독제와 빈곤의 한계에서 돌발사태가 발생한다면 흡수통일도 불가피할 것이지만, 평화통일의 절차적 과정을 거치면서 점진적으로 통일하는 기회를 포기해서는 안 될 것이다.

두만강 개발(UNDP)과 개성공단

토문강은 송화강 상류에 있었다

우리는 최근 중국의 동북공정東北工程이 고구려사를 자기들의 역사로 끌어들여 간도를 자기들 영토로 규정하려는 음모였음을 알게 되었다. 간도는 아무런 권한이 없는 일본이 1909년 청나라와 협약을 체결하여 불법적으로 중국에 귀속시킨 땅이다. 그 후 카이로, 포츠담, 샌프란시스코 회담 등에서 간도조약이 무효임을 입증하였음에도 불구하고 중국은 여전히 실질적인 지배를 하면서 영원히 자국영토로 고착시키려는 학술적, 정치적 노력을 기울이고 있다.

그러나 이것은 중국인으로부터 최고 존경을 받아왔던 저우런라이(周恩來) 전 총리도 부인한 사실이 있다. 즉, 조선인은 고대로부터 요하, 송화강 유역까지 광범위하게 거주하였는데 만주족 통치자가 조선인을 계속 동쪽으로 밀어내어 압록강, 두만강까지 밀리게 되었다고 지적하면서 중국의 대국주의 역사 서술을 지적했다.

청淸 초기 사료인《만주실록》은 조선과 명明, 그리고 몽골의 접경지가 요양遼陽이라고 기록하고, 청의 강희제의 명령을 받아 제작한 프랑스인 레지스Regis의 지도나 한국, 일본이 제작한 지도에도 간도지역이 분명하게 한국영토로 표시되어 있다. 또 1712년 세워진 백두산 정계비 비문에 따른 토문강(중국의 송화강 상류에 있음)도 두만강과 다른 강임이 밝혀졌다.

나는 중국을 30여 차례 방문한 바 있는데 특히 두만강, 압록강 강물을 따라 분단된 북녘의 산하를 보면서 조국의 분단에 가슴 아파했던 적이 많았다. 특히 두만강을 토문강이라 부르고 백두산을 장백산이라 부르는 중국의 의도가 늘 의심스러웠었다. 그런데 과연 토문강과 엄연히 구분되는 두만강을 토문강이라고 얼버무리면서 우리의 옛 역사를 자기네 역사로 바꾸려 하고 있다.

백두산을 발원지로 하여 동쪽으로는 두만강 물줄기를 따라 동간도, 서쪽으로는 압록강 물줄기를 따라 서간도, 내륙으로는 송화강을 따라 북간도라 했었다. 간도는 1909년 간도조약 이전까지는 엄연히 조선의 영토요, 우리 민족의 삶터다. 그런데 대륙침략의 야욕을 불태우던 일본 제국주의자들은 간도지역에 만주국 설치를 목적으로 1931년 7월 노구교 사건으로 일·중 전쟁을 유발하고 부이를 마지막 황제로 등극시켰던 사실을 우리는 기억하고 있다.

중국은 이러한 사실을 알기 때문에 만에 하나 북한정권의 체제붕괴 시 미군주둔의 명분을 잃게 하고, 자기들의 지분을 차지하려는 정치적 의도와 통일 이후 영토문제 제기를 예상해서 쐐기를 박으려는 것이다. 국제문제에서는 힘이 곧 정의요, 힘이 역사를 움직인다는 현실임을 고려할 때 앞으로 우리의 의지와 자세가 중요하다.

중국의 시진핑 주석은 한반도의 자주적이고 평화적인 통일을 환영한다고 했지만 과연 그말이 어디까지 진실일지는 좀 더 지켜보아야 할 것이다.

두만강 개발 계획(UNDP)

따라서 북한도 이러
한 패권논리를 제대로
인식하고 개혁, 개방
에 박차를 가하여 국
력을 키우고, 그렇게
키워진 국력으로 민족
이 하나되어 남북한이
공동으로 대처할 준비
를 해야 한다.

중국 장춘시에서 열린 동북아지구 경제발전전략 국제학술세
미나에서 주제 발표를 하는 필자 (맨 앞 단상의 우측)

그 동안 동구의 여러 나라들은 시장경제와 자유민주주의를 지향하
는 경제, 정치노선을 채택함으로써 풍요로운 삶을 살아가고 국력 또
한 나날이 번창해 가고 있다. 북한은 이러한 국제정세의 변화를 눈여
겨보아야 한다. 특히 무섭게 발전해 가는 중국의 시장경제 노선과 러
시아의 새로운 공업화에 비해 북한의 현실은 아직도 그 발전의 실마
리가 보이지 않음을 자각해야 한다.

나진·선봉 지역은 1990년대 북한이 최초로 대외개방 정책의 지역
으로 지정하였다. 그 후 2000년 8월, 나진·선봉을 나선시로 개편하면
서 나진군과 선봉군을 폐지한 바 있다. 다시 1991년 12월, 함경북도 나
진·선봉 지역을 '자유경제무역지역'으로 설정하여 동지역을 2010년
까지 동북아의 국제적인 화물중계지, 수출가공기지, 관광, 금융의 기
능을 가진 중계형 수출가공 기지로 발전시킬 것을 선언한 바 있다. 그
리고 1993년 초, 3단계 계발계획을 발표하였고 1995년 초, 이를 당

통일시대 변화의
현장에서 본 북한

면단계와 전망단계의 2단계로 조정하였다.

유엔이 주관하여 21세기 세계경제발전에 상응하는 종합적이고도 현대적인 국제교류의 거점으로 건설한다고 발표한 두만강 개발계획 (UNDP)과 맞물려 북한은 어느 정도의 성과를 기대했다.

최근에 들어와 중국의 경제적 소득이 높아지고 러시아 지역도 시장경제 논리가 정착되면서 관광객이 불어나고 카지노사업이 활기를 띠는 등 모습이 변화하고 있음이 전해지는 것은 다행한 일이다.

김정은 권력 이후 장성택을 내세워 압록강의 위화도 황금평 개발과 신 압록강교의 건설을 약속받고 기공식을 마친지 3년이 되었지만 지금도 개발은 요원한 실정이다.

남북 경협의 실험장 개성공단

이제 개성공단만이 유일한 북한의 대외개방의 실험장이 될 것이고, 개성공단의 성공 여부에 따라 북한의 경제발전의 열쇠가 걸려 있다고 보아도 과언이 아니다.

개성공단은 한국의 현대그룹과 북한 아태위가 지난 2000년 8월 22일 체결한 개발합의서에 의하여 개성시 판문군 일대의 총 2,000만 평에 건설하기로 했다. 먼저 800만 평은 중소기업 위주의 공장부지로 하고 1,200만 평은 3단계에 걸쳐 배후도시(생활, 상업, 관광구역)로 개발하기로 하였다. 제1단계는 100만 평을, 2단계는 200만 평을 세계적 수출단지로 개발하며, 3단계는 500만 평을 중화학과 산업설비의 복합 공업단지로 개발하기로 한 것이다.

개성공단 착공식에서 발파버튼을 누르고 있는 남북 관계자들

　미국이 불량국가로 지정한 북한지역에 첨단장비(컴퓨터)가 반입되는 것이 문제가 되었다. 그러나 한국정부가 미국의 상무성과 원만한 합의를 통해 우선 7개 기업이 선정되어 현재 4개 기업이 상품을 생산, 일부 제품은 백화점에서 팔리고 있고, 신원통상은 외국인을 불러다가 패션쇼를 하는 등 활기를 띠기 시작하였다. 금년내에 10여개 중소기업이 문을 열도록 되어 있다.

　개성공단은 서울에서 가까운 거리에 있는 지역으로서 인천항과 인천국제공항의 물류 유통기지를 갖고 있고 남한과 가장 가까운 지역에 있기 때문에 전력공급과 도로사정이 원활하게 활용될 수 있으며, 남북으로 연결된 도로와 철도가 운행되면 급속하게 활기를 띠게 된 것이다.

　나진·선봉지구나 신의주 지구 등에서 보았듯이 경제는 경제논리에 맡겨져야지 정치논리가 개입되면 문제가 복잡해진다. 뿐만 아니라 구매력도 없고 모든 조건이 불리한 북한지역이 경제개발을 성공시킨다는 것은 불가능하기 때문에 북한당국은 신의주 행정구역처럼 개성개발지구에 대해서 특별법을 만들어 기업하는데 불편이 없도록 조치를 취하고 있다. 따라서 한국 정부와 국민도 깊은 관심을 갖고 개성지구를 통하여 북한의 경제 발전이 가속화될 수 있게 하고, 북한의 유휴 노동력이 대량으로 투입되어 북한인의 삶의 질이 높아지도록 지원을 아끼지 말아야 할 것이다.

개성에는 고려를 창건한 왕건의 묘가 있어 건국시조 단군, 고구려를 세운 동명성왕과 함께 북한인들이 부러워하는 지역이다. 특히 유서 깊은 유교의 성터라는 개성 성균관은 울창한 숲 속에 잘 보존되어 있고, 500년 고려 도읍지로서 역사의 숨결이 살아있는 곳이다. 이곳에는 벌써 300여 명을 수용하는 1급 호텔이 건립되어 남한의 기업들이 영업 준비를 하고 있었다.

한국의 한 기업이 개성공단에서 첫 번째로 생산한 냄비

또 고려 말 충신 정몽주가 철퇴를 맞아 살해된 선죽교善竹橋는 함부로 밟고 다녀서는 안된다고 하여 따로 돌다리를 만들어 선죽교가 잘 보존되도록 조치를 취해 놓았다. 그 밖에 개성 보쌈김치, 개성흑맥주, 신덕샘물, 단고기, 령통소주 등 이곳에서만 맛볼 수 있는 개성 특유의 음식들이 기다리고 있다.

개성공단이 크게 성공하여 북한 동포들도 정당한 임금을 받고 기술도 배워서 언젠가는 그들도 기업을 꾸리고 경제를 성장시킨다면 이질화된 문화와 감정이 순화되어 남과 북이 하나 되리라는 확신이 들었다. 개성공단이 완성되어 인근 도시에 사는 사람들의 삶이 풍요로워지면 평화가 정착되어 전쟁을 통해서 통일을 꿈꾸던 민족자학 행위는 사라지리라 여겨진다.

800만 평의 공장부지에 공장이 들어 서 50만 명의 북한 노동력이 투입되고, 한국의 자본과 기술이 하나되어 저가의 고품질 제품이 생산되면 남과 북이 얻어내는 부가가치는 엄청날 것이다. 북한의 김용술 무역상은 북한인들의 인건비가 80~90달러로 책정하여 임금을 낮추어 해외기업들이 조선에 들어와 보다 싼 임금으로 기업활동을 하여 이윤을 창출해 나가도록 하겠다고 했다. 그리하여 1,200만 평의 배후도시에 인구 30만 명이 사는 현대적 도시가 형성되면 북한 최초의 풍요로운 삶이 보장되는 도시가 될 것이고, 한 걸음 더 나아가 통일도 그만큼 가까워질 것이다.

그러나 남북 관계가 금강산 관광사업이 중단되었듯이 남북관계 영향에 따라 개성공단도 한동안 폐쇄되었다가 다시 가동되는 등 남북관계는 이름하여 냉탕온탕을 오고가는 것이다.

북한 식량난, 해결책은 없나

텃밭과 협동농장

나는 북한을 방문하는 동안 농촌에 특별한 관심을 가지고 현장을 살피며 농업경제의 구조를 분석했다. 이는 나뿐만 아니라 북한을 연구하는 많은 이들의 관심의 대상이 된 것도 사실이다. 그러나 대부분의 북한 방문은 업무상이든, 관광이든, 혹은 이벤트행사 참여이든 그들이 정해준 일정과 코스에 따라 움직이게 되어 농촌을 돌아볼 기회가 주어지지 않는다고 알고 있다.

집단화된 협동농장의 취락현장

그런 중에도 나는 평안도 정주와 안주 지역을 둘러보았고, 남포 가는 길에 주체농법으로 알려진 남포지역 농촌을 둘러볼 기회도 갖었다. 특히 1990년대부터 세계에 알려진 북한의 식량난은 농촌경제 실태를 정확히 분석하는 데서부터 해결의 실마리를 찾아야 하기 때문에 매우 의미 있는 기회였다.

2002년, 7.1조치 이후 북한경제는 사회주의식 시장경제의 초기단계처럼 생산을 증대하고 생산과 판매활동 등의 변화가 일고 있는가 하면, 종합시장에서의 생산원가 등을 고려한 제한적인 변동가격제가 실시되고 있다. 또 주요 상품들은 수요와 공급에 따라 5일에 한번씩 적절한 가격이 정해지는 시장지향적 경제원리를 적용해 가고 있다.

7.1 경제관리개선 이후 가장 큰 변화는 종합시장수가 크게 늘었다는 것이고, '야외 봉사매대'라 불리는 야외 간이식당도 대성황을 이루고 있다는 것이다. 북한 당국이 자율을 확대하고 실리를 중요시하는 경제정책을 운영함으로써 시장경제에 대한 긍정적인 인식이 확산되는 등 주목할만한 변화가 나타나고 있다.

평양에는 제일 오래 되고 큰 시장으로 알려진 송신시장을 비롯해 통일거리시장과 칠골시장 등 40여 곳이 문을 열었고, 북한 전역에는 과거 농민시장(암시장)이 양성화되어 300여 개가 문을 열었으며, 상가의 95% 정도가 개인에게 분양된 상태이다. 시장에서는 쌀에서부터 DVD 플레이어까지 다양한 물건이 팔리고 있고, 가게 터가 모자라자 엄격히 제한된 주택의 매매, 임대도 음성적으로 이루어지고 있다고 한다.

물론 소유권 이전이 아닌 주택 평수의 거래인 것이다.

일본 조총련계의 조선신보 인터넷판은 최근 '평양시에는 150여 개 군고구마, 군밤 야외매대가 설치됐으며, 가격도 군고구마는 1kg에 50원(북한돈) 군밤은 1kg에 35원 한다'고 전하고 있다. 이러한 일련의 북한 사회 전반의 생활 패턴 변화는 농촌경제의 변화를 가속화시키고 있는 것으로 확인되고 있다.

'우리민족서로돕기운동본부' 의 자료에 따르면, 1995년 8월부터 2001년 말까지 북한에서 식량난으로 인한 사망률이 25%를 상회하는 것으로 나타났고, 특히 7세 이하의 어린이와 60세 이상의 노인들의 사망률이 높게 나타났는데 그 까닭은 이들이 기아와 질병에 취약한 계층이기 때문이다.

2000년 봄, 스페인의 구스타브 신문에 실린 구스타브 신문사 편집 국장과 김정일 위원장의 인터뷰 내용에 의하면 북한인이 10년 동안 에 굶주림으로 무려 300만 명이 사망한 것으로 알려졌다. 특히 고난 의 시기로 불리어진 1995년부터 2000년까지는 사망률이 더욱 심했을 것으로 추측된다. 이러한 현실문제가 각성제가 되어 7.1 조치 이후에 는 식량난 극복을 기대해 보지만 그 성과가 가시적으로 나타나는 데 에는 상당한 기간이 필요하다고 본다. 중국이나 베트남이 개혁, 개방 정책을 실시한 후 10여 년이 지나서야 식량문제가 해결된 것을 보면 더욱 그러하다.

북한 식량난의 원인은 여러 가지이겠지만 가장 주요한 것은 농업 구조와 체제 통제방식을 들 수 있다. 그 첫째로 북한의 경직된 사회주 의 체제하의 협동농장 운영에 문제가 있다. 협동 농장은 개인의 사유 재산을 부정하고 공동생산, 공동분배라는 원칙을 고수하고 있다. 이 는 인간의 소유욕을 자극할 수 없기 때문에 저생산은 물론 관리에서 도 분배에 이르기까지 문제가 될 수 밖에 없다.

북한 농촌을 돌아보는 기간 동안 눈에 띄는 것은 자기 집 앞에 개인 소유화되어 있는 50평 남짓의 텃밭이었다. 그 땅은 국가나 협동소유가 아니라 전적으로 개인이 관리하기 때문에 반드시 울타리나 담벽이 쳐 있고, 그곳의 채소는 아주 풍성하게 자라고 있었다.

뙈기밭이 주는 교훈

그 다음은 이름하여 뙈기밭이라고 불리는 농지였다. 그 농지는 하천 부지나 버려진 개울가 또는 등고선 아래 지역에 개인의 노력으로 일군 땅을 말한다. 협동농장의 작물은 형편없이 메마르고 빈약하게 자라는데 반해 개인 텃밭은 물론 뙈기밭은 상상을 초월할 만큼 잘 자라고 있는 모습에서 개인소유와 협동소유의 차이가 얼마나 뚜렷한지를 분명하게 알 수 있었다.

금강산 육로관광에서도 눈여겨 보면 협동농장의 배추포기와 개인 텃밭의 배추포기는 비교할 수 없을 만큼 큰 차이를 드러내고 있었다.

북한 식량난의 두 번째 원인은 생산의욕의 저하다. 생산수단이 개

무산 콩재배단지. 콩은 북한인민들의 주식 중 하나다

인에게 없기 때문에 경쟁적으로 구호를 외치며 천리마 방식이니, 국물 안먹기 운동, 심지어 별보기 운동까지 하면서 혁명성, 사상성, 당성을 강조했지만 그것도 시간의 흐름에 따라 시들해져서 이제 죽지 못해 일터로 가는 모습을 여러 곳에서 볼 수 있었다.

이러한 문제가 요인이 되어 당연히 생산성을 하락할 수 밖에 없다. 그 이외에도 동구 공산권의 몰락과 함께 중국의 실용주의 선택, 구소련의 해체와 독립국가(CIS)창설에 따라 공산국가끼리 해오던 구상무역에서(물건 대 물건의 교환) 경화결재(달러결제)로 바뀌는 무역구조의 변화를 달러가 고갈된 북한이 감당하기란 대단히 어려웠을 것이다.

북한이 70년대 말부터 쌀 생산을 높이기 위해 대대적으로 밭을 논으로 일구고, 농토를 넓히기 위해 8부 능선까지 파헤쳐서 무분별한 산림이 훼손케 함으로써 태풍이나 폭우에 의한 자연재해를 피할 수 없게 되었다. 또 재해를 입은 논과 밭을 원형으로 복구하는 데도 노동력과 중장비의 절대부족으로 한계를 드러냈다. 이로 인해 식량이 자동적으로 감소할 수밖에 없었다. 1990년대 중반 대동강, 청천강이 범람하여 주변의 농토가 수몰되었을 때 그것을 원상복구하는데 8년이나 걸렸다고 하니 가히 알아 볼만하다.

북한은 군사력 증대에는 막대한 예산을 투자하면서도 농업에 필요한 기술로서 관개공사, 종자개량 등에는 너무나 소홀한 나머지 구태의연한 농업방식으로 일관하기 때문에 소득을 증대시키지 못하고 있다. 일명 옥수수 박사로 세계적으로 명성을 떨치고 있는 경북대학교 김순권 교수가 지적한 대로 종자만 제대로 개발해도 식량난 해결에 도움이 될 것이다. 그래서 김 박사는 북한 전역에 수퍼 옥수수인 '통일 옥수수'를 심어야 한다고 누차 강조한 바 있다.

농업이 주공主攻전선이다

　토양 역시 한국이 제공한 화학비료에만 의존하고 유기질 비료인 거름을 제대로 주지 못해 대부분 토지가 산성화되어 우리가 보기에도 민망할 정도로 농작물이 잘 자라지 못하고 진초록색으로 변해있어야 할 작물들이 연두색을 띠고 있었다.

　북한의 식량난은 자급자족할 수 있는 농토를 갖지 못한 데에도 원인이 있지만 그나마 작은 농토를 효율적으로 관리하지 못하는데 더 큰 원인이 있다. 또한 모자라는 식량은 결국 수입을 해야 함에도 달러가 없어 수입도 할 수 없다. 그래서 식량의 부족은 기아를 불러오고 밥을 제대로 먹지 못한 인민의 노동력은 생산감퇴로 이어지고 있다. 이는 다시 인구의 저하로 이어짐으로써 북한인구는 2013년에 2,300만 명을 조금 넘는 것으로 나타났다.

　농업통제(식량과 생필품 배급)를 통해 주민통제는 성공할 수 있었으나 바로 식량위기로 치달아 체제의 해체로 이어질 판이니 이를 우선적

식량난 해결을 위해 농업을 주공전선으로 삼자는 포스터

으로 해결하는 것이 시급한 과제가 될 수밖에 없다.

경제관리개선조치도 궁극적으로는 북한의 농업경제 구조의 문제점에서 출발했다고 보아야 할 것이다.

협동농장에서 쌀 1kg에 80전으로 정부가 수매하고, 배급을 줄 때에는 8전에 주게 되어, 충분한 양만 있다면 얼마나 좋겠는가. 그러나 연이은 재해, 동구권의 몰락 등 기본적인 경제 시스템의 변화와 생산의욕의 하락으로 공급이 뒷받침되지 못하자 암시장에서의 쌀가격은 1kg에 40원을 넘어섰고, 배급은 하루에 한 끼 식량은 고사하고 고난의 시기에는 피죽으로 연명하는 사태로 악화되었다. 그러자 협동농장 간부들과 중앙의 관리인들이 생산량을 줄이고 쌀을 암시장으로 빼내는 비리가 곳곳에서 연이어 터졌다. 그러자 북한 당국은 어쩔 수 없이 현지 쌀가격을 1kg당 40원에 수매하여 시장에서 45원에 판매했다. 이는 기존 배급제에서 8전에 배급을 받는 기준으로 본다면 쌀가

고구려의 옛 도읍지 집안에서 바라 본 저녁무렵의 북녘 들판. 개발만 잘 하면 옥토로 바뀔 땅이 거칠게 버려져 있다

격이 500배가 넘었다. 때문에 쌀가격에 대한 불만을 해소하기 위해 배급제를 폐지함과 동시에 임금(생활비)을 20배 정도 올려주는 극적 수단을 동원했다.

그러나 근본적으로 부족한 식량은 쉽게 해결되지 않고 오히려 쌀의 품귀현상을 불러와 최근 정보에 의하면 또 다른 암시장이 생겨났는데 그 암시장에서는 쌀 1kg이 400원을 호가한다고 했다. 그런데 얼마 전 평양 소식에 의하면 곳에 따라 900원을 넘어선 것으로 알려졌다. 이는 참으로 딱한 일이 아닐 수 없다.

북한 당국은 농토의 자율화를 통해 개개인이 농지를 제한적으로나마 적정한 임대료를 내고 농사를 짓도록 하는 조치를 취하기도 하였으나 결국 쌀시장은 다시 배급제로 돌아가야 하는 긴급한 상황이 발생한 것이다.

2005년 신년사에서 박범주 총리는 농업을 주공主攻 전선으로 몰아내며 식량 두배 증산을 발표하였다. 그리고 전국협동농장을 독려하고 있으며, 모내기철인 금년 5, 6월 동안은 농촌돕기를 위해 관, 군, 당이 앞장서 농촌을 돕는 일에 동원하였다. 근본적으로 농토의 산성화, 농민들의 의욕상실, 비료의 부족, 농기구의 부족 등 산적한 문제해결은 한계에 직면하고 있다고 보겠다. 2005년 신년사 중 농업부문에 관한 내용을 원문대로 옮긴다.

"올해 사회주의 건설의 주공전선은 농업전선이다. 현시기 경제건설과 인민생활에서 나서는 모든 문제를 성과적으로 풀어 나갈 수 있는 기본고리는 농업생산을 결정적으로 늘이는 데 있다. 우리는 올해 농사를 잘 짓는데 모든 력량을 총집중, 총동원 하여야 한다."

북한식 농가 청부생산

농가 청부생산 방식이 시급하다

북한이 처한 극심한 식량난과 이로 인한 대량 아사 사태는 식량이나 의약품의 지원만으로는 해결될 수 없다. 근본적으로 식량위기를 극복하게 하는 방안은 북한이 식량을 자급자족할 수 있도록 실제적 대안이 있어야 한다. 북한경제는 현재 식량난, 에너지난, 외환위기 등으로 파탄지경에 이른 것 같다.

2000년 이전, 고난의 시기는 끝나고 2001년부터 명목상 경제지표는 플러스 성장을 하고 있는 것으로 통계표에 나와 있지만 실제는 그렇게 좋아진 것 같지 않다. 배급제 폐지 이후 쌀 1kg에 45원으로 시장에 공급되었으나 공급량이 모자라다 보니 곧이어 암시장 거래가 시작되어 400원까지 홋가하다가 세계 식량기구의 지원과 한국정부의 지원에 따라 약간 안정이 되었다. 그러나 다시 10배 이상 올랐으며 품귀현상이 계속되어 주식主食 해결이 안되는게 문제다. 매년 645만톤 중 500만톤은 해결이 되나 145만톤이 모자란다 하니 걱정이 아닐 수 없다.

북한의 식량위기 극복을 위한 정책대안으로서 시급한 것은 두 말할 나위도 없이 비료와 농약, 농업용 비닐과 농기계의 보급, 그리고 농경

뙈기논을 대규모 농장으로 개간하고 있는 한드레 벌판

지의 산성화 방지다. 더 나아가 벼종자를 고소득화할 수 있고 북한지
역의 기후에 맞춰 성장이 잘 되도록 개량해야 할 것이다. 예를 들면
북한 전역 농경지에 일차적으로 필요한 비료가 약 150만 톤을 상회하
는데 북한에서 생산되는 비료는 50만 톤 정도이니 한국 정부가 30만
톤을 무상지원한다 해도 절대량이 모자라는 형편이다.

따라서 식량난 해결은 필수적 과제다. 북한이 필요로 하는 640여
만 톤의 식량 중 모자라는 140여만 톤이 넘는 식량을 과연 언제까지
국제사회에서 구걸하다시피 얻어먹으며 견딜 수 있을까?

북한이 지원받는 식량은 미국의 정책 여하에 따라 그 양이 조절될
수밖에 없다. 클린턴 시대에는 미국이 연간 60만 톤, 한국 정부가 40
만 톤, 일본 정부가 20만 톤, EU 10만 톤, 민간기구(NGO) 10만 톤, 중
국 10만 톤 등 총 160만 톤 내지 180만 톤까지도 지원하였다. 그러나
부시 대통령 당선과 함께 불거진 북한 핵문제로 인해 미국은 10만 톤
이상 주지 않고, 일본도 10만 톤으로 줄이고, 그 밖의 나라들도 지원
량을 줄여 북한의 식량위기는 더욱 긴박해질 수밖에 없게 되었다.

북한은 앞에서 지적한 바와 같이 근본적으로 농업의 구조, 즉 소유
의 형태를 전면 수정하는 정책이 가장 바람직하지만 그것은 사실상

통일시대 변화의
현장에서 본 북한

북한식 사회주의를 포기하거나 개정하는 길밖에 방법이 없으니 그렇게 쉽지만은 않을 것이다.

초기 중국이나 베트남에서의 개혁, 개방도 역시 농업경제의 변화를 바탕으로 출발하였다. 중국의 경우 인민공사제도 농업경영방식을 전면 폐지하고 새로운 농업경영을 도입했었다. 이름하여 농가 청부 생산제 방식이다. 이 방식은 소유권은 인정하지 않지만 관리권을 개인, 가족단위, 또는 마을 단위, 또는 협동 단위로 임대계약을 체결하여 능력만큼 농사를 짓도록 하는 것이다. 그러니까 적정량의 임대료나 생산물을 국가에 내되 모든 관리와 경영은 본인이나 가족 그리고 공동체가 맡아서 하는 것이다.

중국은 과도한 국유화에서 후퇴하여 사실상 토지 사유화를 인정하는 단계에까지 이르렀다. 토지 관리 기본권한을 20년 단위로 하되 20년을 연장할 수 있으며, 문제만 발생하지 않는다면 장기적으로도 관리 경영토록 하는 영구적 임대제도를 채택했다. 이러한 터전 위에 신뢰가 높아진 청부인에게는 토지관리권(사용권)을 매매도 할 수 있게 하고, 소득이 높아진 농가는 그 터전을 확대해 사실상 전업 농업화할 수 있게 하였다. 이 제도의 시행으로 쌀의 생산이 3배 이상 높아져 중국 경제발전의 동력이 되었다.

반면 북한은 농업을 포함한 모든 생산수단이 국유화 체제 그대로 유지되면서 정치논리가 전면에 나타나 경제논리를 제압하여 버리니 경제활동이 위축되어 결국 저생산, 저관리, 저소득으로 연결되어 경제전반에 영향을 미치게 된 것이다.

자영적 농업경영은 확대할수록 좋다

7.1 경제관리개선은 중국식 개혁, 개방과는 차이가 있지만 그래도 실리주의를 바탕으로 농업생산에도 크게 자극이 되었고 일부 제한적이기는 하지만 자영적 농업경영을 하도록 허락하여 농업 생산에 영향을 줄 것으로 추측된다. 그러나 시급히 해결되어야 할 문제는 기술지원이다. 식량이든 비료이든 농약이든, 혹은 무상이든 유상이든 계속적 지원은 한계에 다다르기 마련이다. 가장 근본적인 해결은 북한인 스스로가 자급자족하도록 하고, 자급자족할 수 없는 품목은 수입을 하여 자력갱생自力更生의 원리를 실천하는 길 밖에 없으므로 부단한 기술지원이 따라야 한다.

정부에 의한 직접기술지원은 재정적인 면에서나 한국의 정치적 입지 특히 미국과의 관계 등으로 보아 그 한계가 드러날 수 밖에 없다. 그러므로 민간기업이나 민간단체가 지원할 수 있도록 정부가 권장하는 것도 바람직할 것이다.

예를 들면 개성공단에 들어간 기업은 생산만 할 것이 아니라 북한 노동자를 기술자로 양성하여 기술도 이전하여 제2의 생산라인을 북한인들이 갖도록 해주자는 것이다. 물론 첨단기술제품, 특히 컴퓨터도 단위가 높은

평양 근교에 있는 닭공장

것은 가지고 들어갈 수 없다고 미국측의 통고를 받은 바 있다. 북한은 불량국가로 지목되어 전략품목은 제한될 수 밖에 없다는 것이다.

나는 금년 봄에 중국 단동에서 북한 IT 전문가들이 한국 기술과 시설에 의해 교육받는 현장을 목격하였다. 그것은 앞에서 지적한 바와 같이 북한에 높은 단위의 컴퓨터가 들어갈 수 없기 때문에 북한의 전문가를 단동으로 데려 와 교육을 시키는 것이다.

민족 통일이라는 원대한 이상을 구체화하는 것은 멀고도 험한 길임이 분명하다. 분단이 반세기를 넘겼지만 통일국가로 살아온 1300년의 역사 앞에는 한 점에 불과하기 때문에 꾸준히 노력하면 이런 작은 점은 점차 사라질 것이다. 그리고 통일된 이후의 남북한 사회문제를 그때 가서 해결하려 할 것이 아니라 지금부터 그 폭을 조금씩 줄여나가야 한다.

식량자원은 인도적 문제

고려 호텔 앞에서 과일을 파는 아낙. 삼륜차처럼 개조한 자전거 위에 차린 매대가 이채롭다

특히 북한에 대한 식량 지원문제는 전적으로 인도적인 문제다. 인도적이란 문자 그대로 조건이 없는 것을 전제로 한다. 전쟁시에는 적국의 포로도 적십자 정신으로 치료해 주어야 하듯이 북한이

지금은 비록 적대관계에 있다하더라도 언젠가는 번영을 함께 누려가야 할 동족이기 때문에 이해하고 협력해 줘야 한다.

경제전반에 대한 정책검토로부터 제도개혁, 좀 더 구체적으로 기술지원 특히 농업기술의 지원이 정부와 함께 민간기구가 참여하여 그 폭을 넓혀 가야 하는 것은 당연하지만 북한 체제 동요가 일어나지 않게 접근하면서 북한의 자존심이 상하지 않는 범위에서 지원해야 한다.

정부가 민간의 기술지원에 있어 지지자Supporter의 역할을 수행하기 위해서는 적합작물의 선정에 필요한 기술개발의 비용, 기구 운영에 소요되는 경비, 비료를 비롯한 영농자재, 농업 인프라 구축을 위한 경지정리, 재해, 재난 방지를 위한 산지개발의 제한과 식목사업, 하천개발 등에 필요한 막대한 예산이 소요될 것이다. 그러나 이러한 비용은 북한을 무조건 돕는다는 차원을 떠나 국토의 균형개발 차원, 더 나아가 통일 이후 필요한 통일비용의 선지급 등의 개념으로 국가예산에 편성할 필요가 있다고 본다. 다행히 남북협력기금이 있기 때문에 용도에 따른 비용을 효율적으로 사용하도록 해 나가야 할 것이다.

독일 통일과정에서 서독은 동독에 대해서 고속도로 사용료를 면제해 주고 정치범을 돈을 주고 사왔으며 경제개발에 무상지원과 유상지원, 베를린 장벽 해체 이후 동독 주민의 서독 이주에 따른 비용 등 천문학적인 돈을 지불했다. 또 통일 이후에도 동독의 경제개발에 얼마나 많은 비용을 지불하고 있는가를 보면 우리가 남북통일을 위해 무엇을 해야 할지를 알게 될 것이다. 독일 통일비용을 다룬 전문통계자료에 의하면 동서독 통일까지 서독인들은 한화로 매년 5만원씩의 동독지원비를 지출했다고 한다. 우리 한국인이 1년에 지불하는 북한 동포지원금은 2000원 내지 3000원이라니 조금은 어색하다.

북한의 협동농장에 남한에서 영농기술 지원키로

나는 북한 산하를 둘러볼 때마다 산에 나무가 없어 안타까워한 적이 한 두 번이 아니다. 지난 1990년대 대동강, 청천강 강물이 넘쳐 일대를 황폐화시킨 원인도 알고 보면 산에 나무가 없고 8부, 9부 능선에 논을 일구어 물을 가두어 놓다 보니 산사태의 요인이 되어 논밭 가릴 것 없이 수마가 할퀴고 갔음을 잘 알고 있다. 다행히 최근에 북한 전역에서 식목의 열기가 일고 있음은 바람직한 일이라 하겠다. 언젠가 해결되어야 할 북한 식량문제, 그러나 쉽게 해결될 것 같지 않는 식량문제, 그 책임을 전적으로 북한에게만 맡길 수는 없다. 이 문제는 우리와 함께 공동으로 해결해 가야 할 것이다.

그러나 그 과정에서 북한의 변신이 요구된다. 농토는 농민에게 맡겨야 한다. 그래서 땅에 대한 애정과 농산물의 증산 및 관리가 자기소유라고 할 때에만 가능하다.

나는 도로를 달리는 개인택시와 법인택시의 예를 들고자 한다. 각각 집 앞에 개인택시와 법인택시를 세워 두었다고 가정해 보자. 개인택시는 가족들 모두가 애정과 관심을 보이게 된다. 만에 하나 도난을 당해도 그 즉시 온 가족이 동원하여 찾으려고 노력할 것이다. 그러나 법인택시는 가족이 관심도 없거니와 도난을 당해도 그 다음날 회사에 연락만 하면 그만이라고 생각할 것이다.

택시도 이렇게 그 소유가 누구냐에 따라 관심이 다르거늘 농토는 그 관심이 얼마나 다르겠는가? 사유화된 농토에 베어 둔 볏단이 비가 와서 물에 잠기면 잠자던 가족이 동원되어 논두렁으로 건져낼 것이다. 반면 개인 농토가 아닌 사회주의 협동농장이라면 과연 어떤 애국

심과 충성심으로 밤중에 논에 들어가 볏단을 거두어 논두렁에 건져다 놓을 것인가? 나는 북한

남북농업협력위원회 1차회의에서 남측 이명수 농림부 차관(오른쪽)과 북측 문응조 농업성 부상(왼쪽)이 토의하고 있다

농촌을 보면서 많은 생각을 했다.

사람이 태어날 때 손을 꽉 쥐고 태어난다. 그리고 죽을 때에는 손을 펼치고 죽는다. 이런 현상을 살아 있는 동안 소유욕의 표현이라고 하면 과한 표현일까?

사회주의, 공산주의, 민주주의, 자본주의의 대립적 개념은 결국 소유의 관계요, 소유를 중심으로 한 인간 문제에 접근한 제도들이다. 이제 역사는 사회주의, 공산주의가 아닌 민주주의 시장경제를 바탕으로 하는 민주주의편의 손을 들어 주었다는 사실을 명심할 필요가 있다.

지난 3월 박근혜 대통령은 드레스덴에서 북한 농축산 인프라 구축 등 인도적 지원 제안을 했고 이를 북한이 수용하기를 바랄뿐이다.

격언에도 고기를 잡아주지 말고 고기를 잡는 기술을 가르쳐주라고 했다. 북한이 하루 빨리 자립하게 하기 위해서는, 그래서 통일을 보다 수월하게 하기 위해서는, 그들에게 영농기술과 경영법을 가르쳐주어야 한다. 그런 점에서 인천광역시가 북한 황해도 해주평야에 한국식 농사경영법으로 경작을 한다는 소식은 대단히 고무적이다.

'우리식 사회주의' 의 교육과 학습

청소년들의 학습과 교육

어느 나라, 어느 사회를 막론하고 청소년들의 성장과 교육환경은 미래 사회를 예측하는 바로미터가 된다. 우리는 한국 청소년들의 국가관, 애국심, 통일의지, 대미관계 및 대북인식 등 많은 부분에서 걱정할 때가 많다. 광화문 촛불집회가 효순, 미순이의 죽음, 그리고 미국과 맺은 SOFA협정의 불평등에 대한 우리 청소년들의 정의로움의 발로였다 해도 그 정도가 위험수위를 넘어서기도 하였다.

보육원에서 어린이들이 피아노 교습을 받고 있다

얼마전 한국갤럽이 조사한 여론조사에서 한국의 청소년들은 한국을 가장 위협하는 나라로 미국을 지적하고, 가장 우호적인 국가는 중국이라고 지적하는 등 기성세대와는 사뭇 대조적인 선택을 하였다. 현대의 청소년들은 감수성이 예민하고 역사의식이나 객관적 상황판단보다는 현실에 민감하며 시대의 추이에 예민하게 반응하는 세대이기에 이해할 수는 있다. 그러나 청소년들의 이러한 생각이 우리의 교육제도나 가정에서의 교육, 사회적 분위기 특히 정치적 배경 등에 크게 영향을 받고 있음도 부정할 수 없다.

나는 북한을 방문하여 평양에 머무는 기간에도 북한의 청소년들의 성장과정과 교육제도 등에 관심을 가지고 평양에 있는 특수교육시설인 만수대예술단 어린이소년궁전, 평양 제1고등중학교, 김일성대학 등 교육시설과 특수교육제도를 살펴 보았다. 그곳에서 남한의 1950년대에나 사용했던 열악한 학습도구를 사용하는 학생들을 보면서 안타까운 마음을 금할 길이 없었다.

북한의 형편이 아무리 어렵다지만 소위 특수학교라는 학교의 시설이 그렇게 노후되고 열악할 줄은 몰랐다. 특히 만경대 혁명학원의 경우 혁명열사들의 자녀들이 입학하고 그곳을 졸업하면 군에 입대하여 영예로운 장교가 된다고 하는데, 그 시설이 너무나 낙후되어 있었다. 먹을 식량이 없는데 어디서 돈이 나와 시설을 개수하겠는가?

열악한 학교 환경을 반영하듯 그곳에도 비리는 있기 마련이다. 북한을 연구하는 전문기관의 자료에 의하면 평양의 한 고등중학교에서는 학부모들로부터 찬조금을 거두어 학교 꾸미기에 사용했으며, 낡은 시설을 개, 보수하는데 필요한 자재(목재, 철, 타일 등) 뿐만 아니라 노동자들의 식사, 담배 등 식료품을 학부모들에게 부담시킨 사례가 적발되기도 하였다고 한다. 그리고 상급학교나 특수학교 입학시 해당 상급학교 입학을 위해 교무행정처에 500~600달러 정도를 상납한 사례도 보도된 바 있는데 역시 북한 사람들의 자녀 사랑이나 자녀를 출세시키려는 욕망은 한국의 학부모들과 크게 다를 바 없었다.

평양의 소수 엘리트를 양성하는 학교를 제외한 학교들과 지방학교에서는 교과서를 상급생들로부터 물려받아 사용해야 하고, 연필과 학습장은 철저히 자부담으로 해결해야 한다. 학습장(노트) 등은 장마당에서 구입하더라도 싼 것(한 질 24매 - 5, 6원짜리)으로 구입하기 때문에 글씨를 써도 알아보기 힘들며, 보통 품질의 것은 한 질이 50원, 최고급품은 300원 정도다. 그러니까 한 학기 학습장과 필기도구만 갖추는 데도 1,000원(북한화폐)이 필요한데 이는 일반 생활봉급자의 한달 봉급의 절반에 해당된다.

종이 부족 문제는 비단 학교 뿐만 아니라 사회 전반적인 문제가 되고 있다. 그래서 각 지방에서 자체적으로 종이 부족문제를 해결하라는 중앙의 지시가 떨어지면서 파지를 재활용하고, 오사리(옥수수 알을 싸고 있는 껍질)를 삶아 종이를 만들기도 하나 필요한 화공약품이 없어 그것도 불량한 종이 대용품밖에 되지 못한다.

부유한 집의 자녀들은 장마당에서 비교적 질이 좋은 학습장을 구입할 수 있으나 그렇지 못한 대다수의 학생들은 이미 출판된 인쇄물에 다시 글을 쓰거나 오사리 종이를 이용하는 등 환경이 너무나 열악하여 학업을 포기하는 경우도 속출하고 있는 실정이다. 이렇게 열악한 환경에서도 청소년들은 사상과 연계된 학습을 주로 받는다. 이는 청소년들을 혁명의 둘레로 튼튼히 묶어두자는 의도일 것이다.

청소년들의 학교 교육 과정은 최고인민회의(1949. 9)에서 1950년 7월 1일부터 초등의무교육을 실시하기로 하였으나 6·25전쟁으로 인해 실시하지 못하다가 1956년부터 단계적으로 실시하기 시작하였다.

1956년부터 초등 의무교육(4년제 소학교)이 실시되고, 1958년부터 3년제 중등교육까지 의무교육이 확대되었으며, 1975년부터는 유치원의 높은 반 학생을 '학

평양 기술학원생들이 기술교육을 받고 있다

교 전' 의무교육으로 포함시켜 지금의 11년제 의무교육의 틀이 마련되었다.

이와 같은 의무교육제도는 모든 인민들을 공산주의적 인간으로 키우기 위한 '전인적 교육'이다. 북한에서는 의무교육실시로 모든 교육이 무상으로 진행된다고 주장하고 있지만 그것은 속이 들여다보이는 허구다.

모든 것이 무상입니다

또 그들은 자랑삼아 "사회주의 공화국에서는 모든 것이 무상입네다. 학교도, 병원도, 주택도 심지어 직장도 빽을 쓰지 않고도 갑네다." 라고 힘주어 말하지만 병원에 가도 약이 없고, 의료설비가 빈약하다면 무상이라는 것이 무슨 의미가 있겠는가?

'국경 없는 의사들의 모임'에서 북한의 병원 실태를 분석한 자료에

의하면 병동과 병상은 말할 것도 없고 내부의 설비, 더 나아가 의료기기, 특히 수술기기, 약품 등 태반이 부족 정도가 아니라 거의 없는 상태라고 한다. 마찬가지로 의무교육도 그 실상은 비참하기 그지없다. 또한 북한은 사회주의 체제이므로 모든 자원이 정부의 소유로 되어 있고 모든 생산물 역시 정부가 소유하여 분배하므로 무상교육이라는 말은 그 자체로 의미가 없다. 그리고 북한의 교육현장은 항상 노동과 병행하므로 학교의 등록금은 노동을 통해 지불되고 있다고 보아도 무방하다.

북한은 보통교육과 중학교까지는 모두 그냥 졸업할 수 있다. 고등중학교 과정이 끝나면 남자의 경우 70% 정도가 군에 입대하며, 20%는 직장으로 가고, 10% 정도가 대학에 입학하게 되는데 이렇게 고등중학교를 졸업하고 바로 대학으로 진학하는 학생을 '직통생'이라 한다.

직통생이 되기 위해서는 성분이 확실하고 가정환경이 우수해야 하

세계에서 제일 크다는 평양산원. 천 명의 산모가 동시에 해산할 수 있다고 한다

며 각 도 및 시, 군, 구에 조직되어 있는 대학추천위원회의 사상검토를 포함하는 추천과정도 거쳐야 한다. 그리고 대학진학을 위해 예비시험을 거쳐 대학입학 자격고사를 치러야하는데, 경쟁이 매우 치열한 것으로 알려졌다. 특수학교는 특수한 신분과 자질을 가진 학생을 대상으로 특수교육을 실시하는 기관으로서 제일고등중학교, 평양외국어학원, 만경대혁명학원을 대표로 들 수 있다.

1984년 '뛰어난 소질과 재능을 가진 학생들을 옳게 선발하여 체계적인 교육을 시키라'는 김정일 위원장의 지시에 의거하여 제일고등중학교가 설립되었는데 첫 학교는 1984년 9월 평양에 설립되었고, 이듬해인 1985년에는 남포, 개성, 청진, 혜산진 등 각 도소재지와 직할시로 확대하여 12개의 학교를 운영해왔다. 주로 과학, 수학, 물리 등 이과계통의 과학자 양성 위주로 하되 출신성분이 우수해야 함은 말할 것도 없다. 1999년에는 시(구역), 군까지 확대신설하여 현재는 200여 개에 달한다.

평양외국어학원은 6년제 중학교 과정으로서 노어, 중국어, 일어, 영어 등 8개 외국어를 중점 교육시키고 있고 각 시·도에 설치되어 있는 외국어학원은 9년제로 운영되고 있다.

만경대혁명학원은 1947년 10월 21일, 당시 민족보위성 산하 교육기관으로 설립되었고, 소학교 졸업 후 입학할 수 있다. 입학자격은 혁명유가족 및 당·정 고위간부 자녀들이어야 하고, 7년제로 운영되는 특수교육기관이다. 입학과 동시에 기숙사에 전원 수용되어 엄격한 군사조직 아래서 교육을 받으며 완전 국비로 이루어진다.

북한의 '사회주의 노동법'에는 8시간 일하고, 8시간 쉬며, 8시간 학습해야 한다고 규정되어 있다. 북한의 모든 주민은 각종 정치학습

안주 복장공장에서 재봉틀로 옷을 만들고 있는 여공들

에 동원되며 일반 주민들은 말할 것도 없고 중앙의 간부들도 매주 토요일 오후에 학습을 받는다. 그 기간은 1년에 1개월이다.

학습의 종류는 강습회, 강연회, 자습회, 작업 전에 실시하는 독보회와 조회 등이 있다. 학습 자료는 주로 김일성 · 김정일 노작과 노동신문 등이 이용되며 그밖에 공장이나 마을 단위로 설치된 라디오방송을 청취하기도 한다. 정기적인 교육 이외에도 농사를 지으면서 하는 '밭머리 학습', 행군 중의 '문답식 학습', 훈련을 수행하면서 실시하는 '군정 학습' 등 다양한 학습이 진행된다. 이름하여 '우리식(북한식) 사회주의' 전사를 양성해 내어야 체제유지에도 도움이 되겠거니와 남조선을 혁명하여 통일조국을 완성하는 날을 맞이할 수 있다는 것이다. 그러나 세계화, 정보화, 다원화로 이름지어지는 현대사적 시각에서 북한의 우리식 사회주의 하의 청소년들의 학습이 행여 우물안 개구리를 벗어나지 못하게 하는 것 아닌가 하는 마음은 평양에 머무는 시간 내내 내 마음을 우울하게 하였다.

'영광스러운 조선로동당'

엘리트 의식을 가질 만하다

북한에 머무는 동안 많은 사람과 접촉을 하였으며, 기타 해외에 나갈 때에도 북한 사람과 만날 기회가 더러 있었다. 이번에 방문한 중국 심양에서도 북한인들을 여러 명 만났는데 그들은 한결같이 공화국의 로동당원이 된 것을 매우 자랑스럽게 말하곤 했다.

한국인들이면 사회생활하는데 주위의 시선을 의식해서 정당인이라 하더라도 일부러 당원임을 드러내는 것을 꺼려하는데, 북한 사람들은 대단한 자부심을 갖고 당원임을 강조하고 있었다. 그것은 아마 당원이 갖는 특혜가 많기 때문일 것이다. 북한인 2,300만 명 중에서 로동당원은 200만 명 정도가 조금 넘고, 후

'높이 들어라! 붉은 기'를 외치며 매스게임을 하고 있다

보당원(각종 단체가입)도 600만 명 정도 된다고 하니 엘리트 의식을 가질 만도 하다. 특히 대학입학, 해외주둔, 특수시설 근무, 군간부 등은 당원이 아니고서는 그 지위를 얻기란 어림도 없는 일이고 보면 그럴만도 하겠다.

북한은 10월이 되면 으레 조선로동당의 큰 행사, 즉 맘모스 매스 게임 같은 각종 행사가 줄지어 열린다. 당 창건일이 10월 10일인 것을 기화로 10월 전체를 정치적 분위기로 고조시켜 전체 인민을 통제하면서 들뜨게 한다.

2010년 10월도 예외는 아니어서 조선로동당 기관지 로동신문은 전면을 할애하여 고딕체로 '조선로동당은 영원히 김일성 동지의 당으로 빛날 것이다' 라는 제목 하에 김정일 위원장의 말을 싣고 있다. 특히 '선군조선의 하늘아래 세차게 나붓기는 당기' 라는 제목으로 다음과 같은 글이 눈길을 끈다.

"영광스러운 조선로동당의 뜻깊은 사람들과 더불어 가슴을 끝없이 설레이게 하는 환희로운 10월이 왔

강성대국과 3대혁명 완성을 위한 전진대회 광경

다. 이 아침 우리 군대와 인민은 영광스러운 조선로동당의 창건자이신 위대한 김일성 동지에 대한 사무치는 그리움과 어버이 수령님의 혁명위업을 이어 우리 당을 가장 존엄하게 높은 당으로 강화, 발전시키시는 경애하는 장군님에 대한 다함없는 감사의 정을 금치 못하고 있다.

돌이켜 보면 70년 전 10월의 그날 우리 당의 역사적 뿌리가 마련되었고, 광복 조국의 환희로운 그 10월에 조선로동당이 창건되었으며, 선군조선의 하늘에 당기가 더욱 높이 휘날리던 7년 전 그 10월에 경애하는 장군님을 우리 당의 최고 수위에 높이 모시었다.(생략)"

이와 같이 김정일 위원장의 공식명칭은 조선로동당 총비서이고 당 중앙위원회 국방위원장이며 인민군 총사령관이라고 칭하고 있다. 당연히 주석직을 승계해야 함에도 불구하고 주석직은 서거한 김일성 주석의 영원한 직함임으로 그 직만은 고사하고 있다.

마르크스의 공산주의 사상이 레닌에 의해서 러시아에서 성공한 그때 이미 노동당은 창건되었으며 각국의 사회주의 혁명에 성공한 나라들은 노동당을 중심으로 프롤레타리아 독재에 들어갔다. 그런데 북한의 조선로동당은 김일성 주석의 항일 빨치산 운동이 한창이던 70여 년 전에 이미 창건의 의지가 싹트고 있었으며 해방되던 1945년 10월에 당이 창건되었다고 한다.

1948년 9월에 사회주의 공화국이 창건되었으니 이미 당의 기반을 토대로 사회주의 공화국을 창건했던 것이다.

그리하여 전세계 프롤레타리아(무산자 즉 노동자, 농민)와 부르주아(자본가)를 타도하여 무산자가 정권을 잡는 프롤레타리아의 독재를 실현하자고 하는 것이다.

조선노동당 기旗의 뜻

"높이 들어라, 붉은 깃발을! 우리들은 붉은 기를 지키리라. 비겁한 놈아 가려면 가거라! 우리들은 붉은 기를 지키리로다!"라고 불러대던 그 혁명가, 즉 적기가赤旗歌가 이를 상징하고 있는 것이다. 그런데 조선로동당의 붉은 깃발에는 낫과 망치 사이에 붓이 그려져 있다. 낫은 농민을, 망치는 노동자를 상징한다. 이에 관하여 조선로동당 기관지에서 발췌하여 알아본다.

조선로동당 기관지인 로동신문 2004년 10월 1일자 신문을 보면 '당 마크에 새겨진 숭고한 뜻'이란 주제로 다음과 같이 설명하고 있다.

"언제인가 어버이 수령님께서 어느 한 나라 공산당의 지도일꾼을 만나셨을 때이다. 그는 어버이 수령님께 '세계에는 공산지도자들이 많고 그들은 당의 마크에 노동자, 농민을 상징하는 망치와 함께 낫을 그려 넣었지만 조선로동당 깃발에 새겨진 붓은 지식인을 혁명의 대열이 합류시킨 것으로 지금까지 전세계에서 지식인까지를 품어 안으신 지도자는 없었습니다. 오직 김일성 동지뿐입니다.'라고 자기의 심정을 말씀드린 적이 있다. 그러자 주석님

올림픽에서 메달을 획득한 선수를 대대적으로 환영하고 있다

께서는 '지식인이 기술과 지식으로써 혁명에 이바지하게 하는 것이 얼마나 좋은 일인가!' 라고 말씀하셨다. 그 말을 들은 그는 김일성 동지의 정치철학이야말로 세계 제일이라고 높이 칭송하였다. 그리고 이 모든 것은 당의 성격과 사명을 말해주는 당 마크에 인민대중의 모습을 새겨주시며 위대한 주체사상을 창시하시고 근로인민대중을 위한 투쟁의 새 역사를 창조하신 어버이 수령님만이 이룩하실 수 있는 불멸의 업적이다."라고 경탄했다는 것이다.

평양 시내의 로동당 당사 앞 광장을 압도하고 있는 로동당 건물 위에는 '조선인민의 모든 승리의 조직자이며 령도자인 조선로동당 만세'라고 씌어진 현수막이 있고, 광장에는 위대한 당을 따라 걸어갈 것을 결의하는 젊은이들의 행렬을 수 없이 볼 수 있었다.

매년 10월 10일 로동신문에는 '위대한 령도자 김일성 동지께서는 금년 당 창건일에도 다음과 같이 교시하시었다' 는 기사가 신문 전면에 보도되고 있는 것이다.

'수령은 인민을 믿고 사랑하며'

"당과 수령은 인민을 믿고 사랑하며, 인민은 당과 수령을 절대적으로 신뢰하고 충성으로 받드는 이 진정한 동지적 관계, 끊을 수 없는 혈연적 관계에 기초하여 수령, 당, 대중의 일심단결을 공고히 하고 발전하게 되었으며 인민대중의 혁명적 열의와 창조적 위력이 전면적으로 높이 발양되었다. 전체 조선 인민과 전세계 인민들은 은혜로운 조선로동당 품속으로 들어와야 한다. 이 가슴 뜨거운 부름속 선군혁명

령도의 나날에 우리 당을 대중 속에 더욱 깊이 뿌리박아 어머니 당으로 건설하자!"

미국의 클린턴 정부 시절, 극동담당 차관보였던 원더셔먼이 북한을 5년간 연구한 결과 북한은 정치집단이나 군사집단도 아니고, 경제집단은 더더욱 아니며, 오직 주체 종교가 통치의 전반을 이끌어 가고 있다고 자신의 논문에서 발표한 것을 본 일이 있다. 나도 북한 사람을 만날 때나 북한 사회를 살펴볼 때, 과연 누가 시나리오를 쓰고 누가 연출을 하며 누가 감독하는가 하는 궁금증을 늘 마음 한 구석에 담고 있었다. 다만 한 가지 분명한 것은 그 밑바탕에 주체사상으로 똘똘 뭉친 조선로동당이 건재하고 있다는 것이다.

우리는 국가보안법 문제를 거론할 때면 항상 조선로동당 규약에 전체 조선을 공산화한다는 문구를 인용하곤 한다. 북한에는 일부 우당인 천도교 청우당, 사회 민주당 등이 있지만 문자 그대로 상징적 정당

공장 근로자들이 농촌돕기 80만리 장정을 펴자고 퍼레이드를 하고 있다

으로 명맥만 유지할 뿐, 정당이라고 할 수 없고 오직 로동당만이 유일한 정치조직이요 정당임에 틀림없다. 그리고 로동당의 규약은 북한 사회주의 헌법 위에 군림하는 초헌법적 토대를 갖고 있다.

위대한 선군정치만세를 열망하는 4 · 25 인민군 창설기념대회

1980년 10월 13일, 제6차 당대회에서 개정된 전문을 보면, "조선로동당은 위대한 수령 김일성 동지에 의해 창건된 주체 혁명적 마르크스 레닌 당이다. 위대한 수령 김일성 동지는 우리나라에서는 처음인 공산주의 혁명조직으로서의 타도 제국주의 동맹을 결성하였으며, 오랜 항일혁명투쟁을 통해 당 창건을 위한 조직적, 상징적 기반을 마련, 영광스러운 조선로동당을 창건하였다. 조선로동당은 항일혁명투쟁 시기에 위대한 수령 김일성 동지에 의해 계승된 영광스러운 혁명전통을 계승한다.(생략)" 라고 조선로동당의 성격을 설명했다.

그리고 후문에서는, "조선로동당은 남조선에서 미제국주의 침략군대를 몰아내고 식민통치를 청산하며, 일본 군국주의의 재침기도를 좌절시키기 위한 투쟁을 전개하고, 남조선 인민들의 사회민주화와 생존투쟁권을 적극 지원하며, 조국을 평화적으로 통일하기 위해 투쟁한다." 라고 기록되어 있다.

통일시대 변화의
현장에서 본 북한

조선로동당 당원은 당과 수령, 조국과 인민을 위하여 그리고 사회주의와 공산주의를 위하여 헌신하는 주체형의 투사를 선별기준으로 삼고 있다. 1980년대에 개정한 로동당 규약이 오늘의 현실에 맞지 않음은 자타가 공인하고 있다. 그러나 북한인들의 당에 대한 충성심은 곧바로 김일성 주석, 김정일 위원장에 대한 충성심으로 이어진다. 그리고 이를 뒷받침하는 주체사상, 민족 제일주의, 선군정치, 강성대국 등의 논리가 뒤엉킨 체제이기에 북한을 이해하기란 쉽지 않다.

　　내가 중국에서 만난 북한 김일성 종합대학의 컴퓨터 관리담당자는 공화국이 IT산업에서 세계화를 달성하기 위한 당, 정간의 합의가 있었으므로 이제 전체 조선인이 세계를 향해 일어날 때가 되었다며 강한 의지를 보였다.

　　이토록 혈연적 동지애를 바탕으로 수령의 울타리에 묻어두려는 그들의 정치사상 목적이 2013년 12월 김정은의 고모부인 장성택을 처형함으로 인하여 북한권력은 중국을 잃어버렸고, 북한 인민의 어버이 인연인 부자관계를 종식하였으며 남한의 종북세력들의 뿌리를 흔들어 놓게 되었다.

흔들리는 봉건왕조 병영국가

돈과 물건에 유혹되어서는 안 된다

2004년 10월, 일본 아사히(朝日) 신문 계열 시사 주간지 《아에라》는 북한 군부내 거물급 인사의 친족이 미국으로 망명했다고 보도했다. 이 주간지는 서울의 정보소식통을 인용해 북한 군부내 초 거물급 인사는 '군내부에 정통한 인물인 것 같다'고 했다. 이어 4일 일본 NHK 방송은 "군 고위급 인물은 북한 로동당 작전부장(전 인민군 총정치국장) 오진우 대장의 아들 오세욱이며, 오세욱은 김정일의 친위대에 근무하면서 군내부의 동향을 분석해서 김정일에게 보고하는 중요한 인물이었다"고 전했다.

오세욱은 북한 청진항을 통해 일본을 거쳐 미국으로 망명한 것으로 전해졌다. 그의 망명이 사실이라면 김정일 체제를 지탱하는 군부와 권력핵심층의 실태가 미국에 생생히 전달될 수 있었을 것이다. 북한을 '봉건왕조 병영국가'라고 이해하는 측면에서 보면 걱정스럽지 않을 수 없다.

'봉건왕조 병영국가'라 함은 정치체제는 부자 세습에 따른 봉건왕조 형태를 갖추면서 통치는 군이 하는 나라라는 뜻일 것이다. 앞에서도 여러 번 지적했지만 선군정치니, 강성대국이니 하는 북한체제의 특성은 이를 뒷받침하고도 남는다.

평양에 머무는 동안 보통강호텔, 고려호텔 등에서 TV를 켜면 김정일 위원장이 군부대를 시찰하는 장면을 흔히 볼 수 있었다. 김정일 위원장은 사실상 1개월에 보통 15일 이상, 즉 한달에 절반 이상은 군부대를 시찰, 격려한다. 이는 선군정치와 강성대국의 국가적 통치행위를 강조하고 있는 것으로 이해할 수 밖에 없다.

로동신문은 2004년 10월 9일자 6면에 실린 〈선군정치는 인류의 자주 위업 실현의 위력한 무기〉라는 제목의 기사에서, "우리 군대와 인민은 위대한 령도자 김정일 동지를 당과 국가 군대의 최고 수위에 모신 크나큰 긍지와 자부심을 안고 미제국주의자들의 대조선 고립압살 책동을 걸음마다 짓부시면서 사회주의의 길을 따라 확신성 있게 전진한다."거나 "세계는 동방의 작은 나라가 세계 유일 초대국으로 자처하는 미국과 당당히 맞서 민족의 존엄과 기개를 떨치며 사회주의 기치를 굳건히 고수해 나가고 있음에 경탄하면서 찬탄의 목소리를 높이고 있다." 또는 "김정일 동지의 선군혁명 령도가 있기에 조선은 끝없이 부강, 번영하는 나라가 될 것이며 진보와 번영, 평화를 위해 투쟁하는 세계인민들의 위업을 성취하기 위해 공화국과 인민, 그리고 군대가 총궐기 할 것이다." 라고 강변하고 있다.

군에 대한 인민들의 지지를 끌어내기 위해 군을 생활 속의 군으로 유도해 내는 정치적 상징조작이 북한체제의 특성이다. 김일성 주석 같은 카리스마적 권위가 상실된 김정일 위원장으로서는 새로운 카리스마를 형성해 내는 것이 절대 필요할 것이다.

나는 2004년 10월 20일부터 23일까지 3일간 압록강, 두만강변을 따라 2천리를 차를 타고 살펴본 적이 있었다. 시작은 고구려 역사유적을 답사할 목적이었지만 국경에서 수십 만 명의 탈북자가, 그것도 가족단위로 탈출하는 동기는 무엇이며, 군의 기강이 해이 하여진 것이 아닌지, 그렇지 않다면 어떻게 대규모의 탈북이 가능했었는지에 대한 답을 얻고자 함에도 목적이 있었다.

압록강, 두만강 상류는 강폭이 좁고 수심이 얕기 때문에 약간의 수영실력만 있으면 얼마든지 국경을 넘을 수 있다. 지금은 국경 경비대가 70m~200m 간격으로 총을 들고 감시를 하고 있으니 강을 건너 탈북하기가 불가능하지만 그 전에는 압록강이나 두만강 인근마을에서 서로 건너다니며 도박을 하거나 명절과 제사에도 참석하며, 일가 친척의 생일 등 애경사에 잠시 오가는 것은 예사였다고 강 주변 마을 사람들은 입을 모았다.

그런데 15여 년 전부터, 다시 말해 북한의 식량위기가 시작된 1990년대 초부터 탈북자의 수가 점차 늘어나고 이제는 대규모 집단탈북까지 일어나고 있다. 이는 필시 북한군에 문제가 있는 것으로 판단되어 그 상황을 여러 정보채널을 통해서 알아보고자 하였다.

아니나 다를까, 세계일보 2004년 11월 1일자 사회면 〈평양은 지금〉이라는 기사에서는 일본 교수의 〈북한 내부 문서 공개〉를 통해 군에 대한 동향을 분석한 자료가 실려 있었다.

2003년 1월 8일자 북한군 내부의 문건에는 불법 월경자들

압록강변의 신의주 주민들이 한가하게 앉아 강 건너 중국을 바라보고 있다

을 매수 이용하려는 적들의 행동을 정확히 알고 국경을 철저히 봉쇄하자는 내용으로 "최근 국경지대에서 우리 공화국을 내부에서 전복시키려는 적들의 모략책동이 이전보다 더 악랄하게 이뤄지고 있다."면서 국경 경비를 강화하자는 내용이 있었다.

그에 의하면 "국경의 초병은 돈과 물건 때문에 결코 유혹되어서는 안 된다. 적의 스파이 불순분자, 밀수범, 탈북자들은 돈과 물건으로 국경 초병을 속여 월경하거나 매수해서 이용하려고 교활하게 책동하고 있다."며 경각심을 고취하는 글이 실려 있었다.

특히 군의 기강해이에 관한 문서도 공개되었는데 그 내용을 보면, 농작물을 침해하고 교통질서를 위반하는 현상을 없애자는 문건에서, "군관(장교)들이 여러 가지 구실로 군인들에게 농작물을 훔쳐오도록 조직하는 비당非黨적인 범죄행위를 하지 말아야 한다. 그리고 군인은 어떤 일이 있어도 귀중한 농작물에 손을 대어서는 안된다. 배가 고파도, 먹고 싶어도 곡물에 손을 대는 행위는 절대 용납할 수 없다."라고 쓰고 있다.

물론 전체 인민이 굶주림에 직면한 고난의 시기에도 군과 청년, 그

당과 인민은 하나라는 운명공동체를 외치고 있다

리고 노농적위대는 금강산댐을 건설했으며, 청년 영웅도로를 개설하고 통천에서 개천까지 물길을 열어 전체 인민의 귀

감이 되었다고 큰소리쳤다. 그러나 긴 세월동안 계속된 식량위기는 군에 주는 세끼 식량도 건너뛰는 등 최악에 이르러 군관들이 사병을 시켜 농작물을 도둑질해 오도록 하는 행위가 보편화되자 이렇게 강경한 경고문을 내보내게 된 것이라 판단된다.

군내부에 자본주의적 요소가

그 밖의 군내부에 이미 자본주의적 요소가 보이는 각종 음란물이나 도박 등 퇴폐행위가 범람하여 군 기강이 해이해지게 되자 북한군의 상층부에서는 이를 심각하게 검토하고 그에 대한 적절한 대책을 세우기 위해 고심하고 있는 것으로 전해지고 있다.

2003년 10월 문건에는 "퇴폐적인 포르노 영화는 황금만능과 사기, 살인과 폭행, 절도행위, 번잡한 생활 등 반동적인 풍조를 만연시켜 사람들을 극단적인 개인주의자, 사상적인 불구자로 만든다."라고 강변했다. 또 '미신 행위를 철저히 없애자'는 문건에서는 "사회주의 북한에 여전히 미신이 기승을 부리고 있다. 미신행위를 짓부시는 가장 위력한 무기는 주체사상이다! 우리는 자기 운명의 주인은 자기 자신이라는 점을 명심하여 공화국의 체제에 대한 확신을 갖아야 한다."라고 강조하고 있다.

앞에서 지적한 문건들 이외에도 많은 문건들이 군내부의 기강해이에 대한 경고 내지는 군 기강을 근본적으로 정비하겠다는 상층부의 지시사항이라고 본다면 그 동안 선군의 대열에 동참하자는 구호가 무색해지고 있는 실정이라 하겠다.

두만강, 압록강 변방지역에서 전해들은 이야기들은 한결같이 변방을 지키는 군대가 매수당하여 탈북자를 묵인한다기보다는 오히려 탈북을 권장한다는 것이었다. 탈북자를 안내하고 돌아올 때 안전하게 오도록 유도하며 올 때에는 반드시 식량과 먹을 것을 가져오라고 권고하고 있다고 했다. 그러자 최근에는 비밀리에 국경수비대 뒤에 새로운 감독조를 편성하여 이중경비를 하고 있다고 전해 주었다.

북한군의 정체는 과연 무엇인가? 북한은 김정일 체제 출범과 동시에 개정한 헌법 제58조에서 '조선민주주의의인민공화국은 전인민적 방위체제에 의거한다'고 명시했다. 제60조에서는 "국가는 군대와 인민을 정치사상적으로 무장시키는 기초 위에서 전군 간부화, 전군 현대화, 전인민 무장화, 전국 요새화를 기본으로 하는 자위적 군사노선을 관철한다"고 규정하고 있다. 특히 86조에서는 "조국 보위는 공민의 최대 의무이며 영예이다. 공민은 조국을 보위하여야 하며 법이 정한 것에 따라 군대에 복무하여야 한다"고 함으로써 예외 없는 병역의무를 명시해 놓고 있다.

북한청소년들은 고등중학교를 졸업하면 대학에 진학하거나 군에 입대하고 그렇지 못하면 직장에 가게 되지만 대부분의 젊은이들이 군에 입대하려고 하는데 그 가장 큰 이유는 군인이 되면 당원이 될 수 있는 기회가 많이 주어지기 때문이다.

김정일 위원장이 김일성 서거 이후, 군대를 중시하는 것도 김일성과 같이 군대 장악이 체제유지의 최대 관건임을 인식하고 있음을 반영하는 것이다.

2014년 오늘 김정은 권력 체계도 선군정치라는 이름의 군사병영 체제는 변함없이 유지되고 있다.

평양에서 열린 제9회 김정일화 전시대회에서 인민들이 구경하고 있다

'전당, 전군, 전민이 일심단결하라'

오늘날 김정은 체제가 대내외적 위기에 비교적 잘 대처하면서 정치적 안정을 유지하고 있는 점을 주목하지 않을 수 없다. 다시 말해서 김정은 위원장은 체제 위기극복 과정에서 군부를 전면에 등장시켰다. 이 과정에서 주목할 만한 내용은 군 엘리트들의 서열이 급상승하고, 군의 정치적, 경제적, 사회적 역할이 확대되었으며, 당의 역할은 상대적으로 축소되었다. 그래서 현재 김정은을 제외하고는 군부를 통제할 수 있는 매커니즘이 작동되지 않는 것으로 보인다. 남북관계에서 군사회담 즉 군수뇌부회담이 중요시 되는 것도 바로 이 때문이다.

북한의 정규군 편제는 최상위에 전반적 무력과 국방 건설사업을 관장하는 국방위원회가 있으며, 그 예하에 인민무력부가 있다.

1998년 9월 5일, 헌법개정을 통해서 국방위원회는 국가주권의 최고지도기관이자 국방관리기관으로 강화되었고, 국방위원장은 나라의 정치, 군사, 경제 역량의 총체를 통솔하는 최고직책으로 발표되었다. 인민무력부는 군사집행기구로서 예하의 총정치국, 총참모부를 비롯한 기구들을 통하여 정규군의 군무를 총괄집행하고 이중 총참모부가 실질적으로 군사작전을 지휘, 관장하도록 되어 있다. 총참모부 예하에는 전후방의 20개 군단, 경보교도지도국, 포병사령부, 전차교도지도국, 해군사령부, 공군사령부 등이 편제되어 있다.

북한군은 인민군 총참모총장이 지상군, 해군, 공군을 총괄 지휘하는 단일 통합군 체제를 유지, 통합권력발휘 및 전력집중이 용이하나 해, 공군 사령부가 지상군 군단사령부와 병렬적으로 배치되어 있다는 점에서 지상군 우위의 군사조직을 유지하고 있는 것으로 평가되고 있다.

북한은 주체주의 강성대국을 목표로 주민들에게 총진군할 것을 끊임없이 독려한다

지상군은 4개의 야전군급 전열군단과 기계화군단, 전차군단, 포병군단을 포함한 총 20개의 군단과 약 10만 명의 특수부대를 관장하는 경보교도지도국으로 편성되어 있으며, 병력은 100만 명이 조금 넘는다.

해군은 해군사령부 예하에 동해함대사령부 소속 10개 전대와 서해함대사령부 소속 6개 전대로 구성되어 있으며, 병력은 5만 4천 명이다.

공군은 공군사령부 예하에 6개 비행사단 중 2개 비행사단은 전투기 및 폭격기연대로, 2개 비행사단은 수송기 및 헬기연대로 편성되어 있고, 1개 비행사단은 조종사 양성훈련을 전담하고 있으며, 병력은 10만 3천 명 정도다.

그 밖에 김정은 위원장의 호위를 전담하는 호위사령부가 있는데 현재는 국가안전보위부로 개칭되었고, 치안담당을 주 임무로 하는 사회안전부가 있으며, 그 밖에도 속도전 청년돌격대, 생산교도대, 노농적위대, 붉은청년근위대 등이 있다.

이상에서 살펴보았듯이 북한은 전인민의 군대화가 사실상 실현된 군사공화국인데 최근에 그 뿌리가 송두리째 흔들리는 모습을 보면서 이런 상황이 당중앙위원회 국방위원장이며 인민군 총사령관인 김정은 위원장의 체제 위기로 이어질 위험성이 있다고 나는 조심스럽게 추측하고 있다. 이러한 북한의 상황을 우리가 어떻게 이해하고 대처할 것인가 하는 문제는 한반도를 둘러싼 미·중·일·러 주변 강대국의 세력 배분과 남북관계의 새로운 변수가 될 것 같아 예의주시해야 할 상황이라고 판단된다.

북한의 매년 신년사에는 "전당, 전군, 전민이 일심단결하여 선군先軍의 위력을 더욱 높이 떨치자! 지금 우리 군대와 인민은 당과 혁명의 영광스러운 승리의 역사에 대한 감회 깊은 추억과 부강조국의 밝은 미래에 대한 크나큰 락관을 갖고 새해의 장엄한 진군길에 들어서고 있다"고 강조하고 있다.

북한 청소년들 정치의식과 사회화 과정

하나는 전체를 위하여

평양 시내나 그 밖의 어느 도시를 막론하고 자동차를 타고 가다보면 으레 청소년 특히 소학교, 고등중학생들이 마치 행군을 하듯이 열을 지어 다니고 있는 것을 볼 수 있다. 또 넓은 광장에서는 어느 곳이든 청소년들의 단체행동이 이뤄지고 있음을 볼 수 있었다. 물론 나의 어린시절에도 책가방을 등에 메고 열을 지어 노래를 부르며 통학했었다. 그와 연관지어 생각하면 별로 대수롭지 않게 볼 수도 있으나 내가 운영하는 남북청소년교류연대의 사업목적이 남북의 청소년들 간에 교류활동을 넓혀 남북의 이질성을 동질성으로 바꾸는데 기여하는데 있고 보니 그 광경을 보고 그냥 넘길 수만은 없었다.

우리가 지향하는 민족통일은 남과 북이 사회공동체를 이룩하는데 걸림돌이 되는 제요소를 통일 이전에 점차 제거시키는 데서부터 시작된다. 걸림돌을 제거하는 유일한 길은 교류와 협력관계를 지속적으로 전개하는 것이다. 물적교류와 인적교류가 원활하게 진행되면 궁극적으로 사회문화적 동질성이 점차 확대되고, 생활양식이 서로 닮아가 영토의 분단에 따른 제도, 이념적 차이가 있다 하더라도 점차 정치통일로 진행되어 갈 수 있기 때문이다. 그런 차원에서 남북의 청소년 문제는 분단국가 상황에서 특별한 의미를 갖게 될 수 밖에 없다.

각종 여론조사에서 나타났듯이 한국 청소년의 통일에 대한 의지가 너무나 빈약하게 나타나 걱정을 하지 않을 수 없다. 청소년들의 통일 의지가 약한 이유가 가정교육, 학교교육 등의 영향도 크지만 더 큰 원인은 청소년 세대들은 전쟁을 직접 겪어보지도 못했고, 전쟁이 가져다 준 상처가 얼마나 아픈 것인가에 대하여 실감하지 못하기 때문일 것이다. 또한 분단으로 인해 남북이산가족의 고통은 물론 자원과 자본 그리고 기술의 효율적 배분이 실현되지 않아 국가경쟁력이 약화될 뿐 아니라 문화이질성이 장기화되면 민족이 두개로 갈라진 인도와 파키스탄 같은 유類의 국가를 생각하지 않기 때문일 수도 있을 것이다.

그러나 북한 청소년들의 통일의지는 물론 통일의 당위성에 대한 강인한 신념이 몸에 배어 있어 나는 북한의 정치, 사회의 구조가 어떠한가를 살펴볼 필요가 있다고 판단되었다.

북한 사회에서 모든 생활은 '하나는 전체를 위하여, 전체는 하나를 위하여'라는 집단주의 원칙하에 단체조직 생활을 중심으로 이뤄지고 있다. 따라서 북한 주민(남자 7~64세, 여자 7~60세)은 누구나 1~2개 단체에 의무적으로 가입하여 규칙에 따라 조직생활을 해야

직업훈련으로 용접기술을 배우는 소년

등교길의 북한 어린이들

한다. 북한 주민은 일반적으로 가정과 직장생활을 하는 시간을 제외하고는 하루에 2~3시간씩, 1주일에 4~5일은 조직생활을 하도록 되어 있다.

이런 활동을 하는 이유는 조직생활을 '사상단련의 용광로이며 혁명적 교양의 학교'로 규정하여 '조직생활을 떠나서는 정치적 생명도, 혁명성도 유지될 수 없다'고 믿고 있기 때문이다. 따라서 북한 청소년들은 어릴 때부터 다양한 정치, 사회단체들과 접할 기회가 많아질 수 밖에 없다. 유아기 때인 탁아소나 유치원에서 집단의 조직생활에 익숙해진 아이들은 만 7세가 되면 소년단에 가입하여 13세까지 활동한다. 14세부터는 사로청에 가입하여 30세까지 활동하게 된다.

북한에는 청소년들의 심신발달이나 능력개발 또는 여가생활 등 청소년의 활동이나 복지를 위한 자율적 민간단체는 있을 수 없다. 그 이유는 북한 청소년 단체들은 조직생활을 통하여 공산주의적 인간, 즉 혁명가로 양성하기 위한 국가의 정치적 조직의 하나이기 때문이다. 다시 말해 북한 청소년 단체들은 다른 사회단체들과 마찬가지로 당의 감시와 통제를 받는 외곽단체다. 때문에 당의 노선과 정책을 선전하고 실천하는 정치 수단적 성격을 지니고 있다.

청소년들이 참여하는 단체활동으로는 정치활동, 경제활동(노력동원), 사회봉사활동 등 크게 세 가지로 나눌 수 있다. 이 중 가장 빈번히 참여하는 정치활동으로는 각종 정치집회, 기념대회를 비롯하여 당정책 선전활동, 천리마학습 쟁취운동, 각종 퍼레이드와 군중집회, 궐기모임 등이 있다. 경제활동으로는 농촌지원활동, 경제건설 지원활동, 외화벌이사업 등을 들 수 있고, 사회봉사활동으로는 노동현장이나 직장에 찾아가 공연하는 예술소조 활동을 비롯한 각종 선전대활동, 도로청소, 마을주변 환경미화작업, 거리질서 바로잡기운동, 식수, 식목작업 등에 동원되는 것이다.

나는 묘향산 국제친선전람관을 방문하고 안주시를 돌아보았으며 청천강을 건너 정주시를 돌아봤는데, 마침 태양절이 다가오는 4월 초순이어서 많은 청소년들이 곳곳에서 무리지어 봉사활동을 하고 있었다. 도로정비, 주택환경미화, 농촌회관에서의 예술활동 등을 볼 수 있었다. 그 중에 예술활동의 규모는 물론 상당한 수준이었다. 이처럼 청소년단체들이 행하는 각종 이벤트 행사가 청소년들에게 미치는 영향은 매우 크고, 그만큼 그 영향에서 벗어나기는 어려울 것이다.

북한 청소년들은 자기의 의사와 상관없이 끊임없이 지시되는 획일적인 활동에 참여하기 때문에 정신적, 육체적으로 고통스러워한다. 그러나 자발적인 참여 열성을 보이지 않으면 문책을 당하는 것은 물론이고 심한 경우에는 조직에서 퇴출당한다. 그리되면 학생 자격까지 박탈당하며 정상적인 사회생활을 할 수 없게 되기 때문에 이러지도 저러지도 못하는 입장에서 겉으로만 적극적으로 참여하는 척하게 된다.

조선 소년단의 가입에서부터 사로청 활동까지, 즉 청소년기부터 청년기에 이르기까지 조직화된 시스템 속에서 단체활동을 하다보면 결국 체질화될 수밖에 없다.

붉은 휘장과 혁명적 대사변

소년단은 여러 가지 행사를 통하여 명예와 자긍심을 함양하고 조직에 대한 충실 등을 가르친다. 특히 소년단의 창립일인 6월 6일은 공휴일로 지정되어 경축하고 있다. 이 날에는 대대적인 행사가 벌어지는데 창립을 기념하는 중앙보고대회를 비롯하여 소년단 전국연합단체대회, 전국소년단대회, 전국인민학교 체육경기대회, 소년호 탱크전달대회 등이 개최된다. 그리고 이날을 기념하여 모범소년단원 및 지도원들을 선정하여 김일성 청년영예상, 김정일 청소년영예상 등을 시상하고 있다.

우리는 매스컴을 통해서 북한의 청소년들이 붉은 넥타이와 휘장을 두르고 소년단 깃발, 소년단 구호, 손을 높이 쳐들고 경례하는 모습을 보아 왔다. 넥타이는 붉은색 바탕의 삼각형태로 된 스카프로서 항일 빨치산 대원들의 붉은 피를 상징하며, 모든 사람들을 붉은 사상으로 물들인다는 의미가 있다고 한다. 가장 많이 사용하는 구호로는 '공산주의의 후비대가 되기 위하여 항상 배우며 준비하자!'와 '김일성과 김정일 그리고 로동당을 목숨으로 보위하여 당의 명령에 따른 목표를 관

조선소년단 전국대회입장식에서 도열하고 있는 학생들

철하는 근위대, 결사대가 되자!' 등이 있는데, 이런 구호는 혁명적 대사변을 맞이하기 위하여 항상 싸울 수 있는 준비를 하자는 뜻으로 학생들에게 반복하여 외치도록 하고 있다.

만경대 야외 물놀이장에서 여름을 보내는 청소년들

그 밖에 청소년 야영훈련은 만경대소년단 야영소를 비롯하여 송도원 야영소, 묘향산소년단 야영소 등 20여 개가 운영되고 있다. 이런 야영소는 김일성과 김정일의 혁명사적지와 전적지에 주로 설립되어 있다. 그래서 자연스럽게 김일성의 항일투쟁사를 습득하게 하고, 김정일이 백두산 정기를 타고 났다고 전설적 이미지를 심어주는 등 야영훈련이 사상교육의 도장이 되도록 하고 있다.

예를 들면 1957년 최초로 설립된 만경대 소년단 야영소는 김일성 출생지인 만경대 및 그 외 활동지역 일대에 만들었고, 장자산소년단 야영지는 김정일이 8세 때였던 6·25 때 평양에서 피난 온 곳으로, 김정일 위원장이 전선 원호사업을 전개하여 어린 시절에도 전쟁의 진정한 영웅이었다고 전설화한 장소에 만들었다.

소년단 야영소의 관련행사는 으레 김일성, 김정일의 혁명치적을 부각시키기 위한 목적으로 당, 정 고위간부들이 대거 참석한 가운데 성대하게 열리어 참가한 청소년들에게 김일성, 김정일에게 충성의 맹세를 하도록 분위기를 조성하고 있다.

조선사회주의 로동청년동맹

소년단을 마친 학생들은 조선사회주의 로동청년동맹(약칭 사로청, 만 14세~30세)에 가입하는데 이 단체는 학생, 군인, 직장인 등 모든 청소년들을 대상으로 구성되어 있는 청소년 조직으로서 가맹원수가 500만 명이 넘는 북한 최대규모의 사회단체이다. 북한의 신세대들로 구성된 사로청은 가장 중요한 로동당의 외곽단체의 하나로서 북한체제를 떠받들고 있는 매우 중요한 집단이다. 또 로동당의 핵심전위조직으로서 로동당 규약 제9장 56항에서 "혁명과업을 직접 계승하자는 청년들의 혁명적 조직이며 조선로동당의 전투적 후비대"라고 규정되어 있을 정도로 그 조직적 위상이 정확하다.

북한에는 선전, 선동하는 구호가 많다. 아래부분의 사람 크기에 비하여 탑의 높이가 엄청나다

사로청 활동의 목적은 "조선로동당의 영도만이 공화국 사회주의의 완전한 승리를 보장하며 전국적 범위에서 반제, 반봉건적 민주주의 혁명과업을 실현하고 사회주의, 공산주의 사회를 건설하기 위하여 투쟁한다"고 규정하고 있는데 이 점에 우리는 주목할 필요가 있다.

앞에서 살펴본 바와 같이 어린 나이인 7세 때부터 30세까지의 청소년과 청년이 활동하는 조선소년단과 사회주의 청년동맹과 같은 큰 조직은 북한의 청소년들에게 투쟁적 혁명성과 사상성을 강조하여 그들이 통일의 전위대라는 긍지를 갖도록 교육하고 조직화하고 있다. 그리하여 김정일을 중심으로 한 북한식 사회주의 공화국을 떠받들도록 하고 있으니 이에 대한 한국 청소년들의 교육은 어떠한지 좀 더 심도있게 연구하고 검토되어야 할 것이다.

2002년 대구 유니버시아드 대회에 방문한 북한청소년응원단은 그들의 미모와 잘 훈련된 응원기법으로 경기장의 청중을 압도하였다. 그러면서도 그들은 민족은 하나이고 조국도 하나라는 절대절명의 정치적 혁명의식을 갖고 민족공조로 자주적 통일을 해야 한다는 목적을 실현하기 위해 남한을 방문했었다고, 금강산 관광길에 만난 환경감시원이자 대구 유니버시아드 응원단원이었던 김 양은 그때의 감정이 되살아나는 듯 격양된 목소리로 말했다.

하나는 전체를 위하여 전체는 하나를 위하여라는 계속되는 구호는 의식에 중대한 영향을 주고 그 결과는 반드시 획일적 사고와 행동양식에 영향을 주게 된다. 다시말해 남과 북의 가치관도 이러한 학습과정의 차이에서 올수밖에 없다. 특히 청소년들의 정서나 의식은 다분히 순수하고 감성이 풍부하여 한번 영향을 받게 되면 변할 수 없는 신념이 되어 남과 북의 동질성을 희석시키고 이질화되는 현상은 심화될 수밖에 없기 때문에 걱정이 되는 것이다.

북한 청소년들의 사회의식과 여가생활

'아바이놀이를 아시나요?'

앞에서 북한의 청소년 문제를 다루면서 그들의 정치적 상징조작에 대해서 검토했거니와 그들의 여가생활도 살펴볼 필요가 있겠다. 물론 북한지역 어느 곳에서도 청소년들이 한가하게 개인적 그림 그리기를 한다든지, 눈썰매를 탄다든지, 음악감상을 하는 모습이나 체력단련을 하는 것을 본 적이 없다. 그 이유는 아마도 그들에게는 오직조직을 통한 단체 행동만 주어져 있기 때문일 것이다.

그러나 좀 더 깊게 살펴보면 북한 청소년들에게도 여가활동이 전혀 없는 것은 아니다. 단지 모든 일과가 집단주의 원칙하에 그리고 계획된 일과표에 의해 획일화되어 있고, 각종 회의, 학습, 의무노동, 군사훈련 등 다양한 활동으로 인해 개인의 자유로운 시간을 활용하기가 어려울 뿐이다. 우선 먹는 문제부터 걱정해야 하고, 생필품 부족으로 불편을 겪어야 하는 어려운 여건 속에서 여가생활을 즐긴다는 것은 꿈도 꿀 수 없을 것이다.

북한 청소년들에게는 학교별, 개인별로 일정기간 동안 완수하여야 할 책임량이 할당되어 있고, 이를 완수하지 못하였을 경우에는 비판과 처벌을 받게 된다. 때문에 북한사회는 철저한 집단주의 원칙에 입각하여 여가생활도 국가에서 일괄적으로 관리하기 때문에 여가생활의 대부분이 집단주의적 성격을 띨 수밖에 없다. 오락, 놀이, 운동 등은 개인의 도락이나 여가선용을 위한 것이라기보다는 집단이나 전체를 위하고 공동목적을 달성하기 위한 수단으로 인식되어 있다.

매주 수요일을 '문화의 날'로 정하여 일과 후에 단체로 군중무용을 하거나 군중가요를 부르고 영화나 교예(서커스), 연주관람 등 여러 가지 취미 오락생활을 하고 있다. 간혹 개인적인 여가 시간이 있으면 경제적 부담이 없는 독서, TV 시청, 라디오 청취, 영화감상, 공원산책 등 간단한 오락을 하는 것에 머문다.

이처럼 북한은 청소년들이 여가 생활을 제대로 즐길 수 있는 사회적 여건이 구비되어 있지 않다. 그러나 그런 중에도 집 주위의 골목길이나 공터, 공원, 학교 주위에서 자연물을 이용하거나 몸으로 하는 놀이 예를 들면, 진지점령하기, 저격수놀이, 탱크맞추기, 군기빼앗기, 적진지쳐들어가기 등의 군사놀이와 별놀이, 패당치기, 쥐구멍파기, 다리뛰어넘기, 말타기, 소타기, 섬지키기, 제기차기, 팽이치기 등을 한다. 그리고 편을 갈라 남자들은 축구 경기를 하고 여자들은 고무줄

평양근교 논에서 얼음지치기를 하는 북한의 어린이들. 우리의 6~70년대를 생각나게 한다

통일시대 변화의
현장에서 본 북한

놀이, 줄넘기, 자갈치기, 아바이놀이(숨바꼭질), 공기놀이 등을 하는데, 우리의 전통놀이와 크게 다를 바 없는 여가를 보내고 있음을 알 수 있다.

공휴일인 일요일이나 국경일에도 청소년들은 각종 회의나 모임참가, 외화벌이운동, 농촌지원활동 그리고 밀린 보충수업 등으로 개인적인 여가시간을 보내기 어렵다. 방학기간에도 매일 학기보다 한 두 시간 늦은 아침 8, 9시에 학교에 등교하여 오후 3, 4시에 집에 돌아오지만 농촌지원 사업 때문에 못다한 과목을 보충하기도 힘든 실정이다. 붉은청년근위대에 가입한 고등중학생들은 붉은청년근위대 훈련소에서 실시하는 입영집체훈련에도 참석해야 한다. 이러한 방학 중의 보충수업과 과외활동은 의무적이어서 몸이 아플 경우에도 진료소장이 발급한 진단서를 학교에 제출하여야만 면제를 받을 수 있다.

북한사회는 여러 가지 제약이 많아 청소년들이 자유롭게 여가를 선택하거나 경제적인 뒷받침을 받지 못하지만 이러한 열악한 환경에도 불구하고 청소년시기에 타오르는 젊음을 발산할 방법을 찾는 것이 일반적 통념이다. 그래서 영화감상이나 노래부르기 등에 적극성을 보이게 되는데, 영화는 극영화 또는 만화영화 등이 대중의 인기를 독차지 하고 있다.

사상성을 강조하는 영화는 인기 없어

영화가 대중화되었다는 사실은 현재 북한 주민들에게 가장 인기 있는 여가 수단이 영화감상이고, 관객 중 70%가 청소년들이라는 통계

를 보아도 짐작이 간다. 특히 영화관람료
는 영화의 종류에 따라 40전, 80전, 1원 50
전 정도로 북한주민의 월평균 소득에 비
해 저렴한 편이기도 하다. 영화는 주로 예
술영화인 극영화로 〈달매와 범다리〉, 〈축
포가 오른다〉, 〈은비녀〉, 〈봄날에 눈석이〉
등의 몇몇 영화가 인기를 끌고 있지만 지
나치게 사상성을 강조하는 영화는 인기가
없어지자 북한당국도 점차 흥미있는 영화
제작을 서두르고 있다.

청소년들에게 인기 있는 영화는 만화영
화인데 1960년대 이후 지금까지 360여 편
이 넘는 만화영화를 제작하여 온 것으로

북한이 자랑하는 평양교예단(서커
스)의 공연모습

알려져 있고, 프랑스, 일본, 영국, 독일 등에 수출할 정도다.

북한에서 인기 있는 만화영화로는 〈소금장수〉, 〈호동왕자와 낙랑
공주〉, 〈소년장수〉, 〈친한 동무〉, 〈붉은 꽃〉 등이 있다. 이중 가장 인기
있는 만화영화는 〈소년장수〉인데 이 영화는 왜적과 맞서 싸우는 한
소년의 슬기와 용맹을 다루고 있다. 물론 밑바탕에는 애국심을 고취
하는 교양강화와 공산주의 정신을 독려하는 내용이 깔려 있어 집단
관람을 권장하는 것으로 알려져 있다.

영화는 그 성격으로 보아 당의 정책선전, 선동의 가장 훌륭한 도구
로 활용되는데 도시는 물론 산간 오지까지 전국 1,000여 곳의 영화관
이나 문화회관에서 상영되기도 하였다.

우리나라를 비롯한 다른 자본주의 국가와는 다소 정도의 차이가 나

기 는 하지만 북한 청소년들에게도 스타는 있다. 한국 청소년들처럼 광적이지는 않지만 청소년들 사이에는 자신들이 좋아하는 배우가 있고 이들에 대한 흠모와 동경

평양의 한 소학교 학생들이 민속악기를 배우고 있다

도 대단하다. 청소년들은 자신이 좋아하는 영화배우, 특히 여배우의 사진이 예술잡지나 화보에 실리면 어김없이 오려서 책상 서랍에 간직하거나 방벽에 붙여 놓기도 한다.

널리 알려져 있는 인기 있는 영화배우로는 〈민족과 운명〉의 김윤홍과 박기주, 〈꽃파는 처녀〉의 홍영희, 〈도라지 꽃〉의 오미란, 〈언제나한마음〉의 정선화 등이 있다. 광화문에 있는 통일부 북한자료전시실에서는 마음놓고 북한 영화를 볼 수 있다. 간혹 세미나 때 보는 영화는 북한의 계몽영화인데 60년대 한국 영화를 보는 것 같아 때로는 순수하고 깨끗하여 한결 마음이 편안할 때도 있어 평양에서 그 생각을해 보았다.

전혜영의 휘파람과 최진희의 사랑의 미로

그밖에 북한 청소년들 사이에는 애정소설이 널리 탐독되고 있는데 1980년대부터 나타나기 시작한 소설 속의 남녀 애정 장면이 점점 노골화되다가 1990년대 들어서 본격화되기 시작하였다.

〈청춘송가〉, 〈들장미〉, 〈이 나라 여인들〉, 〈나는 보고 있소〉, 〈거대한 날개〉 등이 청소년들로부터 큰 인기를 얻는 애정소설로 꼽히고 있다. 이 소설들은 구성면에서 기존의 소설과 달리 김일성, 김정일에 대한 존경심의 강요나 정치적 내용을 배제하고 작품 곳곳에서 은근히 성적 흥미도 돋구면서 여주인공들은 대부분 아름다운 성격과 미모에다 감성적이고 적극적이며 개방적인 모습으로 그리고 있다. 이것은 북한 사회가 상당한 변화의 조짐을 보이고 있기 때문이다.

대표적인 애정소설 〈청춘송가〉는 대학 하키선수 출신의 제철소 청년기사 진호와 출판사 기자인 현옥간의 애틋한 사랑이야기를 통하여 청춘남녀의 이상과 현실, 북한사회의 모습과 함께 부조리까지도 드러내 보인 작품으로 당의 노선과 젊은이의 사랑을 비슷한 비중으로 다루었다는 점에서 북한 문학사에 큰 획을 그었다고 본다.

특히 노래부르기는 북한 주민들이 부담없이 즐기는 취미생활 중의 하나로 청소년들은 노래부르기를 좋아하여 일상생활 속에서 노래를 많이 부르고 있다. 평양 곳곳에 화면반주음악실로 불리는 청소년 전용 노래방이 등장하여 청소년들의 폭발적인 인기를 모으고 있고, 화면반주에 맞춰 노래를 부르고 음악감상도 하는 것으로 알려져 있다. 최근에 많이 부르는 노래 중에는 〈녀성은 꽃이라네〉, 〈행복한 웃음소리〉, 〈모르는가봐〉, 〈아직은 말못해〉, 〈축배를 들자〉 등과 같이 '행복한 웃음', '웃음 가득' 등 정다운 표현으로 북한 사회를 밝고 명랑한, 그리고 희망찬 사회로 묘사한 곡조의 노래가 많이 보급되고 있다. 이 중 〈축배를 들자〉, 〈축복하노라〉, 〈세상에 부러움 없어라〉 등의 노래는 결혼식 축하노래의 단골메뉴가 되어 있다.

한국에서도 이미 많이 불리고 있는 전혜영의 〈휘파람〉은 한 청년의 뜨겁고 진한 짝사랑을 호소하는 서구풍의 빠르고 경쾌한 리듬에 담은 대중가요로서 남녀노소 할 것 없이 대중들 특히 청소년 및 병사들에게도 선풍적인 인기를 끌었다. 가사를 잠시 살펴보면 다음과 같다.

"어젯밤에도 불었네. 휘파람, 휘파람./ 벌써 몇 달째 불었네. 휘파람, 휘파람!/ 복순이네 집 앞을 지날 때 이가슴 설레어/ 나도 모르게 안타까워 휘파람 불었네./ 휘휘호호호 휘휘호호호/ 휘휘호호호 휘휘호호호"

이 노래는 1948년 북한정권 초창기에 노역을 선동하기 위해 4분의 4박자, 3절 노래로 나왔다가 40여 년만인 1990년 초 보천보 전자악단에 의해 편곡되어 주로 김정일 위원장에 의해 널리 보급되었다.

〈휘파람〉이 계속 유행되자 주민, 특히 청소년들의 사상적 해이를 우려하여 북한 당국은 금지곡으로 규정하기도 하였고, 이와 유사한 노래들이 수난을 당하기도 하였다. 따라서 최근 북한 청소년들이 즐겨 부르는 노래는 연변가요라고 불리는 한국의 대중가요이다. 북한 청소년 사회에서는 한국의 가요를 2, 3곡 모르면 따돌림을 당할 정도로 한국가요가 인기를 끌고 있다.

청소년들이 즐겨 부르는 가요는 〈님과 함께〉, 〈그때 그 사람〉, 〈당신은 모르실 거야〉, 〈소양강 처녀〉, 〈사랑의 미로〉, 〈돌아와요 부산항에〉, 〈바람 바람 바람〉, 〈이별〉, 〈우린 너무 쉽게 헤어졌어요〉, 〈손에 손잡고〉, 〈갑돌이와 갑순이〉, 〈옛시인의 노래〉, 〈독도는 우리땅〉 등이고 특히 대중이 마음 놓고 부르는 통일의 노래나 〈노란샤쓰 입은 사나이〉 등은 어떤 곳에서나 부르는 애창가요가 되고 있다.

이 가운데 최진희 씨의 〈사랑의 미로〉는 비록 일부 대목의 가사가 바뀌었지만 평양에서 발간된 외국민요집에 수록되어 있고, 각 음악대학의 실기시험에서도 성악곡으로 자주 불리어진다. 이처럼 문화의 영역은 어느 곳이나 기회가 주어지면 파급되기 때문에 나는 남과 북이 차별없이 함께 노래하는 날이 오리라 믿는다.

영화, 노래뿐만 아니라 컴퓨터도 북한 청소년들에게 점차 널리 보급되어 인터넷 게임이나 프로그램 작성에도 기회만 있으면 열성을 보이는 것으로 전해지고 있다. 2004년 10월, 중국 단동에서 만난 김일성종합대학 컴퓨터팀에 의하면 평양 대학가 주변에서는 조립식 개인컴퓨터(PC)가 조립하기 바쁘게 팔려나간다는 것이었다. 그러니 사장선생도 컴퓨터 사업을 하라고 권장하기도 하였다.

북한식 사회주의라는 특수한 정치상황 속에서 청소년들을 혁명의 전위로 양성하기 위한 정치적 상징조작이 계속되지만 청소년들은 나름대로 여가생활을 하면서 사회변화의 흐름을 따라가는 모습을 보고 민족의 동질성이 빠르게 회복되고 있음을 볼 수 있었다.

평양예술단의 공연 장면. 그들은 한결같이 앙증스런 표정 연기를 즐겨 한다

북한의 세시풍속과 명절

코걸이 좀 거두시라우!

분단의 세월을 긴 역사 선상에서 본다면 한 점에 불과하다. 신라 삼
국통일 이후 1300년간 통일국가를 유지해온 한민족은 근세에 들어와
강대국의 분할점령과 민족 내부의 이념지향의 차이에 의해 국토와
민족이 분단되는 비극의 시대가 연출되었다. 나는 북한에 머무는 동
안 민족의 이질화와 동질화는 과연 어떤 것인가에 대한 궁금증에 마
음이 편치 못했다.

동명성왕릉을 돌아볼 때 중국에서 불어오는 황사 바람을 피하기 위
해 마스크를 썼더니 북한 안내원의 눈에는 대성왕의 능 앞에서 마스
크 쓴 모습이 별로 좋아보이지 않았던지 "사장 선생동무! 코걸이 좀
거두시라우!" 하는 것이었다. 불쾌하기도 하고 어색하기도 하여 마스
크를 벗기는 했지만 젊은 안내원의 거친 말투와 어색하게 들리는 '코
걸이'라는 말은 분단의 세월이 가져다 준 이질화의 한 단면이라 생각
되어 쓸쓸했다.

이처럼 언어가 달라져 어색한 장면이 자주 연출되기도 하였다. 예
를 들어 맥주를 마실 때 안주로 먹는 오징어를 낙지라고 우겨대고, 몸

평양 능라도의 민속놀이장에서 윷놀이를 하고
있다. 사람을 윷의 말로 쓰는 모습이 재미있다

파는 여성을 공중변소라 부르며
처녀가 어린애를 갖게 되면 해
방여성이라 부르는 등 새겨듣지
않으면 이해할 수 없는 언어를
많이 들었다. 분단 반세기는 이
렇게 여러 분야에서 이질화를
가져왔다.

이런 현상들을 보면서 자연스럽게 궁금해지는 것은 세시풍속과 명
절에 관한 것이었다. 문화양식이라는 의식에 따라 생활양식이 결정
되고 생활 양식이 반복되면 가치관이 달라지기 때문일 것이다.

새해가 되면 북한 주민들은 김정은 국방위원장이 발표한 공동사설
의 전문을 외우거나 그 내용을 받들어 모신다는 의미로 궐기대회를
준비하는 일로 분주하다. 곧이어 북한에서 '민족 최대의 명절'로 꼽
히는 김정일의 생일인 2월 16일과 김일성의 생일인 4월 15일을 위해
김정일화와 김일성화 가꾸기 운동을 전개한다. 또 북한 정권을 창건
한 9월 9일이나 조선로동당 창건기념일인 10월 10일도 중요한 명절
이기 때문에 그 전후로 큰 행사를 준비해야 한다.

분단 이후 북한 당국이 주도하여 사회주의 생활양식을 적극적으로
보급해온 결과 명절을 쇠는 방식이 달라졌다. 남한에서는 지금도 여
전히 조상들의 전통방식을 이어받아 음력설과 추석을 민족 최대의
명절로 여긴다. 그래서 해마다 음력설과 추석이 되면 고향집을 찾아
가느라고 민족의 대이동이 일어나 전국 도로는 차량으로 꽉 메워져
주차장을 방불케 한다.

반면, 북한에서의 명절은 전통적으로 지켜오던 민속명절만을 의미

평양시 청년학생들이 김일성광장에서 대량으로 모여 춤을 추고 있다

하는 것이 아니다. 1992년에 나온 북한《조선말대사전》은 명절의 개념을 "나라와 민족의 륭성발전에 매우 의의 깊고 경사스러운 날로서 국가적으로나 사회적으로 경축하는 기념일"이라고 규정하고 있다. 그리고 전통적 명절의 뜻과는 거리가 먼 김일성의 생일을 "혁명의 위대한 수령 김일성 동지께서 탄생하신 4월 15일은 우리 민족의 최대 명절로 이날을 태양절로 명명한다"라고 기록하고 있다.

북한 당국은 1960년대 이후 전통적으로 지켜오던 민속명절은 사회주의 사상에 어긋난다는 이유로 철폐해야 할 대상으로 여겼다. 그러나 1972년 남북대화를 계기로 추석날에는 가까운 곳에 조상의 묘소가 있는 사람은 성묘를 해도 좋다고 허용함으로써 민속명절 철폐에 한발 물러서는 모습을 보였다. 또한 1980년대 중반에 이른바 '우리 민족 제일주의'를 들고 나오면서 추석과 설날, 단오 등 전통적인 명절을 형식적이기는 하나 되살려 놓았다.

높아지는 조상숭배 의식

2003년 음력 정월 초하루를 앞두고 김정일 위원장은 그때까지 설명절로 지켜오던 신년 1월 1일을 대신하여 음력 1월 1일을 그 자리에 올려놓으라는 지시를 내렸다. 뿐만 아니라 전통사회에서 설날 못지않게 중요한 명절인 정월보름에도 하루 휴식하고 단오와 추석을 예전의 명칭을 따라 수리날과 한가위로 부르라고 지시했다. 이와 같은 지시가 나오게 된 배경에는 최근 북한당국이 '민족대단결'이나 '우리민족끼리' 등 민족을 앞세우는 구호를 들고 나와 남북한이 같은 민족이라는 점을 강조하여 민족공조의 틀을 형성하려는 정치적 의도에서 그 필요를 느꼈을 것이다.

내가 평안도 정주 원봉리를 방문했을 때 문선명 선생의 조상들의 묘소를 한곳에 모아 돌조각에 이름을 새긴 푯말을 붙여놓는 등 예를 갖추어 놓은 것을 보았고, 제祭를 올릴 수 있는 기회도 제공해 주었다. 워싱턴 타임즈 주동문 사장이 작년 겨울에 원산을 방문했을 때에도 북한 당국은 주동문 사장의 선친의 묘소를 안내하며 제물을 준비하여 차례를 지내게 하는 등 최근에는 최대의 예절을 갖추는 모습을 보여주고 있다.

2004년 1월 현재 북한 당국이 정한 '국가적 명절'과 민속명절을 정리해 보면 국가적 명절과 민속명절은 모두 15일이나 되고, 그 밖의 해당직 종사

북한의 한 묘소. 묘지 풍습은 예전 그대로여서 남한과 다름이 없다

자들이 행사를 하거나 휴일로 지키는 각종 기념일은 34종류나 되는 것으로 확인되었다.

앞에서도 살펴보았지만 북한에서 가장 중요한 명절로 큰 의미를 부여하는 날은 단연코 김일성과 김정일의 생일이다. 2월 16일과 4월 15일은 이른바 '민족 최대의 명절'로 북한당국은 이 날을 기념하여 사탕, 과자, 돼지고기 등 특별 배급품을 공급한다. 그리고 김일성 60회 생일이었던 1972년부터 '민족 최대의 명절'로 규정해 오다가 1997년 7월에는 4월 15일을 태양절로 정하고, 김일성 출생연도인 1912년을 원년으로 '주체연호'를 사용하기로 결정하였다.

김정일 위원장의 생일의 경우도 1975년 2월 16일, 33회 생일부터 임시공휴일로 지정했고, 다음 해인 1976년 공휴일에 해당되는 '국가적 명절'로 제정했다. 1986년부터는 아예 생일 다음날까지 공휴일로 인정하고, 1995년에는 이 날을 '민족 최대의 명절'로 제정했다.

북한의 조선중앙TV나 로동신문 등 방송언론매체들은 한결같이 전 세계에서 이 날을 기해 축하편지와 꽃바구니 그리고 각종 예물을 전달해 왔다고 전하기에 바쁘며, 온 세계가 이 날을 축하한다고 야단법석을 떠는 것을 내가 평양에 머무는 4월 내내 볼 수 있었다. 이 때는 태양절이 다가오는 시기여서 태양절의 의미와 김일성, 김정일화 전시회에 각국 대표들이 보내어온 메시지 그리고 특히 남한에서 보내어온 각종 편지와 선물까지도 전시해 놓고 있었다. 북한 주민들은 골목마다 깨끗이 청소하고 도로정비는 물론 집밖의 울타리까지 정돈하고 페인트칠을 하는 등 실로 김일성 주석의 생일인 태양절을 기리고 있었다.

북한의 민속명절과 세시풍속 변화과정을 살펴본다면 북한은 유물론에 입각한 사회주의 정치체제를 받아들였으므로 근본적으로 조상의 뜻을 기린다거나 종교적 의식을 받아들이기에는 처음부터 한계가 있었던 것이 사실이다.

고려 태조왕건의 기념비. 북한의 조형물들은 대체적으로 크기가 큰 것이 특징이었다

예를 들면 우리 민족 전통 명절인 음력 설, 단오, 추석, 한식은 1967년 5월 '봉건잔재를 뿌리 뽑아야 한다'는 김일성의 지시에 의해 공식적으로 사라졌다가 1988년 이후 되살아나게 되었다. 그 이유는 이산가족찾기 사업과 해외동포의 방문에 맞추어 남한 주민과 해외 동포의 호응을 얻고자 하는 목적과 1980년대 중반 이후 '우리 민족 제일주의', '우리식 사회주의'의 구호를 내세우면서 불가피하게 우리 민족 고유의 전통명절 의식을 거부할 수 없게 된 것으로 여겨진다.

그러나 막상 대다수 북한 이탈주민들은 이와 다른 반응을 보인다. 그들의 증언에 의하면 일반적으로 북한주민들은 민속명절에 큰 의미를 부여할 수 없다고 한다. 북한의 텔레비전이나 신문에서 보여주는 것처럼 음력설이 되면 좋은 옷차림으로 가족끼리 윷놀이를 하고, 시내 유원지를 찾아 명절을 즐기는 것은 불과 몇 사람이 연출한 홍보용 장면일 뿐 대다수 주민들은 이미 오래 전부터 세시풍속과 명절의 의미를 망각하고 있다는 것이다.

그렇지만 우리 민족만이 갖고 있는 조상숭배의식은 체제나 권력의

통일시대 변화의
현장에서 본 북한

압력에도 불구하고 여전히 존재할 수 밖에 없다는 것을 북한 사람과의 대화에서나 생활에서 발견할 수 있었다. 북한도 남한과 같이 민속명절이 되면 제사를 지내고, 조상의 묘소를 찾아 성묘하고 벌초하는 풍습은 여전히 유지되고 있으며, 설날에 세배는 하지 않지만 '새해를 축하합니다'라는 인사를 나눈다. 다만, 제사를 지낼 경우에는 먼저 집안 벽면에 걸어둔 김일성과 김정일 초상화 앞에 인사를 올리고 난 뒤에 조상을 추모한다는 점에서 남한과 다를 뿐, 옛날 조상들로부터 내려온 전통적 풍습은 여전히 그 맥이 이어져 오고 있다고 보아야 할 것이다.

분단 반세기가 한민족의 긴 역사에 비하면 한 점에 불과하다고 했지만 민족명절을 지키는 세시풍속이 없었다면 우리가 기대하는 민족의 동질성 회복과 이를 통한 통일의 그 날을 앞당기고자 하는 노력은 불가능할지도 모른다. 분단 반세기 동안 민족의 명절을 지키는 방식에 약간의 차이가 생겼지만, 이제라도 남과 북이 서로 노력하여 민족 고유의 전통명절을 지키는 한민족 본래의 모습이 재현되기를 기대한다.

전통을 지키는 민속놀이

나는 북한에 머물 때마다 일제 식민지 시대를 거쳐 분단의 땅이 된 북한에서는 전통적 민속과 관혼상제가 어떻게 변했을까 관심을 갖고 살펴보았다. 특히 사회주의 정치체제의 정권은 유물론 철학을 바탕으로 하기 때문에 종교의 탄압은 말할 것도 없고 조상숭배사상도 말살해버리기 때문에 북한에서는 전통적 민속과 관혼상제가 어떻게 되

었는지 관심의 대상
이 될 수밖에 없었다.

나는 평양 외곽으
로 몇 차례 나갈 수
있는 기회도 있었고,
압록강과 두만강 주
변에서 동족이 사는
건너편 산하를 관찰

북한에서는 음력설을 민속명절로 지정하고 이날이 되면 각종
민속놀이를 즐기며 쉰다

할 수도 있었다. 그때마다 그곳에는 과연 우리와 같은 민속이 존재할
까 하는 등등의 많은 생각을 했다.

중국 지린성 용정시를 거쳐 삼합으로 가면 북한의 회령시와 마주 보
게 된다. 거기에서 두만강 다리만 건너면 북한의 회령시에 다다른다.

나는 회령을 방문할 기회가 있었는데 마침 그곳에서는 추석맞이 씨
름을 하고 있었다. 30~40명의 젊은이들과 40~50명의 노인, 아낙네들
이 모여서 들판에 씨름판을 만들어 놓고 편을 갈라 마치 청, 백군의
게임처럼 소리를 지르며 벌이는 씨름판은 우리의 놀이와 조금도 다
를 바 없었다. 이곳에서도 천하장사라는 칭호가 있느냐고 물으니 그
냥 단체로 승부를 가르며, 이긴 농촌협동조합팀에 '장군님'께서 하사
하시는 선물이 전달된다고 하였다. 그것을 가져오기 위해서 편을 나
누어 씨름을 한다고 하였다. 나는 북한에서도 씨름을 비롯한 몇몇 민
속놀이가 맥을 이어가고 있는 것을 확인했다.

북한은 1950년대 이후에는 일반 주민들에게 씨름과 그네, 줄다리기
를 장려하였으며 1960년대 들어와서는 "민속놀이에 사회주의적 내용
을 담은 새로운 풍습으로 빛나게 계승, 발전시켜가야 한다"고 노동신

민속명절에 남녀어린이들이 함께 줄넘기를 하고 있다

문과 중앙방송을 통해 알리기도 했다.

그네뛰기와 활쏘기를 민속체육의 경기종목으로, 널뛰기를 곡예의 한 종목으로 채택하기도 하고, 노동절이나 정권창건기념일 등 특별한 기념행사가 있을 때에는 극장이나 야외에서 농악을 공연하기도 한다. 노동자들이 직장에서 체육대회를 개최할 때는 줄당기기와 씨름경기를 거의 빼놓지 않고 행한다고 한다.

북한 사회과학출판사가 출간한《조선의 민속》에는 전래의 민속놀이로 경기놀이, 겨루기놀이, 가무놀이, 어린이놀이 등 네가지로 분류하고《동국세시기》,《고려사》등의 고서를 인용해 놀이의 방법과 유래, 각 시대별 변화된 모습을 그림과 함께 소개하고 있다. 또 집단놀이라고 하여 종래의 민속놀이를 새로운 형태로 변형시키기도 하였다. 경기놀이에는 씨름, 널뛰기, 그네뛰기, 줄다리기, 활쏘기, 말타기, 격구 등이 있다.

1994년 3월에는 처음으로 민속씨름경기를 개최하고 중앙TV를 통해 녹화, 중계한 사실도 있다. 이 경기는 체급과 상관없이 무제한 개인경기로 치르어졌는데 매트 위에서 치르어진 것 외에는 통상적인 씨름규칙을 적용하는 등 전체적으로 우리의 민속씨름경기와 유사하게 진행된 것으로 확인되었다. 이날 경기의 우승자와 준우승자에게는 황소와 송아지를 상품으로 한 마리씩 수여하였다.

겨루기 놀이에 대해서도 남녀노소를 불문하고 누구나 즐길 수 있는 대중적인 오락으로 윷놀이를 꼽는다. 이 윷놀이는 조선의 가장 보편적인 민속놀이의 하나로 북한에서는 대중화되어 설 명절의 대표적 오락이라고 부연설명까지 하면서 장려하고 있다. 그 밖의 바둑과 장기는 사람들의 사고력을 높여주는 유익한 놀이라고 하여 마을회관과 직장에서도 휴식시간이면 즐길 수 있게 하고 있다.

카드놀이와 포커게임

1990년 초 사회주의 국가들이 문호를 개방하고 관광객을 맞아들이기 시작할 무렵, 내가 중국, 러시아 동구를 돌아보노라니 공산권국가 어디를 가도 길거리 아무곳에서나 카드놀이를 하고 있는 것을 볼 수 있었다. 특히 중국은 카드놀이나 포커게임을 하기 위해 사람들이 삼삼오오 모여 있었다. 포커게임은 미국과 같은 나라에서나 하는 자본주의적 도박이라고 비판받아 마땅한데 어찌하여 이러한 놀이문화가 사회주의 국가에까지 보편화 되었는지 신기하고 의아했다.

1994년, 나는 중국 장춘

평양의 청춘거리에서 빠찡꼬하는 사람들

사회과학원 주최로 UNDP 개발전략세미나의 주제발표를 마치고 북한 대외경제협력부에서 나온 관계자와 토론을 하기로 약속이 되어 북한 대표단 숙소에 들렀다. 그랬더니 그곳에서도 다섯 명이 어울려 포커 게임을 하고 있어 나를 의아하게 했던 기억이 떠오른다.

한국에서는 사람들이 모이면 고스톱이니 육백이니 하는 화투놀이를 하는 것이 보편화된 데 비해 북한은 화투놀이는 거의 하지 않는 것으로 알려져 있다. 물론 나름대로 이유가 있을 것이다. 평양거리에서 벗나무 대신 살구나무를 가로수로 대치한 것은 벚나무가 일본의 국화이기 때문이었다. 화투도 일본이 1919년, 3.1독립운동 당시 백두에서 한라까지 전국토가 태극기로 휘날리자 조선민족의 단결된 모습을 보고 우리 민족을 분열시키기 위한 의도로 보급시켰다고 한다니, 아마 이런 이유에서 북한에서는 화투놀이를 하지 않는 것 같다.

가무놀이에는 농악놀이, 불꽃놀이, 화전놀이, 강강술래, 길쌈놀이, 탈놀이, 꼭두각시놀이 등이 포함되어있다고 한다. 이 중에서도 특히 중시하는 것이 농악인데, 김일성 주석이 생존해 있을 당시 농악은 민간무용의 하나로서 군중성이 있고 낙천적이며 흥미있는 무용이라고 평가한 바 있어, 지금도 노동절이나 정권창건일 등 특별한 기

민족 최대의 명절로 여기는 김정일 탄신일. 김정일 어록을 회람하고 있다

념행사 때에는 극장이나 회관에서 공연한다고 한다.

어린이 놀이에는 연날리기, 팽이치기, 썰매타기, 숨바꼭질 놀이, 공기놀이, 줄넘기, 바람개비놀이 등이 있다. 이들 어린이들 놀이는 추위와 더위를 물리치고 투지와 인내력을 기른다고 평가한다. 그러나 자치기나 말타기 놀이에 대해서는 사람을 다칠 수 있는 위험한 놀이라 금지시켰다고 한다.

북한이 자랑하는 김정일화

앞에서 살펴본 민속놀이와 풍습은 우리 민족사에 면면히 흘러온 전래의 모습에서 크게 변하지 않았고, 앞으로 삶의 여유가 생기면 본래의 원형을 찾아 돌아올 것으로 확신한다.

분단 반세기를 넘기며 혹시나 민속마저도 이질화되지 않을까 걱정되었으나 전통민속놀이가 그대로 유지되고 있어서 다행이라는 생각이 들었다.

관혼상제는 민족동질성 회복의 이정표

충성의 한길에서 영원한 부부

북한의 민속 명절이나 놀이문화가 우리와 크게 다르지 않듯이 관혼상제도 크게 달라지지 않았을 것이라고 기대하고 있었다. 그러나 살펴본 결과 내용은 크게 다르지 않지만 형식은 우리와 많이 달랐다. 그 이유인 즉, 반세기라는 세월의 변화 때문이기도 하지만 그보다 더 큰 원인은 체제의 차이일 것이다. 시장경제 시스템을 채택한 우리와 달리 사회주의 계획경제 시스템으로 성립된 북한식 사회주의 체제하에서 관혼상제가 같은 방식으로 지켜질 수만은 없었을 것이다.

따라서 인륜지대사인 결혼, 이승에서 저승으로 가는 장례, 그리고 회갑연 등의 사례를 살펴보는 것은 민족동질성 회복의 이정표이기에 반드시 확인해 볼 필요를 느꼈다.

앞에서도 몇 차례 언급했지만 중국, 구소련 등 사회주의 국가에서 거행되는 결혼, 장례 등의 예식을 보면서 공산국가의 달라진 문화의 모습을 확인할 수 있었다. 내가 평양을 방문할 때 마침 결혼한 신혼부부가 만수대 언덕에 서 있는 김일성 동상에 화환을 바치고, 주체탑에서 맹세하며, 대동강 언덕에서 사진을 촬영하는 모습을 보았는데, 이

런 모습을 보
면서 북한에서
는 결혼의 의
식이 어떻게
지켜지고 있는
지 더욱 궁금
해졌다.

평양 시내의 한 공원에서 대학생인 듯한 남녀가 자전거를 세워둔 채 데이트를 즐기고 있다

평양에 머무
는 동안 안내
원과 시간이
있을 때마다 민속은 물론 관혼상제에 대해서도 수없이 질문하고 그
들의 대답을 들어 보았다. 안내원들은 정치문제가 아닌 것은 자연스
럽게 사실 그대로 이야기해 주었다.

북한 안내원은 결혼식이 지방에 따라 약간의 차이는 있으나 근본적
으로는 같다고 했다. 평양의 경우 신랑, 신부 양측 가족이 한곳에 모
여 결혼식을 올리게 되는데, 오전에는 신랑이 신부집에서 결혼잔치
상을 받고, 오후에는 신부가 신랑집에서 받는다고 했다. 그리고 나면
신랑과 신부가 신부집에서 나와 신랑집으로 가면서 개선문이나 만수
대 등지에서 기념사진을 찍고, 김정숙과 김일성 가족의 묘가 있는 곳
이나 대성산 혁명열사릉에 참배한다고 했다.

결혼식날 신랑은 테트론 양복을 입고 왼쪽 가슴에 김일성 배지를
달고, 신부는 연분홍빛 한복을 입고 오른쪽 가슴에는 꽃을, 왼쪽 가슴
에는 역시 김일성 배지를 다는 것이 일반적인 예라고 하였다. 결혼식
의 사회와 주례는 결혼 당사자의 직장 책임자 또는 당과 사회단체의

통일시대 변화의
현장에서 본 북한

간부, 협동농장 관리자가 맡되 가능한 그 단위나 지역사회에서 당성, 충성심에 있어서 높이 칭송받는 사람을 선택한다고 한다.

주례는 "오늘 신랑 ○○○동무와 신부 ○○○동무는 친애하는 지도자 동지의 따뜻한 배려로 부부로서 결합하게 됩니다." 라고 성혼선언을 하고 이어 신랑, 신부가 "지도자 동지에 대한 충성의 한길에서 영원한 부부로서 혁명의 가정을 꾸려나갈 것을 다짐합니다."라고 서약함으로써 식이 끝나게 된다고 하였다.

혼수품은 5장 6기를 준비해야

결혼식이 끝나면 신랑 신부는 3, 4일의 휴가를 얻어 신혼살림을 꾸리는데 신혼여행은 거의 가지 못하며 인근에 있는 김일성 동상을 찾아 헌화하고 큰절을 올리는 것이 관행으로 되어 있다고 한다. 결혼식 때 혼수는 신랑측이 신부의 손목시계, 반지, 옷감, 화장품, 신부의 가족과 친척에게 줄 옷감을 준비해야 하며, 신부측은 신랑의 손목시계와 옷감, 이불, 옷장, 이불장, 찬장, 부엌세간, 시부모와 형제의 예단, 책걸상을 준비해야 하는데, 이런 혼수를 구입하는 비용은 신랑 측이 2천 원, 신부 측이 4천~5천원 정도라 한다.

그리고 당 간부를 비롯한 상류가정에서는 신부가 준비해야 할 혼수품을 '5장 6기'라 일컫는데, 5장이란 옷장, 이불장, 찬장, 책장, 신발장을 말하고, 6기란 텔레비전, 세탁기, 녹음기, 냉동기, 재봉기, 비디오를 말한다. 북한에서는 이런 가전제품을 마련해 오는 신부가 가장 인기 있다고 하는데, 그 구입비만 통상 2만~3만 원이 든다고 한다. 이는 북한 일반직장인의 1년 봉급에 해당되는 돈이기에 일반 주민은 상상도 못하고 당 간부나 외국에서 송금해 주는 친척이 있는 경우에나 가능하다고 한다.

이런 내용을 확인하면서 나는 북한의 결혼 풍습도 한국과 크게 차이가 나지 않는다는 것을 알게 되었다. 한국에서도 호화 결혼식과 예물 때문에 이혼을 하기도 하고, 사돈간에 다투는 경우도 있지 않은가.

나는 중국의 내몽고 신강지구를 방문한 적이 있었는데, 그 곳 젊은 남녀 가운데는 결혼을 못해서 독신으로 사는 자가 많다고 했다. 그러다 보니 가까운 친족끼리 성관계가 맺

만수대 예술극장에서 합동결혼식을 마친 신혼부부가 친지들과 함께 시내관광을 하고 있다

어져 유전학적으로 기형아가 많이 태어나서 사회적으로 문제가 심각하였다. 이런 현상이 일어나는 이유인즉 결혼지참금이 없어서 정상적인 결혼을 할 수 없기 때문이라고 했다. 이 이야기를 듣고 그들이 사회주의를 강요하고, 자본주의가 안고 있는 모든 사회적 악을 제거했다고 주장하지만 수천 년 내려온 전통은 크게 변화시키지 못했음을 확인할 수 있었다.

북한 사회에서도 조상 대대로 내려온 관혼상제가 크게 훼손되지 않고 그 맥을 이어오고 있었다. 회갑연 역시 김일성 정권 수립 후 사회

주의 건설을 위해 물자절약이란 명분으로 일체 금지시켰다는 것이다. 그러나 이 역시 주민들 사이에서는 비밀리에 부모님 회갑연을 치르기도 한다는 것이다.

60청춘 90회갑이라는데

1961년, 김일성 주석이 '60청춘, 90회갑'이라는 교시를 내리면서 회갑연은 사라졌다. 1970년대 들어와 김정일의 권력후계 체제를 굳히는 과정에서 인민들에게 자비로움을 과시하는 차원에서 회갑을 맞거나, 70세, 80세, 90세, 백 세를 맞는 노인들에게 생일상을 차려주기 시작하면서 회갑연이 부활했다고 한다.

평양의 조선민족박물관에 전시되어 있는 단군부부의 밀랍인형

1990년대 이후에는 김정일 위원장이 노인들을 대상으로 생일상을 차려주기도 했다. 예전의 회갑 때에는 친척과 이웃이 조금씩 모아주는 쌀과 채소 등으로 간소하게 차렸으나 그나마 최근에는 식량난으로 스스로 회갑잔치를 하는 경우는 극히 드물고, 설사 회갑잔치를 한

다 하더라도 비밀리에 가족끼리만 치르는 경우가 많다고 하였다.

내가 아는 친척 한 분에게 비용을 주면서 중국에서 북한 함경도 무산까지 다녀오도록 했는데 그 친척이 전해준 바에 의하면 북한의 식량 절대부족은 결국 어린이와 노인들의 사망으로 이어진다고 했다. 노인들은 젊은이들을 먹이기 위해 일부러 식욕이 없다고 하면서 스스로 식사를 피하다 보니 영양실조에 걸리고, 어린이들도 한창 성장기에 영양결핍으로 질병에 감염되어 사망하는 경우가 많다고 한다. 이러한 처지에 있는 북한에서 특수한 계층이 아닌 이상 회갑이나 생일 같은 경사로운 날을 경사스럽게 보낼 수 없음은 너무나 자명한 일이다.

장례식은 주로 1~2일 장으로 하는 것이 관례여서 3일장은 거의 없다고 하였다. 최근에는 특히 경제난, 식량난 때문에도 더욱 그러하다고 하였다. 직계 존속의 사망시 상주에게는 3일간의 공식 휴가가 주어지며, 장례보조금 10원과 쌀 한 말이 배급되는데, 최근에는 이런 제도마저 흐지부지 없어지고 말았다고 한다.

상복은 따로 만들어 입지 않고 팔에 상장이나 검은 천을 두르는 것으로 상복을 대신하며, 장례시 일반 주민들은 시신을 나무판자에 뉘고 헝겊으로 둘둘 말아 운구하는 것으로 확인되었다. 시신의 운구에 있어서 1950년대에는 상여를 썼지만 요즘에는 트럭이나 소달구지 등으로 운반하며 꽃장식 등은 일체 없는 것으로 확인되었다. 또 운구시 곡(울음)은 금지되어 있으나 맏상주는 곡을 하는 경우도 있다고 하였다.

매장은 대개 해당 군 소재지의 공동묘지에 묘소 관리인이 지정해준 곳에서 하며, 통상 봉분을 짓는 것은 우리와 다를 바 없었고 묘지면적이 점차 늘어나자 이제 북한당국도 매장은 제한하고 화장을 권하고 있기 때문에 화장을 하는 제도가 점차 정착되어 가고 있다고 한다.

되돌아온 제사祭祀

북한에서 음력설에 먹는 떡국. 그들은 조랭이 떡국이라고 부른다.

제사 양식이 한국전쟁이 있었던 1950년대에는 전통적 풍습에 따라 지냈으나 휴전이 되고 사회주의 체제가 굳어지면서 일체 금지되었다. 6 · 25 전쟁에서 사망자가 많아 제사를 명분으로 주민들이 많이 모이게 되면 체제를 비판하는 모임이 될 수 있고, 제사를 통해 종파주의적인 씨족관념이 되살아나 종파사상과 분파주의를 조장하는 폐단이 있을 것을 염려해서 제사를 금지시켰을 것이다.

그러나 1960년대 들어와 제사의 금지가 북한 당국이 주장해 왔던 민족문화의 계승이라는 방향과도 어긋나고, 제사를 통해서라도 주민들의 불평과 불만을 완화시키고자 점차 허용하기 시작했다고 한다.

1988년, 추석명절을 계기로 드디어 4대 민속명절을 부활시키고 휴무일로 정하면서 성묘와 벌초도 허락했다. 최근 김일성 주석의 3년 탈상 이후 종전의 제례 의식에 대한 갖가지 규제는 무의미해졌다고 보여진다.

안내원들의 말을 빌리면 제사를 허용하면서도 전통적인 제례 대신 소위 '사회주의적 제사'라는 새로운 방식을 요구한다고 한다. 이 '사회주의적 제사'란 제삿날에 무덤에 꽃을 갖다 놓거나 가족들이 한 자리에 모여 경건한 마음으로 죽은 사람의 지난 날 투쟁을 회상하는 것으로 마친다고 한다. 만약 죽은 자가 혁명사상에 투철하지 못했다면 그 못다한 일들을 남은 후손들이 완수하자는 결의를 하는 것으로 대신한다.

그래서 제삿날에 제사상을 차리지 않는다고 한다. 별도의 상을 차리지 않고 그저 일상적으로 먹는 음식을 차려놓고 김일성과 김정일 초상화 앞에 먼저 절을 한 후, 조상을 추모하면 된다는 것이다. 축문의 낭독이나 큰절은 하지 않고 다만 서서 묵념을 하고 혁명성과 사상성을 다짐하도록 권장한다.

그 동안 북한의 세시풍속, 민속과 전통의식, 그리고 관혼상제까지를 살펴보면서 남한과 다른 변화된 모습을 볼 수도 있었지만 원칙적으로 크게 훼손되지 않고 우리의 것이 면면히 이어져 오고 있음을 확인할 수 있었다. 교류와 협력 즉 인적, 물적 교류가 확대되고, 특히 문화, 예술 등 비정치적 부문의 기능적 접근이 현실화된다면 우리 민족의 동질성을 회복하는데 큰 도움이 될 것이라 믿는다.

만경대 학생소년궁전에서 열린 설맞이공연에서 민속놀이 춤을 추고 있는 학생들

민족통일을 생각하며 평화와 번영을

북한을 바로 알아야

이제 원고를 마무리하면서 민족통일의 가능성을 진단하고자 한다. 본《통일시대 변화變化의 현장에서 본 북한》의 원제는 통일정보신문에 연재한 '신북한기행'이다. 나는 북한을 바로 알고 민족통일을 염원하는 뜻에서 이글을 썼다. 이제 민족통일에 대한 나의 의견을 내놓고 주장할 때가 되었다.

평양전경. 건축양식이 비슷하여 단조로운 느낌이기는 하지만 잘 정리되고 남한과는 달리 간판이 별로 없어 깨끗하다

탈냉전 이전까지 남북한의 통일정책은 기본적으로 '반통일' 정책이었다. 각 정권은 권위주의적 독재정권이었으며, 정권유지를 위해 국외적으로는 양진영의 종주국인 미국과 소련을 적극적으로 지지했고, 국내적으로는 분단과 휴전상황임을 내세워 그저 안보와 안정의 필요성만을 국민에게 강요하여 왔을 뿐이다. 그러다가 본질적인 변화가 일어난 것은 탈냉전과 더불어 이루어진 우리의 민주화 이후이다.

민주화를 계기로 진정한 의미의 통일을 추구할 수 있게 된 대한민국은 비로소 통일의 구체적 방안을 마련하기 시작했다. 1990년대에 통일을 달성한 독일을 타산지석으로 삼아 검토한 결과 통일비용문제가 대두되자 '반통일' 사조가 다시 형성되기 시작하였다.

김대중 정부의 통일정책은 민족적 통합에 근거한 포용정책이라 할 때, 이러한 정책의 변화는 탈냉전 구도와 한국의 민주화 그리고 경제적 자신감이 가져다 준 결과일 것이다.

남북이 본격적 통합의 단계로 들어가기 위해서는 남북한 정권 서로가 통일을 실질적인 정치 목표로 추구하면서 진정한 화해를 통한 군사적 긴장상태를 종식시켜 통일의 가능성을 예단할 수 있게 해야 한다. 그러나 북한정권은 첫 단계인 군사의 약화나 해체는 자신들의 무장해제와 다를 바 없기 때문에 꺼려할 것이다. 따라서 한국 정부는 포용정책이나 평화번영정책이 북한정권의 체제붕괴를 의도하지 않는다는 확고한 신뢰를 줄 필요가 있다.

북한정권은 1990년대를 전후하여 동구라파 공산국가들의 민주화로의 이행, 독일의 통일에 이어 실용주의를 선택한 러시아, 중국과 한국의 국교수립 등이 가져다 준 충격 때문에 자기들의 권력해체를 두려워하고 있다. 북한 정권은 한국 정부의 포용정책이나 평화번영정책이 무엇을 요구하는지 동구권 나라들의 사례를 통해 파악했을 것이다. 그래서 두렵기는 하지만 그들의 체제 유지와 경제적 어려움을 극복하고자 한국 정부가 추진하는 화해협력 정책을 어쩔 수 없이 받아들일 수밖에 없게 되었다.

나는 북한에 머무는 동안 북한의 고위급 인사들과 접촉하면서 그들과 대화할 수 있는 기회가 많았다. 그들은 같은 민족이 어려울 때 서로 나누어 먹는 것은 당연한 일인데 이를 퍼준다고 불평하는가 하면, 한국경제가 북한보다 우위에 있기 때문에 북한을 깔보는 듯한 태도는 온당치 못하다고 불편한 심기를 그대로 노출하는 말을 여러 번 들었다. 심지어 퍼준다고 표현하는 남쪽의 지도자를 거명하면서 그러한 지도자는 '주둥아리를 찍어 버려야 한다'는 등 격한 어조로 표현하기도 했다.

한국 정부도 북한 권력 실세들의 그러한 허구적이고 자존심만 내세우는 태도를 알기 때문에 적극적인 의사표명을 할 수 없고, 그렇다고 북을 자극하면서까지 국민을 설득할 수도 없는 처지다.

결국 평화번영정책을 통해 북한을 개방의 대열에 세우려는 한국 정부와

무궤도전차 정류소에서 차를 기다리고 있는 평양시민들. 남성보다 여성의 의상이 더 세련되어 보인다

경제지원을 받으면서도 체제를 유지하려는 북한 정부는 줄다리기 게임이 될 수밖에 없다. 이를 피하고자 하는 북한은 핵무기, 생화학무기 등 대량살상무기를 앞세워 미국과 직접 대화하려 한다. 그러면서도 경제 지원에서는 다시 민족 공조를 내세워 한국 정부와 협상한다. 또 대외개방은 최소화하여 한국 정부가 주도하려는 교류의 확대와 한·미·일 공조를 통한 외교공세를 차단하려한다.

사실상 한쪽의 승리는 나머지 한쪽의 패배를 요구하는 것이기 때문에 수습하기 어려울 수도 있다. 이러한 상황은 일종의 치킨게임(Chicken Game) 상황이다. 게임이론 중의 하나인 치킨게임은 극단적 외교정책으로 상대에게 심리적 압박을 가하는 벼랑 끝 전술(Brinkmanship)이다. 이 게임에서는 한국과 같은 자유민주주의 정부가 체제상 단세포적인 북한 정권에 비해 취약할 수밖에 없다.

2002년, 경제관료를 대동하고 중국 상하이를 시찰하던 김정일 위원장은 북경대학에서 시장경제이론을 학습하고 있는 북한 간부단을 접견하고 '우리식 사회주의와 시장경제가 어떻게 접목할 수 있는가'를 심도있게 검토하라고 지시했다. 물론 '우리식 사회주의를 한 치도 벗어나면 안된다'고 강조했다. 즉 경제적 실리주의가 북한권력을 위협해서는 안된다고 강조한 것이다.

상호주의보다 기능주의를

또 한국 정부가 내세우는 포용정책이나 평화번영정책은 상대의 반응에 따라 강경책과 유화책을 병행하는 전략이다. 이는 죄수의 디렘

마게임과 '상호주의 전략 (Tit-for-Tat)'으로서 장기적인 게임의 반복 과정에서 상대의 협력에는 협력으로 보상하고, 배신에는 배신으로 처벌함으로써 상대가 보상을 받기 위해 자발적으로 협력하도록 교육시키는 전략이다. 이론적으로는 보상에 중점을 둔 정책과 처벌에 중점을 둔 정책으로 구분되는데, 한국 정부의 정책은 주로 보상에 중점을 둔 것으로 해석된다.

독일의 통일과정에서 서독의 일관된 대동독 정책은 동독 정부가 개방의 길로 나아가게 하고 그 과정에서 동독 주민의 의식을 꾸준히 변화시켜 결과적으로 1989년 베를린 장벽을 붕괴시키는 원동력이 됐던 것이다.

북한은 쿠바와 함께 현존하는 가장 강력한 사회주의 국가에 속하지만 쿠바 정권의 유연성과 버금가는 변화를 기대하기가 현재로서는 어려워 보인다. 그러나 남북한의 육로와 철도의 연결, 개성공단, 금강산 육로관광 등이 가져다 준 남북한의 변화의 폭은 엄청나다.

한편 북한 내부에 자리잡고 있는 각종 인민 통제수단, 노동당 규약, 신헌법, 대남혁명사업기구, 군통치 형태인 선군정치, 강성대국 등의 이론체계와 경제적 빈곤을 벗어나지 못하는 실제의 상황들이 크게 변하지 않았다고 보는 시각도 있다.

7.1 경제관리시스템의 변화가 북한 주민들의 의식과 함께 달라진 행동양식을 보면, 내 것의 중요성, 다시 말해 소유에 대한 강한 애착이 삶의 질을 결정하고, 삶의 모습에 따라 사람의 생활양식이 결정될 수 있다는 가능성, 예를 들면 쌀을 어디서 사야 싼 가격에 살 수 있다는 경제적 의식의 작용, 그리고 달러(弗)는 어디서 교환해야 더 많은 돈을 바꿀 수 있는지에 대한 실리적 사고思考의 변화를 낳게 되었다는

것이다.

　암시장이 양성화되고, 양성화된 시장에서의 한국, 중국, 일본 등의 선진화된 제품이 유입되면서 상품의 질 등으로 인하여 파급되는 북한주민의 삶의 양식은 다양하게 표출되리라 예측된다. 실제로 평양의 주요 거리에서 매대를 차려 놓고 물건을 파는 상인들의 눈동자가 빛나고, 하나라도 더 팔기 위해 길가는 손님을 불러대는 목소리에 힘이 들어있는 것들이 이를 입증한다.

　한국 정부가 지속적으로 지향하는 포용정책과 평화번영정책은 궁극적으로 한민족이 함께 번영하고 복지화된 평화의 땅에서 함께 살기 위한 의지다. 아울러 분단된 조국을 이대로 방치해서 행여 두 개의 한국이 고착되는 데에 대한 사전 예방이고, 동시에 통일로 가는 이정표를 세우는 일이다.

　물론 북한 당국도 고려민주연방공화국 창설방안이라는 통일방안을 제시하고 있다. 그러나 그 정책이 현실적으로 불가능하다고 판단한 북한 정권은 낮은 단계의 고려연방제를 제시함으로써 한국 정부의 한민족 공동체 통일방안 중 중간단계인 연합단계와 상사점이 있다고 판단하여 6·15 선언의 2항에 합의한 바 있다. 그러나 우리가 유의해야 할 사안은 낮은 단계의 연방제라 하더라도 두개의 체제 속에 외교 국방의 단일화가 불가능하다는 점을 지적해

평양의 재래시장. 진열된 상품보다 판매원 수가 더 많아 보인다

통일시대 변화의
현장에서 본 북한

전남 곡성군민회관에서 군민들에게 안보강연을 하는 필자

둘 필요가 있다.

그러나 그러한 합의는 통일정책으로 채택된다는 보장보다는 선언적 의미로 남겨질 가능성이 높다. 북한에서의 통일은 북한 인민들 스스로가 북한 권력을 교체하려는 정치적 욕구가 있을 때 가능하다. 따라서 북한 주민들은 그렇게 제도와 의식의 변화를 도모하여 스스로가 체제를 선택하기 위한 최선의 노력을 기울여야 할 것이다. 그럴 때 평화번영정책도 의미가 있는 것이다. 평화는 전쟁이나 폭력, 억압으로부터 벗어나는 것을 의미하기 때문에 이를 보장할 수 있는 경제적 뒷받침인 번영을 담보로 한다. 그러므로 남북관계에 있어서 서로가 필요한 부분을 보완해주는 기능주의적 접근이 필요하다.

이러한 노력을 남북 공히 실현해 간다 해도 한반도의 통일이 국제 역학관계와 어떤 관계를 갖고 있는지, 다시 말해 한민족 통일은 우리 민족만이 해결할 수 있는 민족문제인가 아니면 민족문제이면서 동시에 국제문제인가에 대한 전략적 검토는 이 시대를 살아가는 우리의 과제임을 명심해야 할 것이다.

남과 북이 함께 살아야

통일은 민족 문제이자 국제 문제

핵·경제 병진 정책 중 농업생산의 배가를 외치며 농업을 주공전선으로 형성하려는 내각의 지침에도 불구하고 북한 주민들의 삶은 더 어려워진 것으로 알려지고 있다. 땔감이 떨어져 가는 데다 식량을 비롯한 생활필수품 값이 주체할 수 없을 만큼 오르고 있기 때문이다. 작년에도 불안하게 오르락내리락하던 전력사정은 전혀 개선되지 않고 석유, 휘발유 등은 아예 구하기 어렵게 되었으며, 가장 큰 명절인 김정일 위원장 생일이나 김일성 주석의 생일인 태양절에도 평소 특별공급되던 사탕, 과자, 고기, 쌀 등의 배급이 줄어들었다고 한다.

쌀값은 2년 사이에 20배가 올랐고, 생필품(비누, 소주, 조미료 등)

평양 류경 정주영체육관의 개관식 장면

도 2배 이상 폭등했다. 그래서 다섯 식구 월급을 합쳐야 겨우 식량을 자급할 정도이며, 한 사람이 한 달 벌어야 연탄 여덟장을 살 수 있다고 한다. 이 같은 경제위기를 극복해야 하는 북한동포를 생각하면 통일은 하루 속히 실현되어야 할 민족 최대의 지상과제임이 분명하다. 그러나 우리의 정치권은 지금 이 시간에도 진보와 보수, 좌와 우, 개혁과 현실안주 사이에 심한 갈등과 대립만 계속하고, 북한 동포에 대한 논의는 뒷전으로 미루고 있는 형편에 있다.

지금 세계화의 거친 물결 속에 한민족의 생존과 번영을 위한 내일의 청사진을 그려내야 하는 것은 이 시대의 사명이자 거역할 수 없는 역사적 과제다. 그러나 한민족 통일은 민족문제이면서도 국제문제이기 때문에 우리 민족 스스로가 선택하는 데도 한계가 있기 마련이다. 북한의 핵문제로 6자 회담이 진행되는 이유도 바로 여기에 있다.

통일은 서로 다른 여건과 환경에 놓여 있는 남과 북이 하나의 공동체를 이루는 것을 말한다. 그런데 다원화된 남한 사회이다 보니 남한 사람들간에도 화합하지 못하는 대북 시각 차이, 인식 차이 등 이름하

서해갑문 준공식에 참석한 인민군중

여 남남갈등의 형태를 빚어내고 있다. 하물며 이념, 체제, 성향을 달리하는 북한과 하나의 공동체를 만들어 낸다는 것은 더욱 어려운 일이 아닐 수 없다. 우리는 동독과 서독이 어떻게 하나가 되어 가고 있는지에 대해 깊게 생각해 보고, 그들을 타산지석他山之石으로 삼아야 할 것이다.

나는 2003년 독일의 부르덴부르그(당시 동서독 분단의 상징물) 광장에서 독일 국민들이 시위하는 광경을 본 적이 있다. 그런데 그 시위는 놀랍게도 분단된 예전의 독일로 되돌아가자고 하는 것이었다. 그들은 모두 동독인들로서 서독인들이 임금이나 승진 등 모든 면에서 차별대우를 한다고 항변하고 있었다.

우리도 얼마 전부터 탈북인들이 한국 사회에 적응함에 차별이 심하다고 하여 심각한 사회문제로 대두되고 있다. 탈북인들을 고용한 고용주들은 그들이 현실적으로 노동의 질 등이 남한 사람들에 비해 현격히 떨어져 남한 사람들과 동등한 대우를 할 수가 없으며, 심지어 너무나 실망스러워서 일을 아예 시킬 수가 없다고 일관되게 말하고 있다.

이러한 현상이 나타나는 이유는 두 말할 나위도 없이 남한과 북한의 사회화 과정이 다르기 때문이다. 자본주의 시장경제에서는 소유로부터 사회활동의 동기가 부여되어 부를 축적하고, 부의 차이에 따라 사회적 지위도 달라질 수 있는 반면, 사회주의 체제에서는 소유가 공유화되어 있어 욕구를 충족시킬 동기 부여가 없으며 빈부의 차별이 외형적으로 나타나지 않기 때문에 노력의 결과에 대한 평가를 하지 않는다. 다시 말해 경쟁하지 않는 사회 속에서 살아온 북한인들은 게으르고 나태해져서 결국 기회주의적 인간이 되었다고 봐도 무리는 아닐 것이다.

남과 북이 하나 되는 통일을 예상한 시나리오를 그려본다고 할 때 제도적으로는 하나의 시스템을 만들었다 해도 사회공동체 구성원으로서 같은 공간의 생활을 영위할 수 있는 문화의 틀이나 정치적 공동체의 기반을 이룩하는 데는 오랜 세월이 필요할 것이다. 우리 정부가 추구하는 통일정책에서 평화, 번영을 지향하는 이유도 이러한 면에서 설득력을 갖게 될 것이다.

그러나 이념문제에서 생산과 분배, 자유와 평등에 대한 논란이 일고 있는 이유도 상당한 근거를 갖고 있다. 우리가 지향하고 있는 시장경제와 자본주의도 완벽한 것은 아니기 때문이다. 다만 자유민주주의와 시장경제가 많은 모순을 갖고 있다 해도 다당제도가 존재하고 언론의 자유가 보장되어 비판의 자유가 보장되고 선거를 통해 새로운 정권이 탄생될 수 있기 때문이다.

북구의 복지국가나 유럽의 여러 나라들이 자유와 평등, 생산과 분배의 대립과 갈등을 극복하기 위해 대안으로 선택한 민주사회주의나 사회민주주의 제도도 우선순위를 어떻게 정하느냐 하는 문제로 해결할 수 있으나 사실은 자유와 평등, 생산과 분배란 우선순위의 배열에 불과한 것이라는 것을 경험한 바 있다.

20세기 말 유럽의 프랑스, 독일 등이 이름하여 좌파정권이라는 사회민주주의 정당들에 권력을 맡겼다. 그 결과 이들 정당들이 복지를 우선으로 해서 잠시 인기를 얻었으나 생산이 없는 분배는 허구라는 사실이 입증되어 제3의 이데올로기인 신자유주의가 창출되고, 부국 영국이 영국병으로부터 대처리즘에 의해 치료되기까지 그들은 3등 국가로 전락하는 수모를 감수해야 했다.

나는 평양 보통강 호텔에 머물다가 평양공항에서 오전 7시에 출발하는 고려민항 중국 심양행 비행기를 타기 위해 새벽 5시에 나오니 공항에는 어둠이 짙게 깔려 있었다. 공항 부근의 가로등은 안개에 묻힌 채 다섯 등 건너 하나씩 불빛이 비치고 있었으나 어두운 것은 마찬가지였다.

남과 북이 갈라져 살아야 할 이유 없어

공항 귀빈실에는 지금은 고인이 된 아태평화위원회 송호경 부위원장이 우리를 환송하기 위해 당간부들을 인솔하고 나와 있었다. 송 부위원장은 차를 한 잔씩 나누면서 의미있는 말을 꺼냈다.

"여러분들은 통일의 역군이며 혁명의 전사입니다. 북과 남은 갈라져 살아야 할 이유가 하나도 없으며, 오직 외세 때문에 분단의 아픔을 안고 있으니 우리가 모두 힘을 합쳐 외세를 몰아내는 데 앞장서 주시오! 당부 드립니다. 지금 공화국의 경제는 어렵습니다. 그러나 우리는 강대국들, 아니 제국주의 국가들에게 머리를 숙이지는 않을 것이며 특히 미제국주의자들의 어떠한 책동도 까부술 것

금강산 구룡폭포 앞에 서 있는 필자

평양근교에 있는 혁명열사 묘역

입니다!"

　북한인, 그들이 생각하고 있는 진정한 통일의 의미는 무엇이며 민족의 개념은 어떤 것일까? 그는 이미 이 세상을 하직했지만 송호경 아태 부위원장이 남긴 통일의 의미, 민족의 의미, 외세의 의미는 우리와 어떠한 차이가 있을까 하고 되새기게 된다. 이러한 문제들의 해석에 따라 남남갈등의 폭은 커질 수 있다.

　우리는 세상의 모든 이치가 상대적임을 명심할 필요가 있다. '평화나 화해를 원하거든 하나 되기를 강요하지 말고 물리적 힘이나 억지로 굴복시키는 어리석음을 피하라', 즉 '화이부동和而不同'이라고 옛 성현들은 가르치고 있다.

　세상에는 반드시 다른 것이 존재하기 마련이기 때문에 이 모든 차이를 상대적 개념으로 이해하고, 이를 하나 되도록 하는 근원적 이치를 터득해야 할 것이다. 땅이 있기에 하늘이 있고, 여자가 있기에 남자가 있으며, 자식이 있기에 부모가 있고, 좌가 있기에 우가 있으며, 진보가 있기에 보수가 있다는 평범한 진리를 우리는 크게 깨우쳐야 할 것이다.

나는 신년 벽두에 '식지식세識知識世' 즉 지식을 깨우치는 이유는 세상을 알기 위함이라는 말의 의미를 생각해 보았다. 이는 좀 더 세상을 깊이 이해하자는 것이다. 남은 북을, 북은 남을 제대로 알아야 이해의 실마리가 풀릴 것이다. 한민족은 세계를, 세계는 역시 한민족을 알아야 할 것이다.

나는 여기서 1905년 7월 29일, 일본 총리 가쓰라 다로(桂太郞)와 미국 루즈벨트 대통령의 특사였던 육군장관 태프트 사이에 맺어진 비밀협약의 내용을 상기하고자 한다. 금년은 이 협약을 맺은 지 100년이 되는 해이기도 하다.

1905년 7월, 러 · 일 강화 회의가 열리게 되자 그 해 7월 루즈벨트 미국 대통령의 지시를 받은 태프트는 필리핀 방문 전에 일본에 들러 가쓰라와 회담을 갖고 미국의 대 필리핀 권익과 일본의 대 조선 권익을 상호 교환조건으로 하여 조약을 승인한 바 있다. 다시 말해 미국이 필리핀 점령을 정당화하기 위해 일본의 한반도 진출을 묵인한 셈이다.

우리는 지금 역사에 눈을 뜨고 혹시 주변 4개의 강국이 한반도 문제에 어떤 방식으로 접근하는지, 또는 북한 핵문제에 있어서 4개의 강국이 자국의 정치적 실리를 챙기는 전략 속에 한반도 문제를 이용하고 있지는 않는지, 늘 예의주시해야 할 것이다. 이 모든 것은 우리 시대에 살아가고 있는 우리들이 책임져야 할 역사적 문제인 것이다.

민족통일의 전제조건으로 제시되고 있는 평화와 번영의 근본 뜻은 민족이 힘을 가져야 한다는 것이다. 오직 힘을 가진 자만이 정의를 이야기할 수 있기 때문이다.

프랑스의 저명한 역사학자 레이몽 아론Raymond Aron은, 정의를 추구하는 순수한 마음은 세상의 모든 모순과 오류를 척결할 수 있는 이상을 동경하지만 현실은 그렇게 쉽게 바뀌는 것이 아니라고 말했다. 우리는 우리의 현실과 미래는 어떠한 모순이나 갈등을 뛰어 넘어야 하는 시대적, 역사적 사명을 부여받고 있다는 사실을 명심해야 한다.

한민족 공동체 통일방안과 고려민주연방제 통일방안은 결코 같은 내용일 수는 없다. 그렇다고 다르기 때문에 통일이 정치적으로 불가능하다고 결론 내리는 어리석음을 범해서도 안된다. 우리가 원하는 방식대로 통일하도록 국제사회가 가만히 지켜보지만은 않을 것이다. 그러나 한민족 통일시대는 열릴 것이고, 열어야 하는 절대 절명의 사명이 우리에게 있다. 그러하기에 우리는 지금 최선을 다해야 한다.

잠시 한민족 역사를 되돌아 본다. 931회의 국난을 겪어왔다고 한다면 5년마다 국가 위기가 찾아온 것이다. 그런데 위기의 요인에는 민족의 분열이 있었음을 역사는 말해주고 있다. 임진왜란, 병자호란, 일제식민지, 광복 이후 분단 등이 민족분열의 요인이 되고 있음을 우리는 뼈저리게 느껴야 할 것이다. 그리고 그러한 국난 앞에 우리 민족의 자세가 어떠하여야 하는가에 대한 민족적 각성이 요청되는 것이다.

이제 4강의 권력구조 앞에서 우리의 자존과 민족통합의 역사의식을 깨달아 자주의 시대, 국권회복의 시대를 열어가자는 것이다. 이제 분열과 갈등과 그리고 대립의 시대를 마감하여 당당한 국제사회의 책임있는 국가, 통일국가를 이룩하자는 것이다. 그 길 만이 남과 북이 함께 평화의 번영시대를 구가하며 살아갈 수 있을 것이기 때문이다.

평양을 떠나면서

주체공화국의 의미

나는 북한에 머무는 동안에 군데군데 쓰여져 있는 선군정치, 강성대국, 그리고 우리 민족제일주의 등 마치 약자의 항변 같은 구호를 볼 수 있었다. 본래 힘 있고 내용이 알찬 사람은 모름지기 그 무게가 천 근, 만 근이 되어 밖으로 노출되지 않는 법이다. 그런데 북한을 여행하다 보면 북한 인민이 모두 빈곤하고 인권의 사각지대에 놓여 있음에도 불구하고 중국, 러시아, 미국, 일본 등 초일류 강대국들을 향해 주체의 나라라고 외치고, 주변국들에 대해 강한 저항의식을 고취하며 북한의 존재를 알리는 것을 보게 된다. 이는 자기 스스로 약하다는 것을 숨기려는 의도이기도 하고 자기 분수를 모르고 어

노동당 창건 기념탑 앞에서 열린 조선소년단 창립 58주년 기념식

리석게 표출하는 것 같기도 하여 많은 생각을 하였다.

그런데 웬일인지 2005년도 김정일 위원장의 신년사는 선군先軍정치
밖에 대안이 없다고 하면서 단결을 강조하고 있다. 그리고 미 의회 의
원을 인솔하고 평양에 들어간 웰던 대표의 말을 인용하여 "미국이 공
화국에 대해 적대정책을 포기했으며 침략할 의사가 없다"고 밝혔다
는 보도를 평양의 방송들은 연이어 하는 것을 보면 북한인민들의 흔
들림에 대한 사전포석이 아닌가 하는 의구심을 갖게도 한다.

공항을 떠나 고려민항의 스튜어디스의 안내말에 또 한번 놀랐다.
그녀는 주체의 나라, 주체공화국, 아버지 나라를 다녀가신 여객손님
들에게 감사하다고 하면서 주스 한 컵씩을 돌리는 것이었다. 이러한
모습을 보면서 그래도 의복이나 기내의 정돈상태가 과거보다 좀 더
세련되고 깨끗해졌
다는 느낌이 들어 국
제 감각을 엿볼 수
있었다. 그리고 공항
뒤편에 새롭게 단장
한 여객기 수십 대가
줄지어 정렬되어 있
는 것을 보면서 하루
빨리 고려민항의 국
제선 활로가 넓어져
세상이 얼마나 크고
넓으며 빠르게 변하
고 있는가를 북한 지

압록강으로 건너 배편으로 중국에서 실려온 생필품을 트럭에
옮겨 싣고 있는 북한 주민들

도층들이 깨닫게 되기를 기원하였다. 잠깐 여객기 안에서 긴장된 마음을 추스르고 나서 우리 민족통일에 주변국가가 미치는 영향은 무엇이며 우리가 지향하는 평화번영정책과는 어떤 관계가 있을까를 두고두고 고뇌하기 시작하였다.

내가 신문사 사장으로 재직할 때 김대중 전 대통령과 두 시간동안 통일문제를 진지하게 논의한 적이 있었다. 그때 김대중 대통령의 3단계 통일방안에 대하여 논의가 있었는데, 나는 한반도의 평화와 통일을 항구적으로 이끌어 내려면 한반도를 둘러싼 주변국들이 공동의 이익을 창출해 낼 수 있는 제도적 장치가 필요하다고 말하였다. 그리고 이러한 정치적 제도의 장치를 작동하고 있는 스위스를 예로 들었다. 즉 스위스가 연방정부를 구성하고 중립을 유지하면서 언어를 대표하는 대통령을 7명이나 선출하여 주변국(프랑스, 독일, 이태리, 오스트리아, 리히텐슈타인)들의 이익을 대변할 수 있도록 했는데, 우리도 이러한 형태의 시스템이 필요하다는 얘기를 하여 김대중 전 대통령으로부터 공감을 얻어낸 기억이 되살아났다.

분단의 원인을 내재적 요인과 외재적 요인으로 구분하여 민족분단이 발생하게 된 동인을 찾아 통일로 접근해야 한다. 제2차대전이 종결되는 해에 미·소간에 맺어진 알타협정(Yalta Agreement,1945. 2. 4~2. 11)은 미국이 소련으로 하여금 일본에 선전포고를 하고 전쟁에 개입할 것을 종용하자 이에 소련의 스탈린은 미국에게 일본과 체결한 평화조약을 폐기하고 선전포고를 하는 조건으로 조선의 38선 이북 지역에 주둔하고 있던 관동군의 무장해제권을 요구했다. 이렇게 해서 소련이 한반도 주둔의 명분을 얻어냈기에 소련의 한반도 진출의 계기가 되었던 것이다. 여기서 분단은 시작되었다.

서울에 입성한 소련군과 인천으로 상륙한 미군과의 서울의 만남은 전승국들의 한반도 분할에 정치적 야욕을 구체화하고 있었기에 미국 하지중장의 전화를 받은 미 국무장관 에치슨의 명령 1호에 의해 38선이 결정되고 1950년 6·25전쟁은 3년의 격전을 끝으로 휴전조인이 북한과 미국 사이에 체결되었다. 결국 휴전선이 결정된 것도 그 연유를 파고 들어가면 소련을 한반도 전쟁에 개입시켜 미군이 일본에 진주할 때 관동군이 일본으로 되돌아오지 못하게 하여 미군의 희생을 줄이려는 미국의 국가적 이익이 만들어 놓은 산물임을 알수 있다.

1994년 미국과 북한간에 체결한 제네바 핵협정은 투명성을 유보하고 동결시킴으로써 미국의 장기적 국가이익과 일치할 수 있다고 보았던 것이다. 당시 클린턴 정부는 두 개의 한국 정책(Two Korean Policy)의 기본 틀을 다지고 있었다. 동구의 자유화가 도미노처럼 번지고 있던 1990년대 초임을 고려한다면 북한 정권도 무너질 것이 불을 보듯 뻔할 것인데 무엇 때문에 북한의 자존심을 상하게 하여 반미감정을 고조시킬 필요가 있겠는가?

북한 정권이 붕괴되면 반드시 미국에 지원요청을 할 것이고, 그렇게 되면 미국은 북한에 친미정권을 세울 수도 있다는 가정을 해볼 수도 있었을 것이다. 1994년 제네바 핵동결 이후 미국과 북한의 밀월시대가 5년간 계속되어 한국 정부의 대북접촉은 사실상 차단된 상태가 지속되었던, 이름하여 봉남통미封南通美 시대가 있었음을 상기해 보았다.

고려민항여객기는 한시간 조금 넘어서 심양공항에 안착하였다. 몸에는 식은땀이 흘렀고, 공항주변에는 황사바람이 심하여 모래알이 보일 정도로 뿌옇게 깔려 있었다. 짐을 챙겨서 공항 출입구를 나와 서울로 가는 대한항공으로 바꾸어 타려했지만 황사가 너무 심하여 항공기는 이륙이 불가능했다. 나는 어쩔 수 없이 호텔에 머물면서 동북아 평화와 번영 그리고 한민족 통일, 주변 강대국들의 이해관계와 그들의 역할을 생각하게 되자 머리가 더욱 무거워지고 아파왔다.

주한미군을 그대로 두시오

1994년 초봄, 전 미국 대통령 지미 카터가 고 김일성 주석을 방문했을 때 김일성 주석은 주한미군의 철수를 원하지 않는다고 했다. 날만 새면 주한미군의 철수를 외치던 북한이 웬일로 이런 발언을 했을까 하고 놀랐지만 내용인 즉, 북한 권력층이 남한으로부터 흡수통일을 두려워하기 때문이었다. 즉 남한의 불시적인 북침을 견제할 수 있는 중요한 견제 세력인 미군이 한국에 계속 주둔하기를 원했던 것이다. 그렇다면 그들이 주장하는 주한미군 철수는 외교적 수사용어이면서 내부적으로는 인민의 적대감정을 부추겨 결속을 다지기 위한 전술이었다고 판단된다.

지금 우리는 미군의 감축과 용산기지 이전, 그리고 소파(SOFA)의 불공정성으로 주한미군 뿐만 아니라 미국에 대해서까지 반미감정이 만만치 않는 상황이다. 그런데 북한은 오히려 미군주둔을 은

국제여자복싱협회(IFBA)가 개최한 세계여자챔피언 결정전이 평양체육관에서 열리고 있다

북한군 국경수비대의 초병이 검문소 안에서 무언
가 읽고 있다

근히 요구하고 있고, 주한미군은 한국의 안보동맹을 유지하는 차원을 넘어 미국의 국가이익, 즉 동아시아의 정치적 영향력과 러시아, 중국의 태평양 진출을 견제하기 위해서 평양에 친미정권을 세워 서울과 평양을 같은 거리에 두고 두 개의 한국을 관리하는 등거리 외교를 펼쳐가면서 주변 강대국들과의 실리적 외교를 추구하는, 이른바 미국의 태평양 전략을 구체화하고 있는 것은 아닌지 조심스럽게 추측해 본다.

두만강, 압록강을 중심으로 중국군 10만 명 이상의 병력이 완전무장을 하고 국경을 수비하고 있었고, 중국의 동북지방 특히 장춘 길림지역의 군사시설과 공군전투기들을 볼 때마다 그러한 무서운 무기들이 어디의 무엇을 노리고 있는가에 대한 의문을 풀수가 없었다.

1949년에 혁명을 완수한 중국이 1950년에 한국전이 일어나자 수십만 명의 병력을 앞세워 인해전술로 개입한 숨은 뜻은 무엇이고, 한국전쟁이 중국 측에 유리하게 전개된다고 분석한 소련이 휴전을 체결하도록 적극 서둘러 압력을 행사한 연유는 무엇이었을까?

또 러시아 푸틴 정권이 북한과의 결속을 다지고 남북한 관계에 대해서도 자기들이 중추적 역할을 할 수 있다고 주장하면서 6자회담에서도 발언의 수위를 높이고 있음도 심상치 않다.

일본 역시 평화헌법을 고쳐서라도 아시아의 군사적 대국화를 이루어 자기들의 지위와 역할을 수행하겠다는 의지를 천명하고, 나아가 북한의 핵문제와 외교관계, 심지어 통상관계까지도 필요하다면 적극적으로 개입할 의도를 분명하게 밝히고 있다.

2005년 6월, 평양에서 개최된 국제여자복싱협회(IFBA)가 주최한 챔피온 결정전에서 미국의 성조기가 게양될 때 참석한 북한 관중이 아무 저항없이 경청하던 장면은 무언가 변화를 예고하는 듯하여 그 의미가 새롭게 다가왔다.

한민족 평화와 번영을

한민족의 평화와 번영이 통일을 이룩하는 초석이라면 주변 강대국들의 공동이익은 무엇이며, 한반도의 역할은 무엇일까? 정치적이나 전략적인 것이 아닌 남북의 진정한 공조는 무엇이며 이것을 위해 무엇을 해야 하는가? 이러한 문제들을 전제로 하고 주변 국가들의 통일 지원정책이 수립되도록 우리가 노력해야 할 시대적 사명을 깊이 깨달아야 한다.

독일이 통일되기 전 영국, 프랑스, 이태리 등 주변 패권 국가들은 분단된 독일이 힘의 균형원칙에 따라 유럽의 평화와 번영을 유지하는 기본이라고 생각하여 분단을 환영하는 입장에 있었다. 그러나 1985년 우르과이라운드 이후 미국의 농산물, 지적재산권 등 개방의 압력이 거세지자 자국의 힘만으로는 살아남기 힘들다는 것을 절감하고 유럽통합(EU)만이 공동이익을 창출할 수 있다는데 공감하였다.

이런 공감대는 유럽통합의 중심이 되는 독일이 통일되어야 자국의 국가이익과 일치한다고 판단하였다. 우리는 이 문제를 좀 더 심도있게 검토해야 할 것이다.

금강산 육로관광이 시작된 후, 시범 관광을 하기 위해 첫출발을 하는 관광단

1960년대 초 프랑스의 장 모레는 유럽의 통합을 주장하면서 국경을 무너뜨릴 수는 없으나 사람만은 자유롭게 하나의 유럽에서 살아갈 수 있다고 주장했다. 그때는 누구 하나 귀담아 듣지 않았으나 오늘날 유럽통합은 사실상 유럽을 공동의 번영을 통해 안보의 위협으로부터 벗어나게 했다.

1919년, 중국 하얼빈역에서 아시아 평화를 위협하고 한반도를 침탈한 이등박문을 저격하고 여순 감옥에서 형장의 이슬로 사라져 간 안중근 의사는 동양평화론에서 한국과 일본, 중국이 하나의 경제공동체를 이룩하여 평화와 번영을 실현해야 한다고 동양평화론을 주장했으나 끝내 마무리 짓지 못하고 생을 마감했다.

이제 남북한은 물론 동아시아 그리고 주변 강대국들이 그의 실현을 위해 혼신의 노력을 경주해야 할 때가 왔다. 동양평화는 세계평화로 가는 길이고, 이는 우리의 민족통일을 전제로 해야 한다. 평화를 담보하는 번영도 평화를 통해서 이룩될 수 있다면 한반도의 평화번영이

주변 국가들의 공동안보의 기본 틀이 될 것이다.

　최근에 한국정부의 균형자론은 힘의 논리로서는 해석될 수 없으나 실재적 한반도 상황에 들어서면 어쩌면 한국정부의 불가피한 상황인지도 모른다. 만에 하나 북한 정권이 붕괴되었을 때 작전계획 5029는 북한 통치를 전적으로 미국에 의존할 수밖에 없고 이에 중국의 동북공정 프로젝트와 맞부딪쳐 북한의 통치에 강대국 개입이 기정화 될 수밖에 없으니 우리는 닭 쫓던 개 신세밖에 도리가 없지 않는가?

　다행히 지난 5월 싱가포르에서 한, 미 국방장관이 작전계획 5029를 개념계획으로 바꾸었고 미국과 한국의 대통령이 함께 결정하는 사안으로 미국이 받아들임으로써 결국 더 이상 한국 정부의 동의 없이는 한반도에서 강대국 독단의 북한 통치를 주장할 수는 없다고 본다. 그러나 국제 정치의 힘의 논리는 항상 정의의 이름을 내세우면서 국제 사회의 상식과 질서를 유린한 것이 사실이다.

　힘을 기르자. 그리고 남과 북이 함께 사는 민족의 힘을 결집시켜서 역사 앞에 다시는 부끄러운 민족사를 남기지 말아야 한다.

통일시대 변화의
현장에서 본 북한

에필로그

민족문제는 민족 모두가 책임져야

나는 심양에서 하루를 머물고 서울로 가는 대한항공기 안에서 그동안 긴장했던 마음을 정리하였다. 그러면서 나 스스로 왜 보통사람처럼 있는 그대로의 북한을 보지 못하고 여러 시각으로 분석해야 하는가에 대한 답을 찾고 싶어졌다.

본인이 반공, 승공, 통일에 대한 관심을 갖게 된 특별한 사유는 같은 시대에 살아 왔던 많은 분들도 비슷한 사연을 갖고 있겠지만 나의 경우는 조금 남다르기 때문이다.

나는 초등학교 3학년 때 6 · 25사변을 겪었다. 부친께서는 대한애국청년단 순창군 단장을 맡고 계셨는데, 일본에서 사시던 기간에도 애국운동을 하셨고, 독립된 조국에 오셔서도 토지개혁정리사업 등을 통하여 건국초기 정부수립에 일익을 담당하셨다. 부친이 광복된 조국에 헌신하고자 했던 것은 일제강점시기에 조선인으로서 서러움도 겪었겠지만 북한 정권을 장악한 김일성의 신탁통치에 대한 강한 반발이었다고 믿어진다.

어느 날 다른 분과 격론하는 자리에 참석한 어린 나는 그 점에 대해

서 부친을 이해하게 되
었다.

1950년 한국전쟁 이후,
남한에 진주한 북한 인
민군은 부친의 이런 행
적을 이유로 반동으로
몰아 순창군 금과면 면
사무소에 임시로 만들어

북한 주민들이 자수를 놓고 있다

놓은 유치장(임시유치소)에 투옥시킨 일이 있었다.

나이 어린 나는 날마다 식사를 나르고 면회를 했는데, 한번은 내가
직접 재배하여 얻은 수박을 가져다 드리려고 갔지만 유치장 간수가
반동에게는 맛있는 과일을 줄 수 없다고 하면서 내가 보는 앞에서 발
로 깨뜨려 버리는 것이었다. 나는 어찌할 바를 모르고 멍하니 서서 있
다가 한없이 울면서 힘없이 집으로 돌아왔다. 그 수박이 맺은 후 20여
일간을 기다리면서 하루라도 빨리 익기를 간절히 바라며 옥중에서
고생하시는 아버지를 그리는 자식의 마음을 무시한 채 단번에 수박
을 깨뜨리는 간수(감옥을 지키는 경비)의 살벌한 표정을 보면서 얼마나 무
서웠던지, 지금도 그때의 기억이 생생하다. 이러한 사연이 공산주의
에 대한 증오로 변하고 이 문제를 해결하는 것이 시대적 요청으로 인
식하기 시작하여 승공안보교육을 시작하였다.

다행히 나는 강연이나 연설에는 다소 소질이 있었고, 시대가 요구
하는 현실 앞에 공산주의의 비인간성과 모순을 폭로하는데 생을 바
치기로 결심하였다.

통일시대 변화의
현장에서 본 북한

남북공존의 길을 열고 통일을 만들어 가자

　1970년대 남북 7.4 공동성명 이후, 남북간에 새로운 체제의 대립과 공존의 틀이 맞물려 국민의 반공의식이 보다 더 체계화되고 사상을 정립해야 할 때라고 판단했다. 그래서 이론적으로 승공지도자를 양성하는 국제승공연합 연수원의 강사로 출강하다가 중앙연수원 원장 직을 맡게 되었으며, 1980년대 후반까지 약 100만 명의 승공지도자 교육에 진력하였다.

　1970년대 말부터 박정희 대통령의 시해사건과 광주사태 등으로 시국이 혼란스럽고, 북의 위협이 가시화되던 때에는 전국을 누비며 순회강연을 통해 승공사상을 고취하는데 진력했으며 미국, 일본, 유럽 등 세계 각국의 동포들에게도 순회강연을 했다. 내가 책을 저술할 때 소개서에 빠뜨리지 않고 강연회수를 기록하는데 2만여 회라고 기록한 것은 거의 사실이다. 그 강연 횟수는 매일 2~3회씩 강연을 연속으로 해온 것과 교육원 강연을 누계한 숫자다.

　나는 북한을 방문할 때마다 북한 당국이 나의 그러한 활동을 문제삼아 나를 견제하거나 압력을 가하지 않을까 하는 우려를 떨칠 수 없었다. 북한에 머무는 기간에도 항시 그 불안한 생각이 마음 한 구석을 짓누르고 있었다. 그러나 그들은 나에게 어떤 위해나 불이익

평남 정주에 보존되어 있는 문선명 선생 생가를 복원하고 있다. 둘러 선 사람들은 공사 소식을 듣고 찾아 온 외국인 신자들

도 주지 않았다.

나는 이제 북한을 제대로 보고 통일준비를 서둘러야 한다고 주장한다.

북한을 바르게 보는 시각, 바르게 이해하는 태도만이 통일의 길을 앞당길 수 있게 한다. 나는 시대의 변화를 이해하고, 평화 통일과 안보를 염려하되 무조건적인 배척이 아니라 서로 융화시키기 위해 노력했다. 북한을 방문한 이후 통일정보신문에 30회가 넘게 북한방문기를 연재했던 이유도 여기에 있다.

분단이 내부문제와 외부문제, 더 나아가 민족문제 내지 국제문제로 연결되어 있듯이, 평화를 정착시키고 번영을 담보 삼아 통일의 대업을 이룩하는 것도 결국 내부문제와 국제문제로 연결되어 있음을 누누이 강조하였다. 우리의 현실이 이러한 원칙을 크게 벗어날 수 없다는 것을 감안한다면 우선 내부문제에 있어 남남갈등의 극복과 함께 남북공존의 민족공조가 무엇보다 중요하다.

대한민국의 자유민주주의 체제와 시장경제원리가 북한의 주체사상, 그리고 기획경제와 어떻게 접목될 수 있으며 조화를 이룰 수 있을까? 북한의 '우리식 사회주의'에서는 생산성이 저하되고, 체제유지에 군이 동원되는 선군독재체제가 유지되어야 하며, 인권이 유린되는 정치수용소가 존재할 수밖에 없다.

한편 자유민주주의의 시장경제가 가져다 준 병폐는 경제적 병폐(부정, 부패, 빈부격차), 정치적 병폐(지역주의, 이기주의 등 비합리주의), 사회적 병폐(도덕윤리 타락, 쾌락, 성매매) 등이 있는데 이것을 어떻게 북의 동포들에게 이해시키고, 우리 체제의 품안으로 들어오라 할 것인가가 문제다. 또한 북한의 체제붕괴 이후 그들을 끌어안을 만한 아량과 여유가 우리에게 과연 있을지 하는 것도 매우 의심스럽고 걱정스럽다.

독일이 통일되기 전 동서독의 경제적 격차 비율이 4:1이었는데 지금도 이 격차는 좁혀지지 않아 사회문제가 되고 있다. 한화로는 3,000조 원이나 되는 통일비용 등으로 엄청난 경제적 충격에서 헤어나지 못하고 있는 그들의 실정을 이해한다면 우리는 그러한 역량을 충분히 가지고 있는지 깊이 헤아려야 한다. 그럼에도 불구하고 통일은 포기할 수 없는 우리 민족의 지상과제다. 운명보다 더 중대한 과업이다.

그런데 현실은 이념과 체제에서 너무나 뚜렷하게 대립하고 있다. 그렇다면 해결의 실마리는 없을까?

새가 두 날개로 날아야 날 수 있는 것처럼 좌우익左右翼으로 구분하는 사회주의(공산주의)의 평등개념이나 자유민주주의의 자유개념을 별개의 개념으로 분류할 것이 아니라 공유의 개념으로 받아들여야 한다. 통일을 이루려면 어느 것 하나만으로는 해결이 불가능하기 때문이다.

좌우 양날개가 균형을 이루어 나는 것은 합일된 상태이므로 그 자체를 통일사상이라 할 수 있다. 이러한 통일 사상은 하늘의 질서인 천륜天倫에 인간의 질서인 인륜人倫이 부합되어 결국 도덕과 원리를 바탕으로 살아가도록 되어 있듯이, 남북통일도 양대이념을 통합하는 통일사상에 의해서 가능하다고 본다.

통일이 민족의 생존이고 국가의 완성이다

이 통일사상에서 우리는 한민족 통일방안을 찾아야 한다. 그 방안이 무력통일도 아니고, 정치적 통일도 아닌 제3의 통일방안이라면 그

것이 무엇인지 깊이 연구하여야 한다.

　나는 남과 북이 하나 되고 나아가 세계일류가 평화롭게 살아갈 수 있는 대안이 무엇일까 생각 끝에 공생共生, 공영共榮, 공의共義주의를 떠올렸다. 먼저 공생으로 충분한 생산, 공정한 분배, 합리적 소비를 창출하는 경제제도를 이룩하고, 둘째 공영으로 이기주의를 극복하여 인권을 보장하고 권력이 남용되거나 명예를 함부로 짓밟지 않는 정치적 공동체를 이룩하게 하며, 셋째 공의로써 절대가치를 세워서 삶의 원칙을 준수하고, 참사랑을 바탕으로 하는 건전한 가정 중심의 윤리적 공동체를 만들어 낸다면 이는 북한의 어설픈 주체사상이나 그들이 말하는 '우리식 사회주의' 뿐만 아니라 시장경제와 자유민주주의가 갖고 있는 취약점도 보완될 것이다.

　공생의 원리와 공영의 원리, 그리고 공의의 원리를 지구상에 실현하는 첫번째 케이스로 극도의 사회주의 변형논리가 지배하는 북한과 자본주의 변형논리가 지배하는 남한, 즉 한반도 한민족이 이를 실현하고 성공하여 모델국가를 창설하게 할 수는 없을까 하는 생각으로 항공기가 인천공항에 도착한 줄도 몰랐다. 이 같은 나의 논리가 다소 추상적일 수 있다고 보겠으나 현실적으로 남북통일의 이념적 대안은 이 이상 있을 수 없다고 본다. 이

북한 가정의 저녁시간. 온 가족이 모여 막내의 재롱에 즐거워하고 있다

러한 내용은 추후 좀더 자세히 밝힐 기회가 있기를 바란다. 정부는 교류와 협력을 통한 기능주의적 접근이나 상호주의 원칙을 주장한다. 그러면서도 사실상 일방적인 짝사랑으로 북한의 실제적 변화가 있기를 기대하고 있다. 그러나 실제적 변화가 있어 스스로 체제를 선택할 기회가 온다 하더라도 서로 다른 체제를 보완해서 대안을 제시하지 않는다면 통일은 결국 내부에 잠재되어 있는 체제의 한계를 극복해야 이루어질 것이므로 문제는 심각할 수밖에 없다.

우리가 말하는 평화통일방안도 자주적, 민주적, 평화적 방법으로 해결하려는 원칙을 지켜야 하며 궁극적으로는 선거를 통해서 남북연방이나 연합의원을 선출하고, 선출된 의원들이 통일헌법을 만들어 선거로 선택된 정부를 만들어야 한다. 이 과정에서 남북 공히 쌍방의 제도

금강산 관광객을 태운 버스가 군사분계선을 넘어 북으로 가고 있다. 멀리 탁 트인 동해바다가 시원스럽다

나 체제를 주장하게 될 것이고, 이러한 주장이 맞부딪쳐 물리적 수단이나 내전으로 확대될 수도 있다. 우리는 파생될 수 있는 모든 가능성을 미리 상정하고 남과 북이 안고 있는 문제를 뛰어 넘어야 할 것이다.

반만년 넘게 이어져 온 우리 민족의 역사 속에서 삼국통일의 주역을 담당했던 신라통일의 정신적 뿌리를 찾아봄도 통일과업에 도움이 될 듯하다.

신라는 삼국 중에서 가장 불리한 조건을 갖고 있었다. 국토는 좁고 군사력은 약했지만 당대에 훌륭한 원효元曉 스님의 정신적 철학은 삼국통일의 초석이 되었다. 원융회통 회삼귀일圓融會通 會三歸一이란 '둥글면 통한다. 셋이 하나 되는 길을 둥근 원에서 즉 모나지 않아야 삼국 통일이 이루어진다'는 뜻이다. 즉, 모든 것을 용서하고 적대감정을 벗어나 상대를 받아들일 마음부터 준비하자는 운동이다.

오늘의 정치인들은 통일의지는 고사하고 대북정책마저도 당리당략이나 개인의 정치적 의도에 따라 결정하고 있다. 하루 빨리 이러한 어리석음에서 깨어나야 한다. 지난 날 우리 정치인들은 당동벌이黨同伐異, 즉 같은 당끼리는 무조건 합치고 하나 되지만, 다른 당에 대해서는 정벌해버리는 어리석음을 범해왔던 것이 사실이다. 이름하여 남남갈등의 굴곡된 역사를 써온 것이다. 이제 넓은 마음으로 다른 것도 받아들이는 화이부동和而不同의 자세로 돌아가야 한다.

통일을 하려면 용서의 미덕이 있어야 하고 상대방의 입장을 이해하고 받아들이는 지혜, 즉 역지사지易地思之의 철학을 실천해야 한다. 그러나 한편으로는 평화를 지키려거든 전쟁을 준비하라는 교훈도 잊지 말아야 한다. 힘이 없는 정의는 무력하다는 역사적 교훈도 알아야 한다. 남과 북이 하나되는 길에는 이렇게 험난한 역경이 있기에 우리는 더욱 연구하고 노력해야 한다.

우리 민족은 아직도 시대적 아픔 앞에 서 있다. 대한민국이 좌와 우, 진보와 보수 등 이념적으로 남남갈등 앞에 서 있다면 북한도 체제 옹호세력과 개방지향의 좌와 우의 충돌이 감지되고 있다. 남측에 김정일 쇼크가 있었다면 북에는 김대중 쇼크가 있었을 것이다. 이러한 현상은 6·15 선언이 가져다 준 산물이다.

남한의 극단적 진보의 논리가 보수를 공격하면서 사회가 불안하듯이, 북한 또한 극단적 좌파논리가 우경화하면서 개혁개방의 열기가 확산된다면 어떻게 될까?

이제 시대의 아픔, 시대의 어둠을 뚫고 새로운 태양을 맞이 할 시점이다. 이 출발이 잘 되어야 통일을 이룰 수 있다.

대다수 국민들은 남북통일을 논의하기 전에 남남갈등부터 극복하라고 한다. 너무나 당연한 말이다. 앞에서 여러번 지적한 바와 같이 남남갈등의 주요한 핵심은 대북시각의 차이이다. 북한을 바라보는 시각과 정책에 따라 갈등이 생겨난다. 그러나 좀더 넓은 시각으로 보면 남남갈등은 극복될 수 있다. 모든 것은 마음 먹기에 따라 달라진다는 일체유심조一切唯心助의 가르침대로다.

우리 조상들이 좌와 우의 갈등을 극복하기 위해 좌익左翼 우익右翼이란 새의 날개에 비유한 것은 날으는 새에게서 교훈을 얻으라는 것이다. 즉 새는 양날개로 난다.

그러면 무엇이 새로 하여금 양날개로 날도록 조정하는가? 바로 머리의 명령이다. 이를 두익사상頭翼思想 또는 통일사상이라 표현한다. 사지백체를 자유자재로 움직이게 하는 머리사상, 일명 두익사상이 아니고서야 어떻게 각기 다른 세상에 수많은 종교, 민족, 인종, 가치

관을 극복하여 하나의
평화의 세계를 창건할
수 있을 것인가.

중국과 북한을 가르며 유구히 흐르고 있는 압록강.
강 건너편의 산하가 북한땅이다

반공과 승공을 그렇
게 강하게 외쳐대던
문선명 선생께서 김일
성 주석을 끌어안고,
평양시 남포에 자동차
공장을 세우고, 누구
보다 앞장서 북한을 돕는 일은 어떻게 설명해야 할까?

이는 한마디로 통일을 열망하는 몸부림이다.

시대의 아픔을 안고 민족의 통일을 앞당기려는 몸부림은 진정한 민
족에 대한 사랑에서 출발한 것이다.

그동안 나 역시 그러한 뜻에 공감하고, 통일의 대장정에 동참해 왔
음을 올바로 보아 주기를 바랄 따름이다.

생명이 다하는 날까지 북한 동포를 사랑하고 용서하며 통일을 위해
진력하리라 다짐한다. 내가 회장으로 있는 남북통일운동국민연합은
대통령 직속 통일준비위원회 시민자문단 자문기관이 되었고, 작년에
는 통일부장관상도 수상한 바 있다.

용서하라! 사랑하라! 하나되라!고 그토록 애타게 말씀하신 문선명
한학자 남북통일운동국민연합 창설자 내외분에게 이 책을 바칩니다!